더
스윗

더 스윗 1

초판 1쇄 찍은 날 | 2019년 1월 04일
초판 1쇄 펴낸 날 | 2019년 1월 11일

지은이 | 이조영
펴낸이 | 서경석

편 집 책 임 | 조윤희
편   집 | 이예진
디 자 인 | 고성희

펴 낸 곳 | 도서출판 청어람
등록번호 | 제387-1999-000006호
등록일자 | 1999. 5. 31
어람번호 | 제11-0098호

주소 | 경기도 부천시 부일로 483번길 40 서경B/D 3F (우) 14640
전화 | 032-656-4452 팩스 | 032-656-4453
http://www.chungeoram.com
E—mail | chungeorambook@daum.net

ⓒ 이조영, 2019

ISBN 979-11-04-91885-8   04810
ISBN 979-11-04-91884-1   (SET)

더

읫

스

웟

1

조영 장편소설

he Sweet

도서출판 청어람

◆ 목차 ◆

프롤로그

"우에에에에에엥!"

"아아아아아앙!"

구름과 용이는 서로를 부여잡고 30분째 목 놓아 울고 있었다. 두 아이들의 옆으로는 가족들이 이삿짐을 옮기느라고 분주한 모습이었다.

용달차에 짐을 다 실을 때까지도 얼굴이 시뻘게지도록 울고 있던 구름과 용이는, 이제 정말 작별의 시간이 왔음을 직감했다.

"용아, 가지 마라! 가모 안 된다아아아!"

"내는 안 갈 거다! 서울 안 간다꼬오오오!"

두 아이의 발악을 팔짱 낀 채 보고 있던 경순이 냉정하게 말했다.

"실어라."

경순과 달리 두 아이가 안쓰러워 어쩔 줄 모르던 효순은 덩달아 눈물을 찍어냈다.

"잘 있그라. 그동안 신세 마이 졌데이. 은혜, 꼭 갚을 날 있을 기다."

"오야, 언니도 서울 가가 꼭 성공해야 된데이."

"같이 가모 좋을 긴데."

"하이고, 됐다 마. 횟집은 우야고? 구름이 아빠는 도시 가가 몬 산다. 바다에 살고 바다에 죽는 인간 아이가."

구름의 아빠, 주백은 한 번도 바다를 떠나 살아본 적이 없는 사람이었다.

효순은 동생 경순의 거친 손을 살며시 잡았다.

"느그도 힘든 살림에 우리까정 보태가 참말로 미안했데이."

효순이 울먹이며 하는 소리에 경순도 그만 마음이 찡해졌다. 가난에 찌들어 사는 언니네 식구 다섯 명을 거둬 먹인 경순이었다. 작은 횟집은 경순의 식구 세 명까지 도합 여덟 명의 생존을 책임졌다. 언니네가 서울로 이사 가기로 결정한 것도 더 이상은 염치가 없어서였다.

경순은 억지로 손을 떨치며 효순을 차로 밀어냈다.

"퍼뜩 가그라. 누가 보마 이민 가는 줄 알겠다. 형부, 조심해 가이소. 해야, 달아, 용이 잘 달래라이."

용이와 아홉 살 차이가 나는 해가 용이를 달랑 안고 차에 탔고, 다른 식구들도 그 뒤를 이어 올랐다. 뒷좌석에서 해와 달이 발버둥을 치며 우는 용이를 달래느라 애를 먹었다. 어느 틈엔가 차에 매달린 구름이 악을 썼다.

"내도 갈 끼다! 내도 서울 갈 끼다아아!"

주백이 차 문고리를 잡고 늘어지는 구름을 억지로 떼어내 어깨에 들쳐 업었다.

"성님, 퍼뜩 출발하이소. 서울 도착하모 연락하시고예."

바삐 차가 출발하자 발버둥을 치던 구름의 발에 배를 얻어맞은 주백이 얼결에 아이를 내려놓았다.

"용아아아아! 오빠야아아아!"

구름은 털털거리며 달리는 폐차 직전의 차를 쫓아갔다. 뒷좌석에서 창문으로 구름을 내다보며 용이도 꺼이꺼이 울었다. 얼마간 쫓아가던 구름이 넘어졌을 때는 처연한 그 모습에 주백도 눈물이 핑 돌았다. 생이별을 시킨 게 마치 자기 탓인 것 같은 죄책감이 들었다.

"영화를 찍어라, 영화를 찍어."

구름이 하는 짓이 어처구니없다는 듯 경순이 몸을 휙 돌려 집으로 향했다. 그 순간, 그녀의 눈에 눈물이 맺혀 있다는 걸 본 이는 아무도 없었다.

그날 저녁, 주백과 경순은 구름이 내민 종이와 펜을 기가 찬 표정으로 내려다보았다.

"뭘 쓰라꼬?"

종일 울어서 퉁퉁 부은 눈으로 구름이 다부지게 말했다.

"각. 서."

"뭔 각서?"

"10년 후에 서울 보내준다 카는 각서."

일곱 살치고는 구름의 표정과 말투가 너무나 비장해서 주백과 경순은 할 말을 잃고 말았다. 용이네가 서울에 도착할 때까지 울음을 그치지 않아서 한 약속에 각서까지 쓰라고 할 줄은 몰랐다.

"각서 쓰는 것도 느그 아빠 닮아가나?"

경순의 뼈 있는 말에 주백이 민망한 듯 종이를 자기 앞으로 쓱 당겼다.

"각서 쓰는 거 아빠 전문 아이가. 써주께. 걱정하지 마라. 아빠가 꼭 서울로 니 유학 보낼 기다. 이모부캉 이모캉 다 그래 약속했다. 니 고등학생 되모 서울로 보내라꼬. 대학도 서울에서 보내준다 캤다니까. 아빠가 명필로다가 써주꼬마."

─10년 뒤 표구름을 서울로 유학 보내줄 것을 약속합니다. 아빠 표주백

"엄마도 이름 쓰고 싸인해야 된다."

"알았다."

주백과 경순이 나란히 이름을 적고 사인을 마치고 나서야 구름은 안도한 표정으로 말했다.

"복사해가 한 장씩 갖고 있으마 되재?"

"하이고야, 그런 것까지 아나? 참말로 뉘집 딸인지 사람 여럿 잡겠다이."

경순은 핀잔을 줬지만, 주백은 신통방통한 딸을 사랑스럽게 바라봤다.

"이기 다 당신 닮아가 똑 부러지가 안 그라나. 구름아, 이거는 아빠가 복사해가 코팅해 주꼬마. 됐재?"

용이네와의 생이별이 몹시 서운한 구름은 눈물이 그렁그렁 맺힌 채로 고개를 주억거렸다.

"그때 가가 딴소리하모 안 된데이."

"엄마는 두 말은 안 하는 사람인 거 모르나? 약속은 목에 칼이 들어와도 지킬 기다. 니야말로 그때 가가 딴소리하지 마라."

구름도 알고 있었다. 생긴 것과 다르게 감성적인 아빠와 달리 가난한 언니네 다섯 식구를 걷어 먹일 정도로 억척스러운 엄마라는 것을.

그리고 그 각서 한 장이 인생을 바꾸리라는 것은 정말 꿈에도 몰랐다.

☺ 구름이의 그림일기 ☺

오늘 용이가 서울로 이사를 갔다.

오줌싸개 내 친구 용이가 보고 싶다.

나도 서울에 이사를 갔으면 좋겠다.

엄마랑 아빠가 10년 뒤에 서울로 보내준다고 했다.

나중에 딴소리할까 봐 각서도 받아놓았다.

난 참 똑똑한 아이인 거 같다.

1
땅초 소녀

"서울 가그라."

구름은 하마터면 숟가락을 놓칠 뻔했다. 이게 웬 난데없는 청천벽력인지!

"엄마!"

"그래, 가라."

"아빠!"

숟가락을 든 구름의 손에 힘이 꽉 들어갔다. 눈에도 핏발이 섰다.

가게 영업이 끝난 시각이었고, 그만큼 늦은 저녁 식사였다. 구름이 가장 좋아하는, 열심히 일한 뒤 먹는 밥 한끼의 감동이 무참히 깨지는 순간이었다.

구름은 내일 아침 군 입대를 통보받은 사람처럼 어이가 없었다. 그러나 경순은 단호했다.

"횟집에서 썩는 거는 내 하나로 족하다, 알겠나?"

주백이 냉큼 말을 보탰다.

"내도 있다."

주백을 힘껏 째린 경순은 숫제 협박조로 나왔다.

"존 말로 할 때 서울 가그라이."

"횟집에서 서빙하는 기 뭐 어때서? 횟집, 내가 물려받으께. 그라모 된다 아이가."

"내는 니한테 횟집 물려줄 생각이 눈곱만치도 읎다. 일을 할라거든 큰 이모부 있다 아이가. 그런 거 배아라."

10년 전 서울로 이사 간 구름의 큰 이모부는 자수성가하여 서울의 '노른자' 땅을 다수 보유하고 있는 땅 부자였다. 동생네에 빌붙어 살던 알거지였을 때를 생각하면 자수성가의 표본이라 할 만했다. '그런 거 배아라'라는 경순의 말은, 구름의 큰이모부가 하는 부동산 사업을 일 컫는 것이었다. 15년 전부터 횟집을 운영한 부모 덕에 일찌감치 장사에 눈을 뜬 구름이었다. 하지만 장사에 눈을 뜬 대신 공부가 뒷전인게 문제였다.

자고로 말은 제주도로 보내고 사람은 서울로 보내라 하였다. 구름의 부모는 선인들의 그 말씀을 철석같이 믿었다.

"하모. 사람이 큰물에서 놀아야재."

이럴 땐 부부 사기단처럼 죽이 잘 맞는 주백이 또 한마디 거들었다. 믿었던 아빠까지 그렇게 나오니 구름은 열여덟 인생에 회의감마저 들었다.

"코앞이 바다다. 이것보다 더 큰물이 어데 있노?"

해운대 바다를 너무나 사랑하는 소녀, 구름.

구름은 바다를 못 볼 거란 생각에 지레 가슴이 턱턱 막혔다. 구름의 말대꾸에 경순의 표정은 더욱 험악해졌다.

"각서, 잊었나?"

"가, 각서?"

까맣게 잊고 있었다. 10년 전 용이네가 서울로 이사 가던 날, 부모님에게 떼를 써서 받아낸 그 각서.

"그, 그기 언제적 일이고……. 내는 그거 어데 있는지도 모른다."

사실이었다. 아빠가 정성 들여 코팅까지 한 각서였지만, 구름은 행방조차 알지 못했다. 아니, 관심도 없었다.

하지만 그 각서는 구름의 것까지 경순의 손에 있었다. 언젠가 짐 정리를 하다가 발견해 따로 챙겨놓았던 것이다.

경순이 원본에 복사본까지 고스란히 내밀자 구름은 할 말을 잃고 말았다. 경순의 눈이 차갑게 빛났다.

"알재? 엄마는 한 번 한 약속은 칼이 목에 들어와도 지키는 거."

"오늘?"

내일이 개학인데?

용이는 엄마 효순에게 소식을 전해 듣고 먹던 사과가 도로 뱉을 뻔했다. 소파에 우아한 자태로 앉아 사과를 깎으며 효순이 나긋나긋하게 말했다.

"그래. 구름이 아빠랑 엄마랑 진즉에 얘기했어. 전학 수속도 다 끝냈구."

"허……. 근데 왜 나한텐 지금 얘기해?"

"너한테 얘기하면 구름이 귀에 금방 들어갈 거 아냐. 그럼 구름이 가 순순히 온다고 하겠니?"

그래도 그렇지. 세상천지에 개학 하루 전날 이러는 법이 어디 있단 말인가. 용이는 어른들의 처사를 도무지 이해할 수 없었다. 제삼자인 자신도 어처구니가 없는데 당사자인 구름은 얼마나 기가 막혔을까.

용이는 영문도 모르고 당했을 구름이 난생처음으로 가엾다는 생각이 들었다.

"아니, 무슨 강제 유배도 아니고…… 이상하네."

"뭐가?"

"구름이한테 왜 아무 연락이 없지?"

이 정도면 핸드폰에 불이 났을 법도 한데 구름이답지 않게 너무 조용했다. 구름이 조용하다는 것은 불길한 징조였다.

"멘붕이라 못 하나 보지. 엄마는 그 시간에 약속 있어서 마중 못 나가. 네가 좀 데리러 갔다 와. 기차 타고 온대."

"구름이 괜찮을까? 부산에서만 살던 애야. 갑자기 서울로 전학 오면 적응이 되겠어?"

서울로 이사 와 몇 해 동안은 자리를 못 잡아 왕래가 뜸했고, 그 후에는 방학 때 서울에 놀러 오라고 해도 횟집에 일손 달린다고 오지 않던 구름이었다. 아빠의 부동산 일이 잘 풀릴 때쯤부터 몇 년에 한 번 꼴로 용이네가 부산에 휴가를 다녀오긴 했다. 하지만 부산 토박이인 구름은 서울이 처음이었다.

"걔가 지 엄마 닮아서 보통 극성이니. 사막 한가운데 떨어뜨려 놔도 살아남을 애야. 걱정하지 마."

태평한 효순과 달리 용이는 앞으로 다가올 폭풍우를 예감하듯 등줄기가 서늘했다.

🐝

기차는 이제 막 대전을 지나고 있었다. 창가에 앉은 구름은 멍한 얼굴로 창밖만 바라보았다. 아직 어젯밤에 받은 충격이 가시지 않은 탓이었다. 까맣게 잊고 있던 어릴 적 그 각서가 발목을 잡을 줄은 정말 몰랐다.

'대역 죄인도 이렇게는 취급 안 하겠다. 맹모삼천지교를 와 내한테 시전하는데! 그노무 공부!'

구름은 분노했다. 큰 이모네와 미리 짜고서 개학 하루 전날 유배를 보낼 줄은 정말 상상도 못 했다. 고등학교 입학 때 보내지 않고 2학년이 돼서야 보낸 이유도 알 것 같았다. 부모님 나름대로는 엄청난 고민 끝에 내린 결정이란 걸. 이대로 뒀다간 대학은커녕 횟집에서 썩을 것 같았으리라.

톡톡!

옆자리에 앉은 초등학교 1학년 정도 되어 보이는 여자애가 구름의 팔을 쳤다. 하필이면 마주 앉는 좌석이어서 여자애 가족 사이에 구름이 꼽사리 낀 형국이었다.

"언니."

여자애의 부름에 구름은 시선을 쓱 내리깔았다. 깜찍하고 똘망똘망한 여자애가 구름 앞으로 읽던 책을 불쑥 내밀었다.

'타이타닉?'

책에는 레오나르도 디카프리오가 차가운 바다에서 죽어가던 영화 장면이 삽입되어 있었다. 구름도 베스트로 꼽는 영화 중 하나였기에 모처럼 책에 관심이 갔다.

'우리 레오, 죽어가도 미모는 싸라 있네.'

구름이 레오나르도 디카프리오의 미모에 감탄하고 있는데, 여자애가 사진 아래 있는 문장을 콕 짚었다.

"언니, 이거 읽어봐."

길었다.

살짝 당황한 구름은 더듬더듬 읽어보았다.

"Winning that ticket was the best thing······ that ever happened to me. It brought me to you······, and I'm thankful······ for that, Rose."

영어 문장을 그리 성심성의껏 읽어본 적이 언제였던가.

구름이 내심 뿌듯해하고 있을 때 여자애가 피식 웃으며 유창한 발음으로 문장을 읽었다. 구름의 발음과는 천지 차이 나는 오리지널 본토 발음이었다.

"이렇게 읽는 거야."

'참 나.'

구름은 기가 찼다. 영어를 몰라서 물은 것이 아니라 자기 자랑을 위한 낚시였던 거다.

"가시나, 잘난······."

잘난 척은······ 이라고 하려던 구름은 맞은편에 앉은 아이 부모의 눈치를 봤다.

"아가 참말로 잘났네예. 흐흐."

여자애 부모는 '그 정도쯤이야'로 해석되는 미소를 지으며 구름을 한심하게 쳐다봤다.

구름은 속으로 재수 없는 하루를 원망했다. 신은 시련을 몰아서 주는 악취미가 있다더니. 흥칫뽕이다!

[부산 갈매기~ 부산 갈매기~]

갑자기 자이언츠 야구 경기에서나 들을 법한 노래가 흘렀다. 구름은 심드렁하게 전화를 받았다.

"오야."

[어떻게 된 거야?]

구름의 동갑내기 이종사촌 용이였다. 이제야 전화가 온 걸 보니 이모가 소식을 늦게 전한 모양이다.

"이모한테 들은 그대로다. 시간 딱 맞차가 마중이나 단디 나온나."

[너 온다는 소리만 들어도 서울이 들썩해.]

"서울이랑 맞짱 뜰 생각 읎다. 부모님한테 쫓겨난 주제가 무신. 고등학교 졸업할 때까지 조용히 있다 다시 내리갈 끼다. 중간에 내려오면 엄마가 쥑이삔단다."

순간, 여자애 부모의 눈이 동그래졌다. 대개 불량 학생을 봤을 때 저런 표정을 짓곤 하더라만.

[졸업할 때까지 있으려고?]

용이 너마저.

구름의 눈꼬리가 사납게 치켜 올라갔다.

"더 있으까?"

[아, 아니……. 최강고등학교가 조용할 날이 없을 것 같아서 그러지.]

"이모부가 학교 운영회장이라꼬 유세하나? 최강고등학교에 흠집 낼 일 안 한다. 염려 꽉 붙들어 매그라이."

공사다망한 이모부와 이모는 그 동네에서 모르는 사람이 없는 마당발이었다.

[후후. 있다 보자.]

"오야, 드가자."

전화를 끊는데 구름을 빤히 보고 있던 여자애가 물었다.

"언니, 사고 쳤어?"

"뭐라꼬?"

"에휴, 언니 부모님도 참 속이 말이 아니시겠다. 쯧쯧."

구름은 어이가 없었다. 그런데 더 슬픈 건 그 말에 금방 수긍이 된다는 것이었다.

[누구?]

"표구름. 부산에 동갑내기 이종사촌 있잖아. 부모님한테 강제 유배 당했대."

[아…… 그 고추장?]

구름을 데리러 가기 위해 버스 정류장으로 걸어가던 용이는 우탄이 한 말에 킥킥 웃었다.

"너도 조심해, 인마. 엄청 매워."

그냥 매운 정도가 아니었다. 이른바, '땡초'.

"어라?"

용이는 갑자기 걸음을 멈췄다. 시력 2.0인 그의 눈에 잡힌 것은 앞에 걸어가는 한 여자의 가방을 찢고 지갑을 몰래 빼내는 소매치기.

그러니까 용이는 지금 대낮에 길거리에서 가방의 주인조차 감지하지 못하는 칼질의 명수를 보고 있었던 것이다. 시력이 몽골인 뺨칠 정도만 아니었어도, 이런 쪽으로는 유달리 촉이 발달하지만 않았어도, 모르고 지나쳤을 일이었다.

"야, 끊어봐."

급히 전화를 끊은 용이는 핸드폰을 뒷주머니에 꽂더니 소매치기범을 쫓기 시작했다.

"야, 이 새끼야!"

휙 돌아본 소매치기도 쏜살같이 쫓아오는 용이를 보자마자 꽁지가 빠져라 도망쳤다.

"어쭈!"

용이는 쓰고 있던 야구 모자를 뒤로 꾹 눌러썼다. 유치원 때부터 달리기 선수였던 그다. 부모님이 원하는 법대나 의대만 아니었다면 육상 선수를 해도 부족함이 없을 실력자.

달리기만 잘한다고 해서 아무나 소매치기범을 잡을 생각은 하지 않는다. 그것은 진용, 그이기에 가능했다. 달리기에 적합한 폐를 타고났듯이, 소매치기범 잡는 것쯤 우습게 아는 강심장의 소유자.

그사이 소매치기범은 버스에 올라탔고, 곧 차가 출발했다.

"훅, 훅, 훅!"

조금도 속도를 늦추지 않은 채 용이는 전력 질주하여 버스를 쫓아갔다. 그리고 기어이 한 정거장을 쫓아가 버스에 올라타는 데 성공했다.

"헉!"

안도하고 있던 소매치기범은 괴물과 마주한 듯 질린 표정으로 용이를 쳐다봤다. 용이 그를 향해 개구쟁이처럼 웃음을 씩 날렸다.

🍒

'심심해.'

침대에서 하릴없이 뒹굴던 우탄은 갑자기 전화를 끊은 뒤 소식이 없는 용이 궁금해졌다.

'무슨 일 있나?'

무료한 김에 전화를 걸려고 핸드폰을 드는데 귀신같이 용이에게서 전화가 왔다.

[우탄아, 내가 진짜 급해서 그러는데…….]

다급한 목소리를 들으니 정말 무슨 일이 생긴 모양이다. 우탄은 저도 모르게 침대에서 벌떡 일어났다.

"무슨 일이야?"

[내가 나중에 다 설명할게. 지금 빨리 서울역에 가주라. 이런 부탁, 진짜 안 하려고 했는데, 다들 전화를 안 받아서 그래.]

"서울역?"

[구름이 마중 나가는 길이었거든. 근데 지금 경찰서야.]

"경찰서는 왜?"

[자초지종 설명할 시간 없어. 나중에 다 설명한다구. 당장 급한 건 구름이야. 부탁할게.]

모범생인 용이 경찰서에는 왜 가 있는지, 또 서울역에 구름을 마중 나가야 할 사람이 왜 자신이어야 하는지 우탄은 혼란스러웠다.

"네 사촌이 누군지 알구……."

[사진 봤잖아.]

"사진이 문제가 아니야."

한 번 보면 안 잊힐 얼굴이라 똑똑히 기억하고 있었다. 진짜 문제는 따로 있었다.

"나 낯가림 엄청 심한 거 알지?"

[앞으로 네가 부탁하는 거면 뭐든 다 들어준다. 맹세.]

이 자식, 급하긴 엄청 급했나 보다.

용이 그토록 간곡히 부탁한 적은 없었기에 우탄은 난감해졌다. 얼마나 절박하면 맹세까지 한단 말인가.

정말 내키지 않았지만, 우탄 또한 상대가 절친인 용이였기에 부탁을 수락할 수밖에 없었다.

"사진 다시 보내."

❧

서울에 거의 도착할 때쯤, 여자애를 따라 화장실로 가던 구름은 용이의 전화를 받았다.

"어, 거의 다 와간다."

[구름아, 미안한데 내가 지금 경찰서에 와 있거든?]

"경찰서는 와? 뭔 일이고?"

용이가 걱정된 구름은 저도 모르게 걸음을 늦췄다.

[소매치기범을 잡았어.]

"네가?"

용이가 소매치기를 했다는 소리보다 더 어이없게 들렸다.

[자세한 건 나중에 얘기할게. 내 대신 친구가 마중 나갈 거야.]

"친구, 누구? 고양이 닮은 아?"

[전화 끊어야겠다. 미안.]

구름은 끊긴 핸드폰을 보며 구시렁댔다.

"그 오줌싸개가 소매치기범을 잡았다꼬? 하! 서울 살드마는 인간 되삤네."

소매치기범을 잡는 용이가 상상이 안 돼서 얼떨떨해하고 있을 때였다. 문이 열리고, 구름의 눈에 그 틈으로 여자애가 화장실 안으로 들어가는 게 보였다.

그런데.

세면대 쪽에서 한 남자가 툭 튀어나와 화장실로 따라 들어가는 것이 아닌가!

마치 지켜보고 있었던 것처럼 날랜 몸짓이었다. 발정 난 수컷의 향기에 구름은 흠칫 놀랐고, 본능적으로 달려가 남자의 뒷덜미를 콱 움켜잡았다.

"뭐꼬?"

남자의 어깨 너머로 여자애의 어리둥절한 눈동자가 보였다.

"언니……."

"니 괜안나?"

"으응……."

얼굴을 구긴 남자가 구름의 손을 핵 뿌리쳤다.

"이게 생사람 잡네. 모르고 들어간 거야. 사람 없는 줄 알구."

남자 나이, 이십대 중반. 키는 170cm 정도. 매서운 눈빛과 각진 턱에 찢어진 흉터.

한마디로, 더러운 인상.

다년간 횟집에서 사람들 관찰에 이골이 난 구름은 콧방귀를 뀌었다. '귀신은 속여도 이 표구름은 못 속인다'는 자신감이었다.

"구라 치지 마라. 보고 드갔다. 내 눈으로 분명히 봤는데 뭔 소리고?"

"아니라구! 에잇, 재수가 없으려니까."

남자는 화를 버럭 내며 앞 칸으로 도망치듯 들어갔다.

"저 자슥이⋯⋯! 니는 퍼뜩 아빠한테 얘기해라. 퍼뜩!"

여자애가 뒷칸으로 후다닥 들어가자 구름이 인상을 팍 쓰며 외쳤다.

"뒤져쓰!"

우탄은 출구에서 나오는 사람들을 기민하게 살피며 핸드폰으로 사진을 확인했다. 사진 속엔 머리를 빨갛게 염색한 구름이 담겨 있었다. 염색은 방학 때 한 것이었는데, 그가 '고추장'이라고 한 이유는 구름의 빨간 머리색 때문이었다. 머리색이 너무 튀어서인지 인상도 엄청 튀어 보였다. 장난기 많고 시원스러운 눈매가 용이와 좀 닮은 것도 같았다.

사람들 틈에서 구름이 나타난 것은 그때였다. 비록 다시 까맣게 염색을 했지만, 우탄은 단숨에 그녀를 알아볼 수 있었다. 사진에서 보던 대로 영락없는 말괄량이 분위기였다.

"너도 조심해, 인마. 엄청 매워."

우탄은 용이의 말을 되새기며 걸어오는 구름을 지켜보았다.

키는 165cm 정도. 다소 심술궂은 인상에 새까만 똑 단발. 웬만해선 지지 않을 깡다구로 무장한 것 같은 '땡초 소녀'.

'용이가 괜히 맵다고 한 게 아니었구나.'

혀끝이 얼얼해지는 느낌에 혀로 입술을 쓱 훔치는데 구름이 전화를 거는 모습이 포착되었다. 이내 우탄의 핸드폰에서 벨이 울렸다.

[여보세요? 내, 용이 사촌인데 용이 전화 받았재? 지금 나왔는데 어데 있노?]

걸쭉한 경상도 사투리가 귀에 착 감겼다. 아무리 용이 사촌이라지만, 고추장, 아니, 여자애를 마중 나오는 일을 맡게 될 줄이야.

낯가림이 심한 우탄에게는 너무나 어려운 미션이었다. 게다가 상대는 용이도 겁을 낼 정도로 보통내기가 아니었다. 무엇보다 살면서 용이에게 부탁할 일이나 있을는지.

'이 원수를 어떻게 갚나?'

절친의 사정을 봐주느라 억지로 나오긴 했으나, 막상 구름을 보자 걸음이 떨어지질 않았다. 대체 처음 보는 여자애에게 뭐라고 말을 한단 말인가. 아니, 초면에 마중 나오는 것도 정말 어색하고 민망스러운 일이었다.

"절친만 아니었어도……."

뭔가 부탁을 해오는 이도 없거니와, 부탁받을 일이 생겨도 하지 않을 게 뻔한 우탄이었다. 더더군다나 낯선 여자애를 마중 나오는 일 따위는.

이 황당한 마중을 하게 된 우탄은 내키지 않는 걸음을 옮겨 구름에게 다가갔다.

[뭐꼬? 안 들리나? 와 말이 없노? 옴마야…….]

우탄이 앞을 쓱 가로막기에 깜짝 놀란 구름이 반사적으로 한 걸음 물러섰다. 그 와중에 그의 전신을 훑는 시선이 민첩했다.

키 185cm. 그중에 다리가 반.

몸무게 75kg. 완벽한 근육질.

피부. 매일 우유에 목욕하는 게 아닐까 의심됨.

얼굴. 한국판 레오나르도 디카프리오가 생각남.

눈빛. 한국판 데인 드한이 생각남.

한마디로,

'까리하데이, 머스마.'

습관처럼 스캔을 끝낸 구름의 입이 씩 벌어졌다.

"고양이가 아니고 멍뭉이가 나왔네. 니 오우탄이재?"

구름은 버스 반대편 좌석 창가에 뚝 떨어져 앉은 우탄을 힐끔힐끔 훔쳐봤다. 그 사실을 아는지 모르는지 우탄은 무심히 창밖만 내다보고 있었다. 서울역에서 만난 후로 그는 말 한마디 없었다.

'말이 없는 기가 몬 하는 기가……. 낯가리나? 말을 몬 하는 친구가 있다 캤는데 가가 야 맞나?'

구름은 표정도 없고 말도 없는 우탄이 신기했다. 하루라도 책을 안 읽으면 입에 가시가 돋는 게 아니라, 말을 안 하면 가시가 돋는 구름이라 더 그랬다.

'우쨌든 서울에 오긴 왔네.'

구름은 서울에 처음 오는 사람답게 창밖으로 지나가는 풍경을 구경했다.

'오~ 한강. 옴마야, 저게 쌍둥이 빌딩인 갑다. 쥑이네.'

구름의 단순한 뇌는 금세 유배자에서 여행자 모드로 바뀌었다. 길잡이 멍뭉이가 좀 무뚝뚝해서 실망했지만 까리해서 봐줬다. 갑작스러웠을 텐데 친구 부탁이라고 데리러 와준 것만도 어딘가.

구름은 낙천적인 성격답게 우탄을 이해해 버렸다.

도착하기 세 정거장 전이었다. 요란한 오토바이 소리에 무심코 밖을 내다보던 구름은 깜짝 놀랐다. 여러 대의 오토바이가 버스 주변을 얼쩡거리고 있었기 때문이다. 헬멧조차 쓰지 않은 이십대 초반, 또는 거의 십대 소년들이어서 사고라도 날까 봐 가슴이 조마조마했다.

저것들이 이른바, 오토바이에 살고 오토바이에 죽는다는 바로 그 폭주족?

"죽을라꼬 환장했나……."

빵-빵!

버스 기사가 클랙슨을 울렸으나, 그럴수록 폭주족들은 더욱 운전을 방해하며 자동차들 사이를 지그재그로 달렸다. 여기저기서 클랙슨 소리가 폭주족들에게 경고음을 날렸고, 폭주족들은 보란 듯이 낄낄 웃으며 운전자들을 농락했다.

'쯧쯧. 세상이 우째 될라꼬 저런 것들이 대낮부터 활개를 치노. 다

들 깡그리 엮어가 정신 개조를⋯⋯.'

끼이이익!

햇빛을 피하느라 바깥쪽 자리에 앉았던 구름은 몸이 앞으로 확 쏠리는 걸 느꼈다. 비명과 함께 승객들도 일제히 몸이 휘청거렸다. 그녀는 그 순간이 슬로 화면처럼 지나가는 것 같았다.

창가 쪽에 앉았던 우탄도 손잡이를 꽉 잡고 버텼다. 너무 순식간에 벌어진 일이어서 미처 구름을 생각할 겨를이 없었다. 다행히 버스는 아무 사고 없이 멈춰 섰고, 퍼뜩 정신을 차린 우탄은 구름에게 고개를 돌렸다.

'엇!'

구름이 사라졌다!

당황한 우탄의 갈색 눈동자가 심하게 흔들렸다.

"으으⋯⋯."

희미한 신음 소리에 우탄은 바닥을 내려다봤다.

'헉!'

바닥에 널브러져 있는 건 다름 아닌 구름이었다. 흠칫 놀란 우탄은 얼른 그녀를 부축했다. 기사 아저씨도 혼비백산해서 달려왔다.

"학생, 괜찮아?"

"괘, 괘안심더."

구름은 어질어질한 정신을 가다듬으며 대답했다.

"병원에 안 가도 되겠어?"

구름은 주위를 둘러보았다. 그제야 혼자만 바닥에 자빠졌다는 걸 깨달았다.

'이기 뭔 쪽이고⋯⋯.'

비틀거리며 일어나려던 구름은 우탄과 눈이 마주쳤다. 그의 맑은 눈을 본 순간, 얼굴이 화끈했다. 볼썽사납게 자빠진 모습을 봤을 생각을 하니 너무 창피했다.

초인적인 힘을 발휘한 구름은 벌떡 일어나 체조를 하기 시작했다. 파워풀한 동작에 승객들이 모두 놀란 표정으로 쳐다보았다.

"멀쩡합니더. 보이소. 괜안지예? 제가 이래 봬도 통뼵니더."

다행히 워낙 건강 체질이어서인지 다친 데는 없었다. 사실 육체보다 정신에 데미지를 입은 게 더 컸다.

'오늘 하루 몹시 버라이어티하다이.'

기사는 버스 안에서 체조하는 모습만 봐도 제정신이 아닌 것만은 틀림없다고 생각하며 말끝을 흐렸다.

"학생, 머리 괜찮아? 아무래도 정신이……."

"이상하모 낸중에라도 전화할게예. 퍼뜩 출발하이소."

"그, 그럴래? 그럼 꼭 전화해야 한다."

기사가 운전석으로 가자 승객들이 일제히 걱정하는 말을 쏟아냈다.

'괜찮아, 학생?', '그냥 병원 가지 그래?', '큰일 날 뻔했다', '오토바이 때문이야' 등등. 폭주족을 욕하는 사람도 있었는데, 구름도 실은 마음속으로는 욕사발을 퍼붓고 있었다.

'망할 노무 자슥들, 내 손에 걸리기만 해봐라!'

구름은 빠드득 이를 갈며 의자에 앉았다. 이번엔 안쪽 자리로 안전하게 피신했다. 서울에 온 신고식을 이런 식으로 할 생각은 추호도 없었는데, 억울하고 창피하고 분했다.

'으응?'

이건 또 무슨…….

처음부터 그곳이 제자리였던 것처럼 우탄이 구름의 옆자리에 앉는 게 아닌가!

'내가 널 보호해 줄게'와 같은 우탄의 매너 있는 행동에 구름의 시야가 다시금 슬로 화면으로 변했다. 그냥 옆에 앉았을 뿐인데도 온몸으로 까리함을 내뿜는 자태라니. 버스가 급정거할 때의 슬로 화면이 공포였다면, 지금의 슬로 화면은 달콤하기 짝이 없는 로맨스였다.

심쿵!

두근두근, 두근두근.

'옴마, 심장이 와 지랄이고?'

물론 그동안 소소한 썸씽은 있어왔으나, 심장의 격한 반응은 자연산 횟감을 보았을 때와 비슷했다.

구름은 어색하게 우탄을 쳐다봤다. 그러나 우탄은 잠을 청하듯 팔짱을 낀 채 눈을 감고 있었다.

'화보가 따로 없구마.'

그림 같은 우탄의 얼굴을 넋 놓고 바라보던 구름은 별안간 의미심장한 웃음을 머금었다. 왠지 서울 생활이 재미있어질 것 같은 느낌이었다.

버스에서 내린 구름은 앞서 걸어가는 우탄의 뒤를 쫄래쫄래 따라갔다. 어깨에 멘 가방이 무거워서 추스르고 있는데 우탄이 성큼 다가왔다. 가방을 뺏듯이 가져간 그는 해운대 바다처럼 넓은 어깨에 훌쩍 걸치고는 앞서 걸어갔다.

'어우, 매너 있다, 머스마.'

우탄의 매너는 이미 버스에서 확인했던 바, 흐뭇하게 웃으며 그의 옆을 따라붙은 구름이 종알댔다.

"용이한테 니 얘기 억수로 들었다. 장애인 학교 다닌다 카대."

'장애인 학교?'

우탄은 무슨 말인지 몰라 고개를 갸웃했다.

"학교에서는 몬 보겠다, 그자? 매일은 몬 봐도 가끔 보자, 우리. 오늘 신세도 졌는데 내, 밥 한번 사께."

"……."

"용이 그기 소매치기 잡았다 카이 봐주는 기다. 하여간 머스마, 서울 오드이 용 됐다이. 그 오……."

말을 하다 말고 구름은 손사래를 쳤다.

"아이다, 몬 들은 걸로 해라."

'쫑알쫑알……. 되게 시끄럽네.'

"웬만하믄 버스에서 자빠진 것도 잊어묵고. 내가 원래 억수로 민첩한데 방심한 기다."

우탄은 '누가 뭐래?' 하는 표정으로 조용히 걷기만 했다. 실은 당혹스러움의 연속이어서 어떤 말을 해줘야 할지 알 수 없었다. 용이 말마따나 한 가지는 확실한 것 같다. 사촌인 여자애가 엄청 별나다는 거.

'될 수 있으면 엮이지 말자.'

용이네에서 살게 된 이상 그게 가능할지 모르겠으나, 우탄은 이런 당혹스러움은 오늘로써 끝내고 싶은 마음뿐이었다.

잠시 후 으리으리한 저택 앞에 당도했다. 길고도 높은 담벼락에 구름의 입이 쩍 벌어졌다. 부자인 줄은 알았지만, 이 정도일 줄은 몰랐다.

'엄마가 와 그렇게 서울 타령인가 했드마는.'

흙수저가 서울 와서 금수저로 환골탈태하였으니 그 비법을 전수받으라는 깊은 뜻이었음이 비로소 깨달아졌다.

우탄은 턱이 빠질 듯이 입을 벌리고 있는 구름에게 가방을 탁 안겼다. 얼결에 가방을 받아 안은 그녀가 수줍게 말했다.

"오늘 고맙데이. 다음에 꼭 밥 사께."

구름이 굳이 밥을 사겠다며 강조했으나, 우탄은 더 이상 얼굴 볼 일 없다는 듯이 몸을 돌렸다. 이 어색함에서 벗어나는 길은 빨리 그녀와 헤어지는 것뿐이었다.

'하나, 둘, 셋, 넷…… 스물.'

정확히 스무 발자국을 간 뒤에야 우탄은 걸음을 멈추고 뒤를 돌아보았다. 그새 들어갔는지 구름의 모습은 보이지 않았다. 문득 버스 바닥에 널브러져 있던 구름의 모습이 떠올랐다.

"큭."

좀처럼 웃지 않는 우탄이 그날 기적처럼 웃었다.

❦

"그 계집애가 오해한 거라니까요. 화장실에 정말 사람 없는 줄 알았다구요."

경찰서에 붙잡혀 온 남자는 몹시 흥분한 상태였다. 그의 옆에는 여자애와 그 부모가 굳은 표정으로 앉아 있었다.

조사 중이던 경찰관이 부모에게 물었다.

"그 학생, 연락처 있으시죠?"

"네. 받아놨습니다."

여자애 아빠가 대답하자 경찰관은 컴퓨터로 남자의 신원을 확인하며 중얼거렸다.

"음……. 전과는 없는데……."

여자애 부모는 서로 눈치를 보았다. 아무래도 구름이 오해한 것 같았다. 경찰서까지 같이 오자고 하기가 미안해서 그냥 보냈더니 낭패였다.

경찰관이 여자애에게 물었다.

"이 아저씨가 진짜 너 있는 줄 알고 따라 들어왔어?"

여자애는 아리송한 표정을 지으며 대답했다.

"잘 모르겠어요."

조사를 마친 후 경찰서를 나온 여자애 가족은 황급히 그곳을 떠났다. 신원도 확인됐고, 증거도 불충분하고, 어린 딸에게도 별로 좋지 않을 것 같아서 없던 일로 하자며 무마시켜 버렸다.

그 뒤에서 아직도 열이 잔뜩 받은 얼굴로 서 있던 남자는 기차에서 들었던 통화 내용을 떠올렸다.

이모부가 학교 운영회장이라꼬 유세하나? 최강고등학교에 흠집 낼 일 안 할 테니까 염려 꽉 붙들어 매그라이.

별안간 표정이 돌변하여 싸늘해진 남자가 무섭게 중얼거렸다.

"최강고등학교? 내가 너 꼭 잡는다."

"아이고, 우리 공주님! 어디 한번 안아보자아."

퇴근을 한 용이 아빠, 성길은 거실로 들어오자마자 팔을 쫙 벌렸다. 소파에 앉아 있던 효순이 가볍게 눈을 흘겼다.

"주책이야. 다 큰 여자애를……."

하지만 구름은 스스럼없이 성길을 와락 끌어안았다.

"이모부!"

"그래, 그래. 잘 왔다, 잘 왔어. 하하하."

두 사람의 호들갑스러운 포옹에 효순이 귀엽다는 듯 웃었다.

"못 말려. 구름이 같은 딸 하나만 있으면 좋겠다 그러더니, 당신 소원 풀이했네요."

"그럼, 그럼. 구름아, 그냥 내 집이다 생각하고 편하게 지내, 알았지?"

"하모예."

소파로 온 성길이 용이에게 말했다.

"용이 너도 구름이 잘 챙기구. 구름이한테 무슨 일 생기면 네가 혼날 줄 알아."

"아빠 내 신상은 걱정 안 되세요?"

"네 신상이 왜?"

용이 고개를 절레절레 저었다.

"아빠가 빨리 딸에 대한 환상을 버리셔야 하는데……."

"구름아, 무슨 일 있으면 이 오빠한테 다 얘기해. 바로바로 해결해 줄게. 이 동네는 오빠가 꽉 잡고 있어."

성길을 도와 부동산 사업을 하는 둘째 아들, 달이 허세 가득한 투로 말했다.

"오빠두 허세는 여전하다이."

"허세 아니야, 인마."

"좋아가 그란다 아이가. 헤헤. 큰오빠는 언제 오노?"

건축 사무소에서 무대 디자이너로 일하는 용이의 큰형, 진해를 두고 한 말이었다.

"큰형, 영국에 출장 갔어."

"언제 오는데?"

"가봐야 안댔어."

"큰오빠 보고 싶다. 어릴 때 억수로 많이 업어줬다 아이가."

구름은 10년 전 다세대 주택에서 같이 살던 추억을 떠올렸다. 인생사 새옹지마. 비록 각서 한 장 때문에 서울로 유배를 오긴 했으나, 긍정적으로 생각하기로 마음먹었다. 기차에서 성추행범을 잡기도 했고, 뜻밖에 심장을 뛰게 하는 남자애도 만났고, 또…….

"참. 오늘 용이가 소매치기 잡았답니더."

"진짜? 오, 자식. 용감한데."

달이 칭찬하자 용이가 '뭐 그 정도쯤이야' 하듯 거들먹거렸다. 구름이도 오늘 성추행범을 잡았다는 말을 꺼내려던 용이는 효순에게 선수를 빼앗겼다.

"하여간 우리 집안사람들은 왜 이렇게 오지랖이 넓은지 몰라."

오지랖이란 말에 용이는 성추행범에 대한 얘기가 쏙 들어갔다.

"정의감에 불타는 거지. 안 그러냐, 구름아?"

"맞심더, 이모부."

가볍게 눈을 흘긴 효순이 지레 걱정이 되어 당부했다.

"구름이 너는 아예 그런 일에 끼어들지 말어. 너한테 무슨 일 생기면 너희 부모님한테 우리 얼굴이 뭐가 돼? 이왕 서울 온 거 얌전히 공부만 해. 대학등록금은 우리가 책임질 테니까. 편히 신세 갚게 해다오. 부탁이다."

대학을 가야 등록금도 받을 텐데. 그 돈으로 서울에 횟집 하나 차리면 아주 그만이겠구만.

"하모예. 절대 안 끼어듭니더. 맹세하께예."

씩씩하게 대답한 구름은 용이에게 절대 얘기하지 말라고 눈짓을 보냈다. 용이네 가족이 아는 것보다 부모님이 아는 게 더 무서웠기 때문이다.

폭신폭신한 침대에 누운 구름은 스탠드만 켜놓은 방에서 엄마와 통화 중이었다.

"걱정 마라. 얌전히 잘 있다가 가께."

[올 거 읎다. 서울서 푹 눌러살아라. 대학도 서울서 댕기고 직장도 서울서 댕기고, 알겠재?]

"내 안 보고 싶겠나?"

구름은 서운한 마음에 투정을 부려보지만, 경순은 얄짤없었다.

[보고 싶으마 우리가 가모 된다.]

"횟집은 우짜고?"

횟집 영업 때문에 10년이 되도록 서울 나들이 한 번 못 해본 부모님이었다.

[횟집은 고마 신경 끊고 니나 잘하고 있어라.]

엄마는 원래 냉정한 사람이니 그렇다 쳐도 아빠는 눈물을 흘리지 않았을까?

정 많은 아빠 생각에 구름은 눈가가 시큰했다.

"아빠는 내 없다꼬 안 서운해하나?"

[서운해도 우짜노. 참아야재. 고마 끊어라. 내일 학교 갈라믄 일찍 자야 된다 아이가.]

"딸내미 서울로 유배 보내고 둘이서 신혼 재미나 실컷⋯⋯."

울적한 마음을 농담으로 승화시켜 보려던 구름의 꿈은 경순의 포화 같은 잔소리에 무산되고 말았다.

[또, 또 씨잘데기 없는 소리 씨부리 쌌는다. 주디 단속 잘 해라이. 가시나야, 니 그래가 시집이나 가겠나?]

"서울 남자한테 시집 보낼라꼬 서울로 보냈드나?"

[부산 남자만 아니모 된다.]

구름은 대놓고 아빠를 디스하는 엄마 때문에 발끈했다.

"아빠 무시하나?"

[내를 무시한 거는 느그 아빠다. 횟집 때려치우고 서울로 이사 가자 캐도 들은 척도 안 하드마는 이기 뭐꼬? 진작에 서울 가가 부동산 사업이나 배웠으마 이래 고생 안 해도 된다 아이가. 니는 그 집 보면서 뭐 느끼는 거 없나?]

"부동산 사업은 쉽나 어데? 그라고 아빠는 그런 거 몬 한다. 아빠가 바다를 얼마나 좋아하는데."

구름은 아빠가 바다를 떠나서는 못 살 걸 알기에 적극 변호했다.

[내는 바다 지겹다. 우야든동 니는 서울 남자 만나가 서울서 자리 잡고 살아라. 엄마처럼 고생하지 말고.]

"내, 인자 열여덟이다. 뭘 벌시로 결혼 타령이고, 엄마는."

[인생 모르는 기다. 공부 열심히 하고 조신하게 살다 보면 혹시 아나. 짝도 금방 만날는지. 내는 니가 용이 맨쿠로 사투리도 싹 고치고 능력 있고 성격 좋은 서울 머스마 만나가 잘 사는 모습 보는 기 소원이다.]

"됐다, 고마. 끊어라."

전화를 끊자 울적한 마음이 더했다. 내일이 개학인데 잠도 오지 않았다. 오지랖 넓기로는 세계 제패를 해도 부족할 구름이지만 낯선 서울에서의 생활이 조금 걱정스러웠다.

"서울 사람들은 깍쟁이라 카든데 부산서 왔다고 얕잡아보진 않을란가……."

2
도른 자, 노른 자, 튀는 자

서울에서의 심란한 첫 밤을 보내고, 다음 날 아침.

담임선생님을 따라 2학년 3반으로 향하는 복도를 걸으며 구름은 아이들 시선에 살짝 당황했다. 용이와 등교할 때도 아이들이 수군대더니 지금도 마찬가지였다. 교복이나 얼굴에 뭐가 묻었나 싶어 용이에게 물어봐도 괜찮다는 말뿐이었다.

그렇다면 구경꾼들처럼 몰려다니는 이 반응은 대체 뭘까?

'부산에서 온 거 티 나나?'

용이와 교무실에 들렀다가 같은 반이라는 걸 알고 안심했던 것도 잠시, 구름은 영문도 모른 채 아이들의 집중되는 시선을 받아야 했다. 그런 현상은 교실에 들어가서도 똑같았다. 아이돌 반기듯 환하게 웃어주는 아이들의 시선이 용이에게로 집중되었다가, '촌스러운 애야, 우리 아이돌에게서 좀 떨어져 주련'과 같은 싸늘한 반응이 구름에게 돌아왔다.

"저기 앉아."

구름은 용이 친절하게 안내해 준 자리로 갔다. 옆자리에 앉아 있던 시안이 생긋 미소를 지어 보였다.

'그 고양이 닮은 아!'

그 미소를 보는 순간, 구름은 누구인지 알게 되었다. 서울역에 마중 나오는 친구가 시안이라고 생각했을 정도로 용이가 제일 많이 얘기한 바로 그 친구였다. 그래서인지 구름은 시안이 무척 반가웠다.

창가 맨 뒷자리에 앉은 용이를 돌아보니, 용이가 눈웃음을 친다.

"아흐으응."

눈웃음은 구름에게 쳤는데 반응은 엉뚱한 데서 나오는 기이한 현상은 또 뭘까?

구름은 그때까지도 전혀 몰랐다. 용이 학교에서 아이돌급 인기를 누리고 있다는 것을. 나중에 알고 용이가 소매치기를 잡은 일보다 더 놀란 것은 두말하면 잔소리였다.

❧

수업 시작종이 울린 후에야 어슬렁어슬렁 교문 앞에 나타난 우탄은 웬 남자가 기웃대는 걸 보고 걸음을 멈췄다.

'뭐지?'

가끔 나타나는 바바리맨은 아니었다. 그는 다름 아닌 어제 구름이 기차 안에서 잡았던 성추행 미수범이었다. 남자는 우탄을 보더니 마치 산책을 나온 사람처럼 휘파람을 불며 유유히 자리를 떴다.

'아닌가?'

수상한 사람이라고 생각했던 우탄은 어깨를 으쓱하고는 교문 안으로 들어갔다.

'정말 정이 안 가는구나.'

2년째 다니는 학교였지만 여전히 적응이 안 됐다. 게다가 반이 바뀌고 반 아이들도 바뀐 첫날은 더더욱.

곧장 학교로 들어갈 줄 알았던 우탄은 건물을 지나쳐 뒷동산에 올랐다. 새싹이 파릇파릇 돋기 시작한 잔디밭에 가방을 베개 삼아 털썩 드러누웠다. 새파란 하늘이 청명했다. 따사로운 아침 햇살에 저절로 눈이 감겼다. 그의 위로 바람을 타고 꽃가루가 흩날렸다.

❦

"이거 먹어."

1교시가 끝나고 쉬는 시간. 시안이 구름에게 초코바를 건넸다. 구름은 냉큼 껍질을 까서 초코바를 한 입 크게 베어 먹었다.

"난 고시안이라고 해. 용이 친구."

"사진에서 봤다."

"나두."

시안은 페르시안 고양이처럼 귀족풍의 소녀였다. 긴 생머리와 까만 눈동자는 인형처럼 예뻤다. 용이의 메신저 프로필에 이따금 친구들과 찍은 사진이 올라오곤 했는데, 시안은 그중에서 제일 눈에 띄던 아이였다.

"치워. 냄새나."

초코바를 먹던 구름은 깜짝 놀라 고개를 들었다. 미정이 지나가면서 구름의 앞자리에 앉은 윤희의 머리를 툭 치며 한 말이었다. 윤희는 아무 말 못 하고 고개를 푹 숙였다. 그 모습에 미정이 비웃음을 한껏 머금으며 재차 윤희의 머리를 툭툭 쳤다.

"쓰레기 냄새 난다구."

'뭐꼬. 이 싸가지는?'

구름이 욱해서 나서려는 그때.

"야, 박미정."

시안이었다. 차분하기 이를 데 없는 음성에 미정이 떫은 표정으로 시안을 노려보았다.

"뭐?"

"그만해라."

"뭔 상관?"

미정은 보란 듯이 검지로 윤희 머리를 툭툭 밀었다. 화가 난 시안도 언성이 살짝 높아졌다.

"그만하라구."

'오올~ 이제 봤더니 정의감이 투철한 소녀였구마.'

구름은 시안이 새롭게 보였다. 그러나 미정 입장에서는 전혀 아니었나 보다.

"너야말로 잘난 척 좀 그만해. 역겨워."

"나한테 유감 많구나, 너? 그럼 나한테 해, 엉뚱한 사람 괴롭히지 말구."

"어휴, 그러다 잘리면 어쩌려구. 나만 손해잖아."

분위기는 더욱 싸해졌고, 아이들도 긴장해서 두 사람의 대치를 지켜보았다.

시안은 한심하다는 듯 빈정댔다.

"인생 그렇게 살고 싶니?"

"주둥이 닥쳐라."

"너나 좀 닥치라."

참다 못한 구름이 톡 끼어들었다. 어제 저녁 용이네 가족 앞에서 했던 맹세는 까맣게 잊은 뒤였다. 아니, 애초에 구름에게는 불가능한 맹세였는지 모른다.

미정은 '이건 또 뭔 개뼈다귀냐'는 듯 어이없어했다.

"뭐야, 이 촌년은?"

초녀언?!

쓱 자리에서 일어난 구름은 먹던 초코바를 미정 입에다 콱 쑤셔 박았다.

"주디 좀 닥치라고, 가시나야. 뽈락같이 생기가 가만히 있는 애들은 와 괴롭히노?"

'보, 뽈락?!'

미정이 물었던 초코바를 탁 뱉고 구름에게 손을 힘껏 뻗는 순간.

"아악!"

구름에게 되레 손목을 잡힌 미정은 비명을 질렀다. 구름은 아파서 죽을 것처럼 우거지상을 하고 있는 미정에게 나지막이 타일렀다.

"나대지 마라이."

아이들의 얼굴 위로 다양한 표정이 떠올랐다. 놀란 표정, 존경스러운 표정, 미정이 당하는 것에 대해 쌤통인 표정……. 아무래도 그동안 미정이 꽤나 아이들을 괴롭히고 다녔던 모양이다.

한눈에 상황 파악이 된 구름은 미정의 손을 탁 놓아주었다. 얼굴이 시뻘게진 미정은 구름과 시안을 번갈아 노려보더니 홱 자기 자리로 가버렸다.

손을 탁탁 털며 구름이 자리에 앉자 시안이 잘했다는 듯 그녀의 어깨를 툭툭 쳐 주었다. 윤희도 뒤돌아 구름에게 인사했다.

"고마워……."

구름은 마냥 소심해 보이는 윤희가 걱정스러웠다. 이래서 이 험난한 세상을 어떻게 헤쳐 나간단 말인가. 강한 자가 살아남는 게 아니라 살아남는 자가 강하다는 말이 괜히 나왔겠는가.

구름은 미정에게 하던 것과 달리 다정히 말했다.

"자가 또 괴롭히마 내한테 얘기해라. 알았재?"

윤희는 시안 외에 든든한 지원군이 또 생긴 것 같아 눈물이 핑 돌았다.

학교 뒷동산 한쪽에는 수풀로 우거진 곳이 있었다. 풀이 제법 길어서 그 안으로 숨으면 밖에서는 잘 보이지 않았다. 우탄은 손재주를 발휘하여 수풀을 지붕처럼 엮고, 바닥은 수풀을 깔아 폭신하게 만들어 놓았다. 그가 학교에 오면, 쉬거나 잠을 자는 곳이었다. 더군다나 요즘 같은 꽃샘추위에는 더없이 따뜻하고 아늑했다.

"왜? 지원군 생기니까 좋냐? 좋아?"

"이, 이러지 마……."

"너 같은 건 맞아야 돼. 맞아야 정신 차리지, 엉!"

여느 때처럼 수풀 속에서 자고 있던 우탄은 시끄러운 소리에 슬며시 눈을 떴다. 고개를 들어 수풀 사이로 내다보자 어렴풋이 미정과 아이들에게 둘러싸인 윤희가 보였다. 중학교 때 같은 반을 한 적이 있어서 우탄도 윤희를 알고 있었다. 그때도 윤희는 왕따를 당한 적이 있었다.

짝, 짝!

미정이 윤희의 뺨을 연달아 갈기는 순간, 우탄은 저도 모르게 움찔했다. 몸이 비쩍 마른 윤희는 뺨을 맞고 힘없이 바닥에 쓰러졌다. 그 위로 무수한 발길질이 이어졌다.

'젠장……'

우탄은 여자애들 문제에 끼고 싶은 생각이 추호도 없었다. 그만큼 사람에 대해 관심이 없었다. 하지만 중학교 때도 폭력에 시달렸던 윤희를 본 적이 있어서 망설여졌다.

망설인 시간은 그리 길지 않았다. 우탄이 막 몸을 일으키려고 할 때였다.

"어이, 뽈락!"

'응?'

귀에 익은 목소리에 우탄은 다시 몸을 낮췄다. 그의 시야에 서서히 들어오는 사람은 구름, 그리고 시안이었다. 시안을 보자 안심이 되었다. 시안이 윤희의 유일한 친구였으니까. 그런데 오늘부로 윤희의 친구가 한 명 더 늘어난 모양이다.

우탄의 시선이 구름에게 집중됐다.

"경고했을 긴데. 윤희 그만 괴롭히라고."

미정보다 더 불량스러워 보이는 구름이 짝다리를 짚으며 엄포를 놓았다. 구름이 대차다는 건 알지만, 상대는 중학교 때부터 불량하기로 유명한 미정이었다.

우탄은 싸움을 말리려던 생각도 까맣게 잊고 구름이 어떻게 나올지가 궁금해져 관찰하기 시작했다.

"야, 이 삐리리한 X아, 삐리리한 게 삐리리하고 XX이야. 삐리리한 X들아, 쌍으로 제사상 구경시켜 줘?"

갑자기 미정의 입에서 삐 소리가 난무한 욕설이 튀어나왔다. 우탄도 미간을 찌푸릴 정도였는데 정작 구름은 늘 듣던 소리처럼 덤덤했다.

"쓰레기 냄새는 니 입에서 나는 기다. 욕을 그래 해 재끼는데 냄새가 나는 기 당연하지."

우탄이 태연히 미정의 입 냄새를 지적하는 구름에게 감탄하는 그때.

"저것들 다 조져 버려!"

미정이와 친구들이 우르르 구름과 시안이에게 달려들었다.

'시안이는 싸움 못 할 텐데……'

우탄은 말싸움이라면 몰라도 몸싸움은 젬병인 시안이 걱정됐다.

'정말 나가야 하나?'

그것이 기우였다는 걸 우탄은 금세 알 수 있었다. 구름이 뜻밖에도 싸움을 엄청 잘했던 것이다. 비록 개싸움이긴 했지만, 구름 혼자서 대여섯 명을 상대하는 모습이 정말이지 후덜덜 했다.

'히야…… 땡초, 맞네.'

미정이와 아이들을 때려눕힌 것은 겨우 5분 남짓. 우탄이 보고 있는 줄도 모르고 구름은 바닥에 널브러진 미정과 친구들을 내려다보며 경고했다.

"한 번만 더 애들 괴롭히는 거 들켰다가는 내 손에 작살날 줄 알아라. 특히, 뽈락! 조심하는 기 좋을 끼다."

쌍코피가 터진 미정은 일어나지도 못하고 부들부들 떨었다. 싸움이라면 어지간한 남자애들도 이기는 그녀가 겨우 개싸움에 지다니. 불량소녀 5년 인생에 있을 수 없는 일이었다.

"가자, 윤희야."

구름과 시안이 윤희를 데리고 그곳을 떠났다.

"으으, 표구르으으음!"

괴성을 지르며 일어난 미정은 당장에라도 구름을 요절낼 기세였다. 그러나 그녀의 기세는 금세 꺾이고 말았다. 수풀에서 우탄이 불쑥 나왔기 때문이었다.

'오, 오우탄!'

사신이라도 본 양 기겁을 한 미정과 아이들은 '나 살려라' 하고는 도망쳤다. 혼비백산해서 도망치는 아이들을 보며 우탄은 머쓱했다.

"내가 뭘 어쨌다고……."

수돗가에서 손을 씻던 구름은 다다다다 땅을 울리는 소리에 고개를 들었다. 그 소리는 뒷동산과 연결된 비탈길에서 나는 소리였다. 미정과 아이들이 도망치듯 달려 내려오는 게 보였다.

"저것들이 아직 정신을 몬 차리고…… 으잉?"

미정과 아이들이 다시 싸움을 걸려고 오는 줄 알았던 구름은 어안이 벙벙했다. 수돗가 쪽이 아니라 학교 건물 방향으로 달려가고 있었기 때문이다.

"와 저라노? 쪽팔리가 그라나?"

영문을 몰라 하던 구름은 비탈길을 어슬렁거리며 내려오는 우탄을 발견했다. 금광이라도 발견한 것처럼 그녀의 눈이 휘둥그레졌다.

"어! 자가 와 저기서 오노? 야! 내다! 오우탄!"

우탄이 장애인 학교에 다니는 줄 철석같이 믿고 있던 구름은 두 손을 번쩍 들어 마구 흔들었다. 걸어오다 말고 우탄이 멈칫하는 게 보였다. 을씨년스러운 뒷동산의 배경과 퇴폐적이며 우수에 젖은 눈빛이 저리 혼연일체가 되기도 힘들 것 같았다.

구름은 대충 교복에다 젖은 손을 문질러 닦고 우탄에게 쪼르르 달려갔다.

"니 우리 학교 다녔나? 반갑다, 야. 내는 니 장애인 학교 다니는 줄 알았다."

우탄은 어색하고 민망하게 구름을 내려다봤다. 빤히 쳐다보는 구름의 얼굴이 햇빛을 받아 반짝였다. 반짝이는 얼굴이 청초해서 좀 전 개싸움을 벌이던 땡초 소녀가 맞는지 의아했다.

"아…… 듣기는 하는데 말은 몬 하는 기가?"

우탄은 성가신 표정으로 구름을 지나쳤다. 어딜 가나 시선을 집중시키는 게 이 아이의 특기인 모양이었다. 시선 집중이라면 질색인 우탄이었기에 빨리 그녀의 사정권에서 벗어나고픈 마음이었다.

"뭐꼬……."

무시당한 느낌에 기분이 상한 구름은 후다닥 쫓아가서 우탄의 등짝을 세게 내려쳤다.

퍽!

손바닥이 찰지게 등 근육을 내려치는 소리가 사방에 울려 퍼졌다. 아파서가 아니라 누군가 등을 쳤다는 것에 놀란 우탄은 그만 그 자리에서 돌이 되었다.

'얘……, 뭐지?'

우탄으로서는 난생처음 당해보는 일이라 화가 나기보다 어처구니가 없었다. 마침 그곳에 있던 아이들은 더 놀란 눈치였다. 하나같이 '미친 거 아냐?' 하는 표정으로 구름을 바라보았다.

아직 혼자만 분위기 파악을 못 한 구름은 우탄에게 따져 물었다.

"사람이 인사를 했으마 받아는 주야지. 와 쌩까는데?"

'하지 마! 하지 마!'

시안이 열심히 손짓 발짓으로 구름에게 신호를 주었다. '그자는 네가 서슴없이 등을 내려칠 수 있는 인간이 아니란다, 친구야!'에 가까운 몸부림이었다.

"와 저라노?"

뒤늦게 시안을 발견한 구름은 반경 100m 이내의 모든 공기가 얼어붙은 것 같은 느낌을 받았다. 한겨울도 아닌데 공기가 서걱거리는 이 괴이한 느낌은 뭘까?

"뭐꼬, 이 살벌한 공기의 흐름은?"

구름은 눈동자를 데구루루 굴려 어느새 자기 쪽으로 돌아서 있는 우탄을 올려다봤다. 기가 막힌 표정으로 노려보고 있는 우탄을 보자 그녀는 그제야 뭔가 크게 잘못되었음을 깨달았다. 용이 대신 서울역에 마중 나온 까리한 그놈이 이놈이 맞을진대, 마치 초면에 뒤통수를 얻어맞은 것 같은 표정을 짓는 까닭은 대체 무엇인가.

"허……."

길게 한숨을 늘인 우탄은 인내심을 발휘해 무시하고 돌아섰다. 땡초 소녀는 절친인 용이의 사촌이었고, 개싸움의 일인자였다. 새삼 깨달은 사실이 있다면, 그저 피하는 게 상책이라는 거. 엮이면 엮일수록 귀찮을 게 뻔했으니까.

"야! 얌마! 야, 오우…… 읍!"

어느 틈엔가 다가온 시안이 구름의 입을 결사적으로 틀어막았다.

"쟤는 아니야. 쟤는 아니라구."

억지로 손을 뗀 구름이 물었다.

"뭐가 아닌데?"

"일찍 일찍 좀 다녀, 새끼야."

용이 점심시간이나 돼서야 교실에 나타난 우탄에게 잔소리를 했다.

우탄에게 잔소리를 할 수 있는 유일한 인간, 진용. 우탄이 유일하게 말을 섞는 친구, 진용.

어제 다 늦게 전화로 자초지종을 들었던 우탄은 용이의 사정을 이해했지만, 그 일 때문에 구름과 자꾸 부딪히는 건 마뜩지 않았다. 이참에 용이에게 사촌 단속 좀 잘하라고 단단히 일러두는 게 낫겠다 싶었다. 안 그러면 미정 때문이라도 계속 시끄러울 것이다.

"네 사촌 말인데……."

"저기."

우탄은 뒷문으로 들어오는 구름과 눈이 딱 마주쳤다. 구름이 곧장 우탄에게 걸어왔다.

'또 뭐지?'

우탄은 비장한 표정으로 다가오는 구름이 부담스러워서 모른 척 고개를 돌렸다.

'내가 왜 마중을 나가서는……'

절친의 급한 부탁이었어도 들어주지 말 걸 그랬다는 후회가 밀려오는 찰나, 우탄의 책상 앞에 선 구름이 말했다.

"니 부끄럼 타나?"

아이들의 단합된 '헉!' 소리가 간결하게 들렸다.

"니, 언어 장애가?"

"구름아, 그게……"

"용이 니는 가만있어 봐라."

구름이 갑자기 우탄의 볼을 꽉 잡아 자기 쪽을 보게 했다. 겉으로 감정의 동요라고는 보이지 않던 우탄의 눈이 그렇게 커진 것은 처음이었다. 그녀는 지금 퇴폐와 우수가 경악과 공포로 바뀌는 갈색 눈동자를 보고 있었다.

구름의 돌발 행동에 용이도 온몸에 진땀이 확 났다.

얼음 마녀도 아닌데 가는 곳마다 공기를 얼어붙게 만드는 재능 보유자 구름이 뚫어져라 우탄과 눈을 맞췄다.

구름의 눈동자에 담긴 우탄의 놀란 얼굴.

우탄의 눈동자에 담긴 구름의 짓궂은 표정.

영원히 멈출 것 같은 시간 속에서 구름이 싱긋 웃으며 말했다.

"사람이 얘기할 땐 이래 눈을 보면서 하는 기다."

"우리 학교엔 세 명의 '자, 자, 자'가 있어."

수업이 끝나고 시안과 윤희를 따라 밴드부로 향하던 중, 시안이 불쑥 말을 꺼냈다. '놈, 놈, 놈'은 들어봤어도 '자, 자, 자'는 처음이어서 구름은 호기심이 동했다.

"세 명의 '자, 자, 자'? 그기 뭔데?"

"일명 '도른 자', '노른 자', '튀는 자'."

"그기 다 뭐꼬?"

시안이 상큼하게 검지를 세웠다.

"첫째, '도른 자' 오우탄. 한마디로 안 건드리는 게 상책이란 뜻이지. 말은 용이랑만 해. 그자의 꿀성대를 우리는 들을 기회가 없다는 얘기야."

구름은 시안의 상세한 설명을 듣고 깊은 깨달음을 얻었다.

"아…… 말을 아예 몬 하는 기 아니었구나."

그런 줄도 모르고 우탄을 측은하게 여겼던 자신이 너무 바보 같았다. 틀림없이 그도 같은 생각을 했으리라. 부산 바보가 서울에 떴다고 말이다. 그가 자꾸 저를 피하는 게 이해가 갔다.

"세상에 말문을 닫은 거지."

"와?"

"엄마는 안 계시고 아빠랑 사는데 사이가 안 좋아. 상처가 많은 아이야."

'상처'라는 말이 구름의 심장을 쿡 찔렀다.

'어쩐지 눈빛이 퇴폐적이더라.'

"둘째, '노른 자.'"

달걀의 그 노른자?

"'노른 자'는 또 뭐꼬?"

"네 사촌 진용. 부모님이 서울의 노른자 땅을 다수 보유한 땅 부자시잖아. 용이는 학교에서도 '노른자'야. 얼굴, 공부, 운동, 인간성, 뭐 하나 빠지는 게 있어야지. 인기 엄청 많아. 아이돌급이라고 보면 돼."

"으엑! 아, 아이돌급? 용이 그 오……."

……줌싸개가?!

용이 소매치기범을 잡았다는 것도 놀라울 지경이던 구름은 온몸에 소름이 쫙 끼쳤다. 아침에 구경꾼처럼 따라다니던 아이들, 용이의 눈웃음에 앓는 소리를 내던 아이들에 대한 의문이 풀렸다. 사람을 그렇게 탈바꿈시켜 놓다니, 서울은 정말이지 대단한 곳이었다!

충격에서 벗어나지 못한 구름이 물었다.

"'튀는 자'는 또 누꼬?"

학교 별관 1층 끝에 위치한 밴드부에는 악기만 각자의 자리에 있을 뿐 아무도 없었다. 기타와 베이스가 있는 걸로 봐선 잠깐 화장실에 간 모양이었다.

시안이 의자에 가방을 내려놓고 전자 오르간 앞으로 갔다. 익숙하게 오르간을 다루는 솜씨에 구름이 감탄했다.

"우와~ 니 그런 것도 할 줄 아나?"

"시안이가 밴드부야."

윤희의 말에 구름은 시안이 더욱 새롭게 보였다.

'이쁜 애는 뭘 해도 이쁘구마.'

구름은 빨간색의 전자 기타가 눈에 띄기에 손끝으로 살짝 만져 보았다.

"와, 기타 억수로 멋지다이."

"만지지 마!"

그 소리가 날카로운 비명처럼 들려 구름은 그 자세로 굳어버렸다. 성큼성큼 다가온 리어가 구름의 손목을 억세게 잡아챘다.

"너 뭐야?"

구름이 키가 큰 리어를 쭉 올려다봤다.

키 185~190cm 사이. 기럭지가 너무 길어서 인간인가 싶음.

몸무게 70~75kg 사이. 호리호리한 체격이지만 맷집 있어 보임.

얼굴. 마땅히 떠오르는 연예인 없음. 그만큼 개성 있는 페이스의 소유자임.

눈매. 날카로운 게 성깔 있어 보임.

머리칼은 약간 긴 편. 한눈에 봐도 음악 할 놈 같은 분위기임.

"니구나?"

"뭐?"

"'튀는 자'. ……맞재?"

"뭐라는 거야……."

인상을 찌푸린 리어가 구름의 손을 탁 놔주었다.

"고시안. 연습 중에 아무도 데려오지 말랬지."

시안이 슬그머니 나가려는 윤희를 불렀다.

"그냥 있어."

"나가!"

리어의 호통에 시안도 지지 않고 따졌다.

"방해 안 되는데 왜?"

"난 방해돼."

"집중력을 키우든가."

발끈한 리어가 시안에게 버럭 소리를 질렀다.

"너도 나가!"

시안이 리어를 노려보았다. 한판 붙을 기세였다. 기타에 손 좀 댔기로 중죄인 취급이라니. 그리고 기타 만진 사람은 따로 있는데 왜 애먼 시안이한테까지 성질인지.

'점마 저거 완전 못돼 처먹었네.'

미안했던 마음도 잠시, 구름의 속이 부글부글 끓어올랐다. 이를 눈치챈 윤희가 구름의 팔을 끌어당겼다.

"싸, 싸우지 마. 우리가 나갈게."

윤희가 구름을 데리고 후다닥 밖으로 나오는데 베이스와 드럼을 치는 남학생 둘이 들어왔다. 동급생인 그들은 시안과 리어를 보자 또 싸웠구나, 하는 표정으로 각자 위치로 갔다.

복도로 나온 구름은 살짝 열린 문틈으로 안을 몰래 들여다봤다. 그 아래로 윤희의 머리가 쏙 나타났다. 베이스와 드럼의 등장으로 다행히 시안과 리어의 신경전은 끝이 났고, 몇 번 악기를 조율해 보던 그들은 금방 연습에 몰두했다.

구름은 기타를 치며 노래하는 리어의 모습을 바라보았다.

'그래도 노래는 쫌 한다이.'

구름은 저도 모르게 리어의 노래를 감상했다. 허스키한 목소리가 섹시했다. 목소리만 섹시할까. 온몸에 색기가 줄줄 흘렀다. 여자들을 홀리기에 안성맞춤인 녀석이라고나 할까. 그 색기에 홀린 여자애는 생각보다 가까운 곳에 있었으니, 구름이 아래에 쪼그리고 앉아 황홀한 표정으로 리어를 바라보고 있는 윤희였다.

'땡초?'

혼자 농구나 할 겸 2층 체육관에 가던 우탄은, 밴드부실 안을 몰래 들여다보고 있는 구름을 보고 걸음을 멈췄다. 구름과 윤희의 뒤로 소리 없이 다가가자 안에서 리어의 노래 소리가 들렸다. 솜씨는 늘었지만 여전히 귀에 거슬렸다.

'멋만 잔뜩 들어서는……'

우탄은 무슨 심통이 났는지 손으로 문을 확 밀어버렸다. 무방비 상태로 있던 구름과 윤희가 동시에 앞으로 엎어졌다.

"어마시얏!"

"아이쿠!"

그 소리에 리어는 연주를 멈춰야 했다. 한창 몰입 중이었는데 어떤 인간이 이런 몰상식한 짓을!

문 쪽으로 고개를 홱 돌리자 두 물체가 바닥에서 꿈틀대고 있었다.

"어떤 자슥이!"

벌떡 일어나던 구름은 리어와 눈이 딱 마주치고 움찔 놀랐다. '네가 연습을 방해하고도 살아남고 싶으냐?'는 눈빛이었다.

"또 너냐?"

"일부러 그런 게 아이고……"

리어는 애초에 구름의 말을 들어줄 용의가 없었다. 친구들을 데리고 온 건 시안이었으니까. 게다가 시안의 친구들 중에서 경상도 사투리를 쓰는 애는 본 적이 없었다. 새 학년이 된 첫날이니 새 친구를 사귈 모양인데 습관이 되면 곤란했다. 모지리 윤희가 밴드부실에 드나드는 것도 봐줬는데, 이러다가는 공개 연습실이 될지 몰랐다.

"고시안, 다 데리고 꺼져."

시안은 욱하는 걸 참으며 가방을 챙겨 나갔다. 예민하기로 둘째가라면 서럽고 자비라고는 눈곱만치도 없는 리어의 비위를 맞춰주고 싶은 마음이 더 이상 없었다.

"가자, 얘들아."

"시, 시안아……."

미안해서 어쩔 줄 모르는 구름과 윤희였다. 나가다 말고 별안간 홱 돌아선 시안이 리어에게 매섭게 쏘아붙였다.

"엔간히 해, 엔간히! 재수 없어."

사실 윤희 외에는 밴드부실에 데려오는 친구가 없었기에 시안은 리어의 처사가 매정하게만 느껴졌다. 더구나 구름은 용이 사촌이었으니, 리어가 몰라서 그렇지 박대를 당할 처지는 아니었다. 실수는 리어가 하고 있는 것이다.

리어가 얄미운 시안은 끝내 구름이 용이 사촌이란 걸 숨긴 채 밖으로 나왔다.

밖으로 나오자마자 리어의 노래 소리가 다시 들리기 시작했다. 시안은 완전히 열받은 얼굴이었다.

"진짜 또라이는 강리어 저 자식이야. 지가 무슨 음악의 신이라도 되는 줄 안다니까. 음악 아래 사람 있냐, 사람 아래 음악 있지. 으휴!"

시안이 분통을 터뜨리자 윤희가 기어들어 가는 소리로 말했다.

"노래는 잘하잖아."

"노래만 잘하면 뭐 해? 인간이 덜 돼먹었는데."

"미안타. 누가 갑자기 문을 확 열어가⋯⋯."

구름은 주변을 둘러봤지만 복도에는 개미 한 마리 기어 다니지 않았다.

"윤희 니도 못 봤나?"

"아니, 못 봤어."

"아이씨⋯⋯. 어떤 놈인지 잡히기만 해봐라."

❦

학교 앞 사거리, 건널목 앞 건물 1층에 있는 '더 스윗' 생과일주스 카페. 멋스러운 감각이 뛰어난 그곳은 학생들의 천국이라 불렸다.

그곳으로 구름, 시안, 윤희가 나란히 들어섰다.

"어서 와."

카페만큼이나 멋스러운 주인, 은혜가 반갑게 맞아주었다.

"못 보던 얼굴이네?"

구름은 선생님에게 하듯 허리를 반이나 굽혀 인사했다.

"안녕하십니꺼? 표구름이라고 합니더. 부산서 전학 왔어예."

"용이 사촌이에요."

시안의 보충 설명에 은혜는 용이를 잘 아는 듯 얼굴이 더욱 화사해졌다.

"그렇구나. 반가워. 난 김은혜. 앞으로 자주 보자."

"예. 지도 반가워예. 헤헤."

"후후. 되게 싹싹하네. 오늘 새 친구한텐 서비스."

학생들로 북적이는 카페 안에서 구름은 과일주스를 마시며 행복한 표정을 지었다. 천상의 음료가 이런 맛일까 싶었다.

"오오, 이거 억수로 맛나다이. 카페 언니야도 억수로 멋있고……. 헤헤."

간호사가 급히 들어와 주문하는 걸 본 시안이 구름에게 귀띔했다.

"여기 2층 성형외과가 '도른 자' 아빠가 하시는 병원이야."

'도른 자'란 말에 구름은 귀가 솔깃했다.

"오우탄 아빠? 아빠가 성형외과 의사면 돈 억수로 잘 벌겠다."

"말했잖아. 사이 안 좋다구."

"오늘 보니까 수업도 막 제끼드만 아빠가 의사라 머리가 좋은갑다이."

윤희가 슬쩍 아는 체를 했다.

"시안이도 아빠가 유명한 작곡가셔. 시안이 작곡 엄청 잘해."

"그 얘긴 용이한테 들었다. 엄마도 방송국 피디시라 카대. 연예인들 맨날 보겠다."

시안이 피식 웃으며 말했다.

"용이 갠 너한테 우리 정보를 얼마나 흘린 거야?"

"니 얘기 제일 많이 했다. 칭찬 일색으로다가."

"하긴, 초등학교 1학년 때부터 친구였는데, 뭐. 일명, 불알친구."

윤희가 '우탄이랑 리어도……' 하는데 카페 안으로 불쑥 우탄이 들어왔다. 윤희는 제 말 하는 호랑이라도 본 듯 화들짝 놀랐고, 반면에 구름은 반가운 기색이 역력했다.

"어!"

시안이 알은체하려는 구름을 말렸다.

"너 재한테 관심 있니?"

관심?

억수로 많지.

구름은 음흉스럽게 눈매를 늘어뜨렸다. 도른자가 누구인가? 강심장 표구름의 심장을 떨리게 만든 첫 번째 서울 머스마가 아닌가 말이다. 용이와 절친이라면서 상반된 캐릭터인 것도 무척 신기하고, 까리한 것도 마음에 들고, 여러모로 궁금증을 자아내는 녀석이었다.

"용이 친구다 아이가. 친하게 지내마 좋지, 뭘."

"아서. '도른 자'가 괜히 '도른 자'겠니?"

"부끄럼 타는 거 아니었나?"

시안이 어이없는 표정을 지었다.

"저 얼굴이 어딜 봐서 부끄럼쟁이로 보여? 오우탄 다른 별명 가르쳐 줘? 21세기 모세야. 쟤만 지나가면 애들이 홍해 갈라지듯 갈라져서."

그때 우탄은 구름이 와 있는 것도 모른 채 카운터에 붙은 메뉴판과 눈싸움 중이었다. 주스 종류가 너무 많은 탓에 고르기가 어려웠다. 마음 같아선 고르기 쉽도록 메뉴를 단일화시켜 버리고 싶었다.

가만히 우탄을 바라보던 은혜가 물었다.

"그건 아직 안 됐어?"

우탄은 무심히 고개를 끄덕였다.

"안 풀리나 보구나. 천천히 해. 아직 시간 있으니까. 음료는 뭐로 줄까?"

우탄이 메뉴판 상단에 있는 키위를 손으로 가리켰다. 선택이 어려울 땐 첫 번째를 고르는 게 속 편했다.

"잠깐 앉아서 기다려."

빈 의자에 앉던 우탄은 그제야 구름을 발견했다. 그녀를 발견한 순간 저도 모르게 심장이 쿵 떨어졌다. 만날 때마다 사람을 당황하게 만드는 아이였으니 말이다.

'이럴 줄 알았으면 농구나 계속하는 건데.'

혼자 하는 농구도 재미없어진 우탄은 너무 일찍 카페에 온 게 후회스러웠다. 일단 피하고 보자는 생각에 모른 척 시선을 돌리는데 구름이 다가와 맞은편에 앉았다.

"계속 쌩 깔 기가?"

우탄은 '어쩌라고?' 하는 표정으로 구름을 쳐다봤다.

"니 진짜 용이 친구 맞나? 용이랑 교집합이라곤 안 보이는데?"

우탄은 무슨 말을 해야 좋을지 알 수 없었다. 그저 주스가 빨리 나왔으면 싶은 마음이었다. 대체 이 아이는 왜 자꾸 눈앞에 나타나는 걸까? 어디로 튈지 몰라서 이제 구름만 봐도 가슴이 울렁거렸다.

그때 카페 문이 열리며 리어와 밴드부원들이 들어왔다. 우탄과 구름을 본 리어는 단박에 표정이 일그러졌다. 그를 본 구름도 황당했다.

"뭐꼬? 연습도 안 할 기면서 그 난리를 피웠단 말이가?"

"누구 때문에 연습을 망쳤는데……."

깨갱!

결국, 연습을 못 하고 나온 모양이었다.

"고의로 그런 거 진짜 아니었거덩? 고마 화 풀어라. 대신 주스 쏘께. 느그도 하나씩 다 무라."

베이스와 드럼은 좋아라 하는데 리어 혼자만 여전히 삐딱했다.

"주스 사주고 계속 밴드부에 오겠다는 심산?"

"친구가 밴드부에 있는데 놀러 갈 수도 있지, 뭐."

"구경꾼은 사양이야."

"머스마, 디게 까탈스럽게 군다이. 니도 부끄럼 타나? 서울 머스마들은 부끄럼이 억수로 많은갑네."

그 말을 하면서 구름의 시선이 자연스럽게 우탄에게로 향했다. 우탄은 살짝 얼굴이 달아오르는 걸 느끼며 딴청을 피웠다.

"뭐라는 거야……."

말을 말자 싶었는지 리어는 주문대로 가서 섰다.

"키위 나왔어."

은혜의 말에 우탄이 일어나 주문대로 갔다. 우탄이 리어와 나란히 서자 미묘한 분위기가 두 사람을 감쌌다. 거룩한 투 샷이라며 두 사람의 비주얼에만 빠져 있는 여학생들이 있는가 하면, 일찌감치 분위기 파악하고 카페를 뜨는 학생들도 있었다.

3…… 2…… 1.

"내가 그랬어."

우탄의 느닷없는 말에 리어는 기타 줄이 튕기듯 목소리가 튀었다.

"뭐?"

"문, 내가 그랬다고."

우탄과 구름을 번갈아 보던 리어는 기막힌 얼굴을 했다.

"쌍으로 연습 방해했단 거야?"

"나만. 쟤랑 상관없는 일."

우탄은 제 말만 하고서 주스를 들고 카페를 나갔다.

"저 새끼가!"

베이스와 드럼이 우탄을 쫓아 나가려는 리어를 말렸다.

"야, 왜 또 그래?"

"참아, 참아."

분을 참지 못해 씨근덕거리는 리어의 귀에 구름의 몹시 흥분된 목소리가 들렸다.

"옴마야, 내가 방금 그 듣기 어렵다는 '도른 자'의 꿀성대를 들은 기가? 스윗하다이."

"꿀성대? 스위잇?"

그 소리에 더 열이 받은 리어가 구름을 확 노려보았다. 구름도 '뭐?' 하듯 눈을 부릅떴다. 문을 밀친 사람이 우탄이란 사실을 아는 순간, 구름은 완전히 적의가 사라졌다. 우탄이 그랬을 땐 다 그만한 이유가 있을 거라고 믿었다.

왜냐? 리어 저놈은 미정이 다음으로 싸가지가 없으니까.

자리에서 일어난 구름이 리어에게 약을 올리듯 혀를 쏙 내밀고는 시안과 윤희가 있는 테이블로 걸어갔다. 리어가 재빨리 그녀의 뒷덜미를 잡아챘다.

"어딜 도망가? 계산 안 해?"

억울하다는 듯 구름이 따졌다.

"아까 '도른 자'가 한 말 몬 들었나? 그 머스마가 문 밀쳤다매? 근데 와 내가 계산해야 되는데?"

"네가 계산한다면서? 훔쳐본 건 너야. 공동 책임."

아무리 우탄이 심장을 뛰게 한 서울 머스마 1호라고 하나, 공과 사는 구분하자 싶었다. 구름이 그의 손아귀에서 빠져나가려 버둥거렸다.

"놓고 얘기해라, 머스마야."

"계산해. 그럼 놔줄게."

"놓고 얘기하라꼬!"

"절대 안 놔줄 건데? 계산하기 전엔."

허리를 숙인 리어는 구름의 얼굴을 빤히 쳐다보았다. 두 사람의 얼굴이 너무 가까워서 아슬아슬했다.

내용은 전쟁인데 장르는 에로 같은 어정쩡한 이 분위기, 어쩔 건가?

그럼에도 구경꾼인 아이들의 눈엔 리어가 마냥 멋있고, 구름이 한없이 부러웠다. 저 까칠한 '튀는 자' 님에게 뒷덜미가 아니라 멱살을 잡혀도 소원이 없겠다는 표정들이었다.

그때 카페 문이 열리며 우탄이 다시 들어왔다. 그것은 아무도 예상하지 못했던 일로써, 구경꾼의 흥미를 더욱 높였다. 거룩한 투 샷에 난데없이 구름이 낀 것은 못마땅했지만 말이다.

멈칫!

우탄의 눈에 얼굴과 얼굴의 거리가 겨우 한 뼘인 구름과 리어가 눈에 들어왔다. 일순, 온몸에서 팽팽히 신경들이 일어섰다.

'꼴사납게…….'

리어의 면상만 봐도 심사가 뒤틀리는 우탄이었다. 저놈은 대관절 구름이 누군지나 알고 시비인 걸까? 저벅저벅 다가온 우탄이 구름의 손목을 덥석 잡았다.

"나와."

3
니는 인제 내 끼다

무작정 끌고 나가려는 우탄 때문에 구름은 이게 무슨 상황인지 어리둥절했다. 리어도 구름의 뒷덜미를 꽉 잡고 놓아주지 않았다. 상대는 우탄이었다. 그가 절대로 질 수 없는 세상에 단 한 명!

우탄이 홱 몸을 돌려 리어를 노려보았다.

두 사람 사이에 새빨간 불꽃이 타다닥 튀는 광경을 모두가 침묵한 채 지켜보고 있었다. 그곳에서 유일한 어른인 은혜조차 함부로 나서기 어려운 상황이었다. 대치 상태인 우탄과 리어 사이에서 구름 또한 막 잡아 올린 물고기처럼 입만 벙싯거렸다.

우탄이 리어를 노려보며 나직이 말했다.

"놔."

"싫은데?"

그 말이 떨어지기가 무섭게 우탄이 리어의 멱살을 잡아 벽으로 확 밀치자 인내심이라고는 콩알만큼도 없는 리어도 우탄에게 주먹을 날렸다.

퍽!

"히이익!"

본의 아니게 두 사람 사이에 끼었던 구름은 급기야 그들이 치고받는 통에 기겁했다. 드럼과 베이스는 뜯어말리다가 되레 얻어맞았고, 그 와중에 아이들은 동영상과 사진을 찍기 바빴다.

구름은 이 모든 상황이 당혹스럽기만 했다.

결국, 시안의 연락을 받고 온 용이가 나서서야 싸움은 끝이 났다. 덕분에 카페는 1시간 휴식에 들어갔고, 카페 문은 잠겼다. 빈 카페에는 구름, 시안, 윤희, 우탄, 리어, 용이가 앉아 있었다. 구름과 시안이 울긋불긋한 우탄과 리어의 얼굴에 약을 발라주었다.

"좀 잠잠하다 했더니⋯⋯."

용이 팔짱을 낀 채 앉아 우탄과 리어를 쏘아보았다. 구름은 이렇게 된 게 다 자기 탓인 것 같아 용이의 눈치를 보았다.

'이기 뭔 날벼락이고.'

따지고 보면, 먼저 싸움을 건 것은 우탄이었다. 갑자기 들어와서 끌고 나가려고 하지만 않았어도 치고받고 싸우지는 않았을 테니까. 구름은 감정을 실어 우탄의 얼굴에 약을 꾹꾹 눌러 발랐다. 아플 만한데도 그는 신음 한 번 내지 않았다. 우직한 놈 같으니라고.

"니 와 내 델꼬 갈라 캤는데?"

모두 그것이 궁금했는지 일제히 우탄을 쳐다봤다. 시선이 집중되자 우탄은 말하기가 주저되었다. 묻는 말에 대답은 안 하고 '다들 시선 안 꺼져!' 하는 눈빛으로 사람들을 쏘아보기만 했다.

"말해봐라. 뭔데?"

"구름아, 그 얘긴 나중에."

우탄이 곤란해하는 걸 알고 용이 대신 대답을 미뤘다. 시안이 리어의 얼굴에 약을 발라주며 화제를 바꿨다.

"넌 그 성질머리 어디 팔 데 없니?"

"관둬. 하지 마."

리어가 짜증을 내며 시안의 손을 밀어냈다. 구름이 용이 사촌이라는 것도 용이가 와서야 알았는데, 리어로서는 사실 대통령의 사촌이었대도 상관없었다. 용이 사촌이 무슨 벼슬도 아니고.

'이걸 확!'

시안이 주먹으로 리어를 쥐어박는 시늉을 하는 그때, 무겁게 가라앉은 분위기를 깨는 소리가 들렸다.

"아, 배고프다. 라면 묵고 싶다."

구름은 느닷없는 싸움에 휘말려 신경 소모를 많이 했더니 기운이 쪽 빠졌다. 라면 먹고 나면 없던 기운이 솟아날 것 같았다.

용이 기가 차서 핀잔을 주었다.

"이 상황에 배가 고프냐, 넌?"

"기다려. 라면 끓여줄게."

마음 넓은 은혜가 주방으로 향했다. 그녀가 라면을 끓여서 나왔을 때, 리어만 가고 없었다.

"한 그릇이 남네."

"싸장 언니가 드시이소. 제가 라면값은 드릴게예. 오늘 죄송하게 됐심더."

아이들 사이에 끼어 앉은 은혜가 웃으며 쿨하게 말했다.

"라면값은 안 받아. 그냥 내가 주는 거야. 덕분에 나도 쉬고 좋다."

❤

"수상한 남자라이?"

"수상한 남자가 학교랑 카페 앞에서 기웃거렸대. 우탄이가 다시 들어왔던 게 그것 때문이었어. 너한테 확인하려고 그랬나 봐."

용이의 말에 구름은 소스라치게 놀랐다.

"수상한 남자가 내를 쫓아왔단 말이가?"

"확실치는 않지만 조심하는 게 좋겠다. 기차에서의 일도 그렇구."

"기차에서 만났던 그놈은 아닐 긴데……."

여자애 부모에게 아무런 연락도 받지 못했던 구름은 수상한 남자가 그놈일 거라곤 상상도 못 했다. 당연히 경찰에서 조치를 취했을 거라고 믿었던 것이다.

"우탄이한테 기차에서 있었던 일 얘기했드나?"

"응."

말은 안 해도 속으로는 꽤나 걱정했나 보다. 구름은 우탄이 마음을 쓰고 있었다는 사실에 기분이 좋았다. 이런 게 흔히 말하는 '츤데레'라는 걸까? 후훗!

"그나저나 우탄이랑 리어는 원래 사이가 안 좋나?"

용이의 표정이 어두워졌다.

"넌 그냥 모른 척해. 우탄이는 자기 얘기 하는 거 별로 안 좋아해."

"세상에 말문을 닫은 거지."

구름은 시안이 우탄에 대해 했던 말을 떠올리며 심란해졌다. 열여덟 머스마의 눈빛이 그냥 퇴폐적일 리는 없을 테니 말이다.

　'무슨 일이 있었길래 그 지경이 됐으꼬……'

　그 시각, 우탄은 현관에 우두커니 서서 낯선 여자의 구두를 보고 있었다. 아빠가 또 여자를 데려온 모양이었다. 무겁고 아픈 마음이 가슴을 짓눌렀다.

　우탄의 부모님은 5년 전 우탄이 열세 살 때 이혼했다. 함께 사는 동안 그야말로 지옥이었다. 부모님은 날마다 전쟁을 치렀고, 결국 엄마는 견디다 못해 미국으로 떠나 버렸다. 자신도 데려가 달라 부탁하던 우탄을 이 지옥 같은 집에 버려둔 채 말이다.

　싸움의 원인은 언제나 아빠의 바람기 때문이었다. 그리고 아빠는 엄마와 이혼 후 집 안에 당당히 여자들을 데려왔다. 여자는 수시로 바뀌었고, 하나같이 우탄을 있어서는 안 될 짐짝으로 취급했다. 아빠는 아내를 구하기보다 즐기다 버릴 여자를 원했겠지만, 여자들은 성형외과 원장의 부인이 되는 게 꿈이었을 터였다. 여자들이 우탄을 짐짝 취급한 것도 아빠가 아들을 대하는 무심한 태도에서 비롯되었으리라.

　조용히 집을 나온 우탄은 무작정 걷기 시작했다. 다른 때 같으면 용이네 집에 가기라도 할 터인데 구름이 있으니 이젠 그마저도 글렀다.

　'어디로 가야 하지?'

　이 밤에 가야 할 곳이 없다는 사실이 서글펐다. 버려진 아이나 다를 바가 없었다.

얼마나 걸었을까. 그의 뒤로 오토바이 소리가 요란하게 들렸다. 우탄은 저도 모르게 인상을 찡그렸다.

'후우……. 그렇게 피해 다녔는데, 결국.'

곧 폭주족들이 우탄을 둘러쌌다. 그들은 버스 운전을 방해했던 바로 그 폭주족 일당들이었다. 우탄을 끌고 어둑한 골목으로 들어간 폭주족들은 오토바이로 골목 입구를 막아놓았다.

폭주족 대장이 우탄을 벽 쪽으로 휙 밀쳤다. 이십대 초반으로 고등학교 1학년 때 자퇴한 그는 낮에는 중국집 배달원, 밤이나 휴일에는 폭주족 대장으로 살고 있었다. 그는 오토바이를 타다가 크게 다쳤을 때 눈이 팬더처럼 시커멓게 변색된 적이 있었다. '팬더'라는 별명은 그때 생겼다.

"오우탄. 이러면 재미없지."

우탄의 시종일관 심드렁한 태도가 팬더의 심기를 건드렸다. 팬더는 우탄의 얼굴을 톡톡 치며 간족댔다.

"우린 네가 좋은데 넌 왜 자꾸 우릴 피하냐? 의리 없게."

'귀찮아.'

우탄은 정말 만사 귀찮은 표정이었다. 다들 그냥 자신을 내버려 뒀으면 좋겠는데 느닷없이 툭툭 치고 들어오는 행동들이 너무 싫었다. 학교에선 건드리기는커녕 말 붙이는 애들조차 없어 편하고 좋더니만(최근 매운 땡초가 나타나긴 했지만), 이 팬더 놈은 무식해서 모르는 것인지 알면서도 묏자리를 찾아다니는 것인지.

"그만 튕기고 들어와라."

우탄이 상대하기도 싫다는 듯 앞을 가로막은 팬더를 밀쳤다. 팬더의 눈짓에 폭주족들이 우탄에게 우르르 달려들었다.

퍽, 퍽!

폭주족들을 단숨에 때려눕힌 우탄은 골목 밖으로 뛰었다. 휙 날라 오토바이를 가볍게 뛰어넘는 모습에 폭주족들이 저도 모르게 신음을 쏟아냈다.

"헉!"

"미친!"

"에이, 씨팔! 뭐 해! 잡아!"

팬더의 벼락같은 호통에 폭주족들이 일제히 오토바이를 타고 우탄을 쫓기 시작했다.

'젠장!'

쫓기던 우탄은 진동 소리에 주머니에서 핸드폰을 꺼냈다.

[자나?]

구름이었다.

우탄이 숨이 차서 헐떡거리며 물었다.

"왜?"

[뭐꼬? 이 달밤에 체조하는 소리는?]

"빨리 말해."

[니 설마…… 야동 보나?]

어떻게 하면 이 상황에 그런 생각을 하는 걸까?

대꾸할 가치를 못 느낀 우탄은 전화를 끊어버렸다. 이내 다시 벨이 울렸다.

'미치겠네.'

오토바이를 피해 골목으로 뛰어 들어간 우탄이 다시 울리는 전화를 받았다.

"왜!"

[내가 니 개취를 방해할 의도는 없거덩? 뭐 좀 물어볼라꼬.]

"뭔데?"

[아까 수상한 남자 봤다매? 얼굴 봤나?]

우탄은 골목 안까지 따라 들어온 오토바이를 돌아보며 다급히 외쳤다.

"문 열어!"

[뭐라꼬?]

"대문 열라구!"

❤

구름이 대문을 열자마자 우탄이 쏜살같이 뛰어들어 왔다. 대문 밖에서 오토바이 소리가 요란하게 들려왔다.

우탄은 대문을 닫자마자 구름을 어두운 담벼락으로 확 밀쳤다.

크게 울렁이는 우탄의 가슴, 뜨거운 체온, 거친 숨소리……

우탄과 밀착된 채 구름은 그의 모든 것을 적나라하게 느끼고 있었다. 그녀는 질끈 눈을 감았다. 숨만 멎을 것 같은 게 아니라 시간도 멈춰 버린 것 같았다.

'아흐, 숨 막혀.'

서로 밀착한 채 얼마나 그 상태로 있었을까. 크게 들썩이던 우탄의 가슴도 서서히 가라앉고, 집 앞을 서성이던 오토바이 소리도 멀어져 갔다.

"휴우……."

긴장이 풀린 우탄의 입에서 안도의 한숨이 새어 나왔다. 안도하기를 잠시, 우탄은 가슴팍이 뜨끈한 것을 느끼고 구름을 내려다보았다. 자신과 벽 사이에 끼어 옴짝달싹 못 하고 있는 구름을 보자 화들짝 놀라 뒤로 물러섰다.

구름도 슬그머니 실눈을 뜨고 우탄을 바라보았다. 어둡기 망정이지 밝은 데서 봤으면 새빨개진 얼굴을 들켰으리라.

'심장 터지는 줄 알았다, 머스마야.'

구름은 어색한 분위기를 깨며 물었다.

"뭔 일이고?"

우탄은 대답하기가 난감했다.

"또 말 안 할 기가?"

어차피 자세히 설명할 수도 없는 일. 아니, 설명할 가치도 없는 일.

우탄은 말없이 돌아섰고, 구름이 그의 팔을 잡았다.

"아직 있으마 우짤라꼬."

우탄은 하는 수 없이 벽에 기대앉았다. 그 옆에 구름이 쪼그리고 앉았다. 달빛에 비친 구름의 얼굴이 말갰다. 우탄은 저도 모르게 그녀의 얼굴에 눈길이 머물렀다.

'눈이 맑아.'

학교에서는 구름이 얼굴을 부여잡는 바람에 놀라서 미처 깨닫지 못했으나, 지금 보니 눈이 맑고 또…… 예뻤다.

구름이 고개를 돌리기에 우탄은 안 본 척 하늘을 쳐다봤다. 이상하게 공기가 후텁지근했다.

"누가 니 괴롭히나?"

"……"

"학교 폭력 뭐 그런 거가? 경찰에 신고해라. 도망 다니지 말고."

우탄은 무뚝뚝하게 대답했다.

"그런 거 아냐."

우탄이 말한 게 반가워서 구름은 슬며시 웃었다.

"니 목소리 억수로 좋은 거 아나?"

목소리 좋다는 소리를 들으니 우탄은 왠지 쑥스러웠다. 사춘기에 접어들면서 사람들과 거의 말을 안 하고 살아서인지 자기 목소리가 좋다는 생각을 해본 적이 없었다.

"니 낯가림 억수로 심하재? 부끄럼 많은 사람들이 그렇다."

낯가림이 심한 건 알고 있었지만, 부끄럼 많다는 생각을 해본 적은 없었다. 하지만 그녀의 말을 듣고 보니 우탄은 진짜 그런가 싶은 생각이 들었다.

"아까 솔직하게 말해줘가 고맙다."

"뭐가?"

"문 밀친 거 말이다. 리어 그 싸가지한테 바른 대로 말해주가 내가 누명을 벗었다 아이가."

'바본가?'

우탄은 어이없다는 얼굴로 구름을 쳐다봤다.

"나 때문에 오해받았는데두?"

"리어랑 사이 안 좋은 거 안다. 내가 봐도 니가 그럴 만하겠드라."

우탄은 무턱대고 자기편을 들어주는 구름이 신기했다.

"내 편 드냐?"

"리어 그 싸가지가 매를 벌드라. 무슨 일인지는 몰라도 내는 무조건

니 편이다.”

‘무조건?’

우탄의 한쪽 눈썹이 쓱 올라갔다.

“네가 나에 대해 뭘 알아서?”

사실 아는 건 없었다. 메신저 프로필에서 보았던 용이와 함께 찍은 사진 한 장이 다였다. 그때만 해도 남자답게 잘생겼다고만 생각했지 특별한 감정은 없었다. 지금처럼 보기만 해도 가슴을 두근거리게 할 마성의 머스마일 줄 진즉에 알았더라면 그에 대해 백과사전 꿰듯 꿰었을 것이다.

선견지명이 없었던 자신을 탓하며 구름은 대충 얼버무렸다.

“어? 니, 용이 친구다 아이가.”

“리어 그 자식도 용이 친구야.”

헐.

구름은 사진에서 리어를 본 적이 없어서 당황했다. 그 싸가지도 친구였다니 놀랍다.

우탄과 리어 = 용이의 친구, 우탄과 리어 = 원수?

참으로 복잡한 친구관계였다.

“그, 글나? 용이 그노마가 원체 오지라퍼다 아이가. 하기사 우리 외가 쪽에 오지라퍼의 피가 흐르지만도. 우쨌든 내는 니 편이니까네 힘내라.”

“위로까지?”

“니가 서울역에 데릴러 와줬다 아이가. 수상한 놈 있으니까 조심하라꼬 귀띔도 해주고. 용이가 그카대. 니, 원래 그런 부탁 들어주는 놈아이라꼬. 특별히 내라서 와준 거라꼬.”

"특별히 용이라서겠지."

우탄은 깔끔하게 구름의 오해를 불식시키며 몸을 일으켰다.

"갈라꼬?"

대문을 열고 나가려던 우탄이 무슨 생각인지 구름을 향해 돌아섰다. 뭔가 할 말이 있나 보다 생각하며 그녀도 그를 빤히 쳐다보았다.

"혼자 다니지 마라."

두근두근.

구름의 심장이 또다시 빠르게 뛰기 시작했다.

💘

다음 날 아침, 집을 나서던 우탄은 흠칫 놀랐다. 집 앞에서 구름이 기다리고 있었기 때문이다.

'뭐지?'

이미 여러 번 구름에게 당했던 우탄은 불안한 눈빛으로 그녀를 응시했다. 배시시 웃으며 다가온 구름이 말했다.

"용이한테 느그 집 물어봤다."

"왜?"

"학교 같이 갈라꼬."

'학교를?'

우탄의 미간이 찌푸려졌다.

"왜?"

"할 말 있다."

할 말이라……. 그 수상한 놈 얘긴가?

"뭐?"

"아무래도 내…… 니 좋아하는 갑다."

뎅~!

새해도 아닌데 제야의 종소리가 우탄의 머릿속에 장엄하게 울려 퍼졌다.

"우탄이 니는 인제 내 끼다."

그 말을 듣는 순간, 우주에서 화려한 불꽃이 펑펑 터졌다. 우탄의 정신은 그 화려한 불꽃과 함께 사라졌다.

구름이 해맑게 물었다.

"우탄이 니는 내를 우째 생각하는데?"

"……."

아무 생각도. 왜냐하면, 나는 아무 생각이 없기 때문이다.

그런 표정으로 우탄이 할 말을 잃고 서 있을 때였다.

"뭐 하냐, 너희들?"

구름은 불쑥 끼어드는 목소리에 화들짝 놀랐다.

빌라 입구에 서서 뚱한 얼굴로 보고 있는 사람은 다름 아닌 강리어!

'허걱! 저, 점마가 여긴 왜!'

당황한 구름이 말을 더듬었다.

"니, 니도 여기 사나?"

"어."

리어가 우탄과 같은 빌라에 사는 줄은 꿈에도 몰랐다. 그리고 그게 그토록 불길한 예감을 가져다줄 줄 몰랐다.

가까이 다가온 리어가 핵직구를 날렸다.

"너희 둘, 사귀냐?"

"미쳤냐?"

우탄은 세상에서 제일 기분 나쁜 말을 들은 듯이 리어를 노려보고는 홱 몸을 돌렸다.

"……!"

구름은 그만 상처받은 얼굴이 되어 멀어져 가는 우탄의 뒷모습을 물끄러미 바라보았다. 그녀의 표정을 읽은 리어는 알 만하다는 듯 고개를 주억거렸다.

"차인 거야? 저 오랑우탄한테?"

구름은 깐족대는 리어를 쫙 째려보았다.

남의 성스러운 고백을 망쳐 놓고 뭐가 어째!

'니가 좀만 늦게 나타났어도 이리 처참하게 거절당하진 않았을 기다! 우탄이 자가 얼마나 부끄럼이 많은 안데!'

구름은 그렇게 이해하고 싶었다. 그래야만 상처가 덜할 것 같았다. 밤새 고민하고 또 고민해 마음먹은 고백이건만, 이토록 무참히 깨지다니. 서울 머스마 1호를 너무 만만하게 봤던가. 물론, 단박에 오케이할 거라곤 기대하지 않았다. 왜냐? 천하의 부끄럼쟁이니까.

그냥 우탄이가 좋고, 좋으니까 고백한 거고, 우탄에게 생각할 시간을 주고 싶었던 것뿐이다. 그런데 일언지하에 거절을 당하다니, 충격이었다.

풀이 죽은 구름은 터벅터벅 걷기 시작했다. 리어가 구름의 옆을 바짝 붙어 따라왔다.

"왜 하필 오랑우탄이냐? 너도 참 보는 눈 없다."

"……."

"오랑우탄의 어디가 좋은데? 동물 애호가냐?"

"……"

"오랑우탄은 여자 사람한테 관심 없어. 미인이라면 모를까."

"야!"

드디어 구름이 반응을 보이자 리어가 킥, 웃었다. 단순하긴.

"오랑우탄한테 관심 꺼. 괜히 상처받지 말구."

리어의 충고가 구름의 귀에는 들어오지 않았다. 고백을 거절한 우탄보다 리어의 깐족거림이 더 큰 상처였으니까.

이놈의 주둥이를 지그재그로 확 꿰매 버릴까?

"니가 생각하는 그런 거 아이다. 함부레 주디 놀리지 마라."

구름은 씩씩대며 다시 걷기 시작했다. 긴 다리로 금세 따라붙은 리어가 말했다.

"딴사람이었으면 관심도 안 가져. 근데 하필이면 오랑우탄이잖아."

"그런 거 아이라 캤재!"

구름이 성질을 내며 앞서가자 입술을 삐죽한 리어가 중얼거렸다.

"다 봤는데."

❦

"오우탄, 아직 안 왔어?"

조회 시간에 담임선생님이 우탄을 찾았다. 뒤를 돌아본 구름이 눈짓으로 용이에게 물었다. 용이 고개를 저었다.

"우탄이 찾아올 사람?"

담임선생님 말씀에 일순 정적이 흘렀다. 우탄을 찾아오라는 말이 아이들에게는 적군을 잡아오라는 소리처럼 들렸던 것이다.

'내가 다녀와야겠군.'

용이 손을 들려는 순간.

"저요!"

먼저 손을 번쩍 든 사람은 구름이었다.

"수업까지 20분 남았어. 그 안에 찾아와."

삼십대 중반의 서글서글한 남선생은 구름에게 임무를 맡기고 교실을 나갔다.

그 길로 쌩하니 교실을 나간 구름은 우탄을 찾으러 뒷동산으로 뛰었다. 지난번에 그곳에서 내려오는 걸 봤으니 우탄이 중간에 샌 것이 아니라면 거기 어디쯤 있으리라 추측했다.

뒷동산에 오르자 왼쪽이 우거진 수풀, 오른쪽이 드넓은 잔디밭이었다. 기민하게 양쪽을 살피던 구름은 수풀 쪽을 택했다.

"미정이랑 아이들이 우탄이를 보고 도망친 게 맞다면……."

미정과 싸우던 자리까지 온 구름은 수풀 속을 예리한 눈빛으로 훑었다. 바람에 수풀이 한쪽으로 비스듬히 누우며 고운 물결을 남겼다. 그 속에서 특이하게 지붕처럼 엮어놓은 수풀이 모습을 드러냈다.

'옳거니!'

회심의 미소를 지은 구름이 서슴없이 수풀 안으로 발을 내딛는 바로 그때였다.

"으아아아아!"

별안간 수풀 안에서 괴성이 흘러나왔다. 화들짝 놀란 구름이 우뚝 정지했다.

"이, 이기 뭔 소리고?"

사사삭. 사사삭.

바람에 수풀이 우는 소리도 오늘만큼은 우탄의 귀에 들리지 않았다. 수풀 속에서 몸을 웅크린 채 누워 있는 우탄의 귀에는 오직 구름의 목소리만 무한 반복 재생 중이었다.

"아무래도 내…… 니 좋아하는 갑다."
"우탄이 니는 인제 내 끼다."

"으아아아아아!"

저도 모르게 괴성을 지른 우탄은 쿵쾅대는 심장이 멈추질 않아 고역이었다. 선물 또는 편지를 받아본 적은 있어도, 구름처럼 돌직구 고백을 하는 여자애는 처음이었다. 그것도 전학 온 이틀 만에!

구름의 고백을 듣는 순간, 정신이 우주에서 불꽃과 함께 산화할 정도로 당황했던 우탄은 놀란 가슴을 연신 쓸어내렸다.

"대체 나한테 무슨 짓을 한 거야?"

"우탄이 니는 내를 우째 생각하는데?"

말하나 마나.
"최강 또라이!"
우탄은 이제껏 만난 사람 중에 구름이 가장 강적이라는 생각이 들었다. 문제의 발단은 용이의 부탁으로 구름을 마중 나간 것에 있었다. 평소 안 하던 짓을 하면 꼭 우환이 따르게 마련이었다. 우탄이 새삼 그날의 일을 후회하고 있는 그때 누군가 안으로 불쑥 들어왔다.

'헉!'

소스라치게 놀란 우탄은 벌떡 일어나 앉았다. 꿈을 꾸나 싶어 눈을 마구 비볐지만 눈앞에 있는 사람은 구름이 확실했다. 용이조차 모르는 그만의 공간을 찾아온 유일한 사람, 최강 또라이 땡초 소녀.

"네, 네가 여긴 어떻게……?"

우탄은 구름이 고백을 거절당하고 분풀이를 하려고 온 건 아닐까 싶었다. 구름은 귀신이라도 본 것 같은 우탄의 표정에 피식 웃었다.

"여기 억수로 좋네. 니가 만들었나?"

끄덕끄덕.

우탄은 저도 모르게 고개를 주억거렸다. 구름이 손바닥으로 바닥을 꾹꾹 눌렀다.

"바닥도 폭신하고 아늑한 기 잠 잘 오겠다. 개나 고양이 집 하모 딱 이겠구마."

"개나 고양이…… 내가 그렇단 얘기야?"

"니는 멍뭉이. 시안이는 고양이. 내는 뭐가 어울리노?"

"그거 물어보려고 온 거냐?"

아차!

구름이 냉큼 고개를 저었다.

"선생님이 수업 전까지 니 찾아오래 캤다."

우탄이 여기까지 찾으러 온 노력이 가상해서 일어나려고 할 때였다. 구름이 그의 손목을 잡았다. 우탄은 긴장한 눈빛으로 그녀를 쳐다보았다.

"니 진짜 내 싫나?"

손발이 오그라드는 느낌에, 우탄의 목소리에 짜증이 묻어났다.

"장난 그만해라."

"내가 장난하는 걸로 보이나?"

"나 좋……."

우탄은 허한 한숨을 쉬고는 말을 이었다.

"……아하지 마."

"확실하게 말해봐라. 니, 진짜 내 싫나? 아니마 따로 좋아하는 가시나라도 있나?"

"아니."

"봐라, 내 싫은 거 아니네."

'제발 멋대로 해석하지 마!'

우탄은 황급히 정정했다.

"아니, 좋아하는 여자애가 없다구."

"내는 싫고?"

'제발 그럼 그런 줄 알아!'

우탄은 재빨리 고개를 아래위로 흔들었다.

'쳇. 리어 때문에 부끄러워서 도망간 줄 알았드만 진심인 갑네.'

구름은 우탄의 단호한 눈빛에 또다시 상처를 받고 말았다.

"내가 와 싫은데? 싫은 이유를 말해봐라."

뭐라고 대답해야 좋을지 몰라 잠깐 머뭇대던 우탄은 적당한 대답을 찾아냈다.

"다."

"다아?! 살면서 내 싫다카는 아는 니가 첨이다. 부산에서 내가 얼마나 인기가 많은지 알고 하는 얘기가?"

"관심 없어."

'냉정한 자슥!'

우탄이 야속해진 구름은 입술을 삐죽거렸다.

"인자 쪼매 이해가 간다."

"뭐가?"

"드라마 보믄서 내는 당최 이해가 안 갔거덩?"

"드라마?"

우탄은 무슨 소린지 몰라 어리둥절했다.

"드라마 몬 봤나? 여자가 남자한테 싫다 카믄 남자가 이래 말하는 거."

구름은 어색하게 서울 말씨를 흉내 냈다.

"나한테 함부로 대한 여자는 네가 처음이야. 그라고는 죽자고 쫓아다닌다 아이가."

순간, 우탄의 눈동자에 공포가 스쳤다.

"그래서 죽자고 쫓아다니겠다구?"

"쫄지 마라. 내가 아무리 니가 좋아도 존심까지 없진 않다. 대신에 친구는 해도 되재?"

친구?

"넌 그냥…… 용이 사촌 해."

"친구도 싫나? 한 반인데?"

철벽도 이런 철벽이 없었다. 구름은 괜스레 오기가 났다. 큰 맘 먹고 한발 물러섰더니, 죽어가던 욕망에 불을 싸지르는 이놈은 정녕 사랑에 빠질 운명이던가.

안 되면 되게 하라.

오늘부터 그 명언을 좌우명으로 삼아야 하려나 보다.

가만히 구름을 응시하던 우탄이 매정하게 잘라 말했다.

"난 고백한 애랑은 친구 안 해."

달달달달.

구름은 침대에 누워 초조하게 다리를 달달 떨었다. 용이에게 무슨 말이 있을 줄 알았는데 방에 처박혀 공부만 하고 있었다. 덕분에 그녀는 집에 일찍 온 보람도 없이 아까운 시간만 죽이고 있었다.

"왜 아무 말이 읎노?"

목마른 사람이 우물을 파는 법.

궁금증이 머리끝까지 도달한 구름은 도저히 참지 못하고 용이의 방을 찾았다.

똑똑.

"들어와."

구름이 들어가자 용이가 책상 앞에서 돌아앉았다.

"공부하나?"

"쉬려던 중. 앉아."

구름이 침대에 걸터앉으며 은근슬쩍 물었다.

"우탄이가 암말두 안 하드나?"

"아니, 암말 안 하던데."

"암말도 안 했다꼬?"

혹시나 해서 물었던 구름은 머쓱했다. 절친이라면서, 말할 가치도 없었던 걸까?

용이가 모르고 있다니 놀림감은 면해서 안심이지만, 한편으로는 우탄의 침묵이 서운했다. 그만큼 우탄에게는 자신이 한 고백이 아무것도 아니라는 뜻이었으니까.

"웬만한 일 아니면 얘길 잘 안 해서. 우탄이가 입이 좀 무거워."

"니한테 맞아 죽을까 봐 안 하는 건 아니고?"

차라리 그런 거라면 좋겠다고 생각하는데 책상에 두었던 용이의 핸드폰에서 벨이 울렸다.

"어, 우탄아."

우탄이란 소리에 구름은 신경이 곤두섰다. 지금이라도 이야기를 하려는 걸까?

"지금? 그래, 와."

용이가 전화를 끊자마자 구름이 물었다.

"우탄이 집에 온다 카나?"

"어. 자주 와. 자고 갈 때도 많고."

용의 말이 끝나기도 전에 구름이 쏜살같이 방을 나갔다.

❦

벨을 누르려던 우탄은 갑자기 휙 돌아보았다. 건너편 골목 쪽에서 남자가 급히 몸을 감추는 게 보였다. 어두워서 얼굴을 확인할 수는 없었지만, 직감적으로 교문과 카페 앞에서 서성이던 그 남자란 생각이 들었다.

'대체 뭐 하는 놈이야?'

차갑게 인상이 굳어진 우탄은 골목 쪽으로 뛰었다. 하지만 골목으로 접어들자 남자는 감쪽같이 사라지고 없었다.

'젠장!'

남자를 놓친 우탄은 아쉬움에 발로 허공을 걷어찼다. 학교와 카페, 이젠 집 앞까지. 구름의 주변을 맴도는 남자는 KTX의 그놈이 맞는 걸까? 정말 그놈이 맞다면, 구름이 위험해지는 건 시간문제였다.

우탄은 수상한 남자 때문에 몹시 불안했다.

용이네 집에 오자마자 사실을 알렸더니 용이는 깜짝 놀랐다.

"그게 정말이야?"

우탄이 걱정 가득한 눈빛으로 말했다.

"어. 경찰에 신고하는 게 낫지 않을까?"

"그래야지. 그나저나 아침에 구름이랑 무슨 일 있었어?"

"없었는데. 아무 일도."

우탄은 시치미를 떼며 책을 꺼내 보는 척 딴청을 피웠다. 우탄의 어색한 연기가 더욱 의심을 가중시켰다.

"구름이가 괜히 너랑 같이 등교하자고 할 리가 없는데."

방까지 찾아와 우탄이 아무 말도 안 했냐며 묻던 구름의 태도도 이상하긴 마찬가지였다. 구름이 무척 초조해 보였으니 말이다.

'둘이 뭔 일이 있었기에 숨기는 거야?'

한 번 입을 다물면 좀처럼 말을 하지 않는 우탄이어서 용이는 섣불리 캐묻기가 꺼려졌다.

무심히 책을 뒤적이던 우탄은 문득 방문으로 고개를 돌렸다. 누군가 문밖에서 몰래 엿듣는 기운이 강하게 느껴졌던 것이다.

"왜?"

"쉿!"

검지를 입술에 세운 우탄은 소리 없이 방문으로 다가가 문을 확 열었다.

"우앗!"

문에 귀를 대고 엿듣고 있던 구름이 중심을 잃고 방 안으로 넘어지듯 들어왔다. 그 바람에 구름은 앞에 있던 우탄을 덥석 끌어안았고, 우탄도 얼결에 그녀를 받아 안았다.

'이런……'

난감해하는 우탄과 달리 구름은 그의 품에서 배시시 웃음을 흘렸다.

'으흣. 가슴이 부산 앞바다처럼 넓……'

우탄이 손끝으로 감상에 빠져 있는 구름의 이마를 밀어냈다.

"스토커냐?"

구름은 앙큼하게 해명했다.

"오해하지 마라. 문제집 빌리러 온 기다."

용이 놀라는 시늉을 했다.

"어떤 문제집?"

"수, 수학."

"수학을? 네가?"

용이 말도 안 된다는 표정을 지었다. 구름이 공부와 담을 쌓았다는 건 이미 알고 있던 사실이었다. 오죽하면 서울로 전학을 다 보냈을까. 그러나 공부 잘하는 용이를 자극 삼으라는 어른들의 꿈도 제사보다

젯밥에 더 열중인 구름 때문에 허사가 될 위기였다.

"아이씨! 내는 수학 공부하모 안 된다는 법이라도 있나. 퍼뜩 도!"

용이 국어 문제집을 건네자 구름은 확인도 안 하고 탁 낚아챈 뒤 도도하게 방을 나갔다.

"킥킥. 하여간 못 말려."

용이 고개를 절레절레 저었다. 그가 건네준 게 국어 문제집인 걸 아는 우탄도 피식 웃어버렸다. 사실 어젯밤 담벼락 아래서 서로 밀착해 있었던 일이 자꾸 떠올라 잠을 설쳤다. 그리고 오늘 아침엔 난데없는 고백도 들었다. 아무리 생각해도 구름이 고백할 만큼 특별한 일이라곤 어젯밤뿐인데, 위험 속에서 사랑 호르몬이 분출되는 건 확실한 모양이었다.

구름이 서울에 온 첫날부터 호감을 느꼈다는 걸 알 리 없는 우탄은 엉뚱한 그녀가 왠지 귀여웠다.

"네 사촌, 진짜 골 때린다."

4
19금과 시트콤

　용이에게 빌려온 문제집이 수학인지 국어인지 관심도 없는 구름은 두어 시간 자고는 일어났다. 어제 밤새도록 고백 때문에 잠을 설쳤더니 몹시 피곤했다.

　"아함~"

　하품을 하며 2층 거실로 내려온 구름은 벽시계를 확인했다.

　"벌시로 11시가. 우탄이는 갔나? 하긴 시간이 몇 시고……."

　배를 벅벅 긁으며 화장실로 걸어간 구름은 문이 잠겨 있자 노크를 했다.

　"용아, 오빠야, 누군지 몰라도 퍼뜩 나온나. 급하다~"

　구름이 급하든지 말든지 안에서는 잠잠했다.

　"내려가기 귀찮은데……. 퍼뜩 좀 나와봐라. 싸겠다아~"

　문이 벌컥 열리며 안에서 나온 사람은 우탄이었다. 구름은 소변을 참느라 다리를 꼬고 있다가 휘청했다.

"니 집에 안 갔나?"

구름은 너무 놀란 나머지 볼일이 급한 것도 까맣게 잊었을 정도였다. 우탄이 그 사실을 일깨워 주기 전까지는 말이다.

"싸겠다며?"

'아이씨……'

우탄이 용이 방으로 가는 걸 보며 구름은 자기 입을 아프게 탁탁 때렸다.

"이노무 주디……"

차인 것도 쪽팔리는데 저질스럽게 '싸겠다'가 뭐람. 우탄과는 로맨스는커녕 시트콤만 찍다가 끝날 사이인 모양이었다.

볼일을 다 본 구름이 심란해진 마음을 달래기 위해 2층 테라스로 나와보니 기다란 흔들의자에 우탄이 혼자 앉아 있었다. 점퍼를 입고 있는 걸로 보아, 용이 방에서 갖고 나온 것 같았다.

보지도 않고 우탄이 물었다.

"안 자고 왜?"

구름이 우탄의 옆에 가서 앉으며 반문했다.

"그라는 니는 와 안 자고 나와 있노?"

"그냥……"

아직은 밤바람이 추웠다. 구름은 의자에 두 다리를 올리고 감싸 안았다. 힐끗 그녀를 본 우탄이 입고 있던 점퍼를 벗어 그녀의 어깨에 덮어주었다. 두툼한 점퍼에서 그의 따뜻한 체온이 느껴졌다.

'머스마……'

우탄의 작은 친절에 진한 감동을 받은 구름은 수줍게 중얼거렸다.

"이라이 내가 좋다 카지."

우탄이 손을 뻗어 점퍼를 다시 가져가려고 하자 구름이 쿡쿡 웃었다.

"알았다, 알았다. 취소. 됐재?"

우탄이 피식 웃으며 손을 거뒀다.

"여기서 잔다고 엄마한텐 전화 드렸나?"

"없어, 엄마."

시안에게 들었던 이야기를 깜박 잊고 있었던 구름은 아차 했다.

"미안."

"넌 나에 대해서 알지도 못하면서 뭘 좋다고 그래?"

"꼭 알아야 좋아하나?"

"난 장난처럼 좋아하거나 사랑하는 건 싫어."

우탄으로서는 깊은 상처가 담긴 말이었으나, 구름으로서는 꽤나 억울했다.

"장난 아이라니까. 속아만 살았나. 사람을 와 그래 못 믿노?"

"난 사람 안 믿어."

"……이라모 믿을래?"

구름이 그에게로 비스듬히 얼굴을 가져갔다. 그녀의 얼굴이 다가오자 우탄은 순간 얼어붙고 말았다.

'무, 무슨 짓…….'

구름은 우탄의 차가운 입술에 가만히 제 입술을 맞대었다. 순식간에 불에 덴 듯 그의 입술이 뜨거워졌다. 입술의 감촉은 생각보다 부드럽고 말랑했다. 달콤한 향내가 나는 것도 같았다. 그저 입술과 입술이 만났을 뿐인데 우주의 별과 별이 만난 것처럼 신묘한 느낌이 났다.

열여덟 생애 첫 키스의 순간은 이토록 가슴 떨리고 짜릿하며 스윗한 거였다.

구름은 뭉클한 마음에 콧날이 시큰했다. 한없이 끌리는 마음에 저도 모르게 입을 맞춰 버렸지만, 지금 이 순간만큼 자신의 마음을 대변해 주는 일은 없을 터였다.

'우탄이 니가 좋은 걸 우짜노.'

그런가 하면 우탄의 귀에는 제 심장이 쿵쿵 뛰는 소리가 또렷이 들렸다. 반면, 정신은 아득해졌고 몸은 불이 붙은 것처럼 화끈화끈했다. 고백만 돌직구인 줄 알았더니 뽀뽀는 핵직구였다!

'나, 이거 첫 키슨데!'

그 생각이 강렬하게 뇌리를 스치는 순간, 우탄은 왠지 억울한 마음마저 들었다.

첫 키스를 한 게 아니고, 첫 키스를 당하다니.

이 오우탄이!

하필이면 최강 또라이 땡초 소녀한테!

그래서 키스가 이토록 매운 느낌인 걸까?

우탄은 정신도 얼얼하고 입술도 얼얼하고 가슴도 얼얼했다. 억겁의 시간이 지난 것 같은 입맞춤은 구름의 얼굴이 멀어지면서 끝이 났다.

구름은 경악스러운 표정을 짓고 있는 우탄을 향해 다정하고도 진지하게 말했다.

"믿어봐라. 내 진짜 장난 아이다."

❦

"우헤헤헤헤."

경사 났네, 경사 났어!

'키스했다아아아!'

얼쑤, 절쑤!

신이 난 구름은 어깨춤을 추며 편의점으로 향했다.

키스라고 하기엔 민망한 뽀뽀 수준이면 어떤가. 열여덟에 머스마와 입술을 맞댄 건 처음이란 사실이 중요하지. '처음'이란 건 뭐든 설레기 마련이다. 구름에게는 지금 달달한 아이스크림이 절실히 필요했다. 첫 키스의 느낌이란 게 부드럽고 달콤한 아이스크림과 흡사했으니까.

"이런 건 두고두고 즐겨주는 기다. 헤헷."

이어폰으로 음악을 들으며 큰길에 있는 편의점으로 가고 있을 때였다. 어둠 속에 숨어 있던 남자가 스윽 모습을 드러냈다. 아무도 보는 사람이 없는데도 모자를 더욱 깊이 눌러쓴 그는 이윽고 몰래 구름을 뒤따라가기 시작했다.

첫 키스의 황홀함에 고취된 구름은 남자가 몰래 따라온다는 사실을 까맣게 모른 채 노래를 흥얼대며 걸어갔다. 노래마저 축가처럼 들리는 착각이라니, 이래서 인간의 존재감은 스킨십에 있다고 하나 보다.

태어나 가장 가벼운 발걸음으로 편의점에 온 구름은 활기차게 아이스크림 냉동고 문을 열어젖혔다. 그 안에 각양각색의 아이스크림이 '날 잡아 잡숴' 하며 뽐을 내고 있었다. 그중에서 구름은 즐겨 먹는 바닐라 맛 아이스크림을 찾았다.

"어데 있노? 나온나……. 아싸, 하나 남았다이."

구름이 단 하나 남은 아이스크림을 막 손에 쥘 때였다. 누군가의 손이 불쑥 냉동고 안으로 들어오더니 거의 동시에 아이스크림을 잡았다.

"뭐꼬, 이 불손한 손은?"

급히 이어폰을 뺀 구름은 고개를 확 돌려 옆에 선 남자를 쳐다보았다.

"강리어?!"

재수 없게 이자를 왜 여기서 만나는 것이냐?

구름은 경계의 눈빛으로 리어를 꼬나봤다.

그 눈빛이 기분 나빴던 것일까? 와작 인상을 구긴 리어가 구름의 손에서 아이스크림을 탁 채갔다.

'헉! 내 아이스크림!'

구름이 냉큼 항의했다.

"내가 먼저 집었다, 머스마야."

"양보해."

양보는 이순신 장군이 일본 해적들을 물리칠 때 다 얼어 죽었다는 소식 못 들었나!

'아침엔 고백을 망쳐 놓드마는, 밤엔 하나 남은 아이스크림을 빼앗아가다이. 니가 인간이가?'

구름은 아침에 한 짓이 얄미워서라도 아이스크림을 양보할 마음이 추호도 없었다.

"내도 그거 좋아한다."

"그러니까 양보하라구."

무조건 양보하라며 리어는 아이스크림을 달랑달랑 들고 편의점 안으로 들어가 버렸다. 아이스크림 하나로도 저리 싸가지가 없을 수 있다는 게 놀라웠다. 용이의 친구이자 우탄의 원수인 저놈은 구름 자신과도 원수가 될 운명이었나 보다.

"뭐 저런 기 다 있노."

리어의 위세에 눌려 얌전히 아이스크림을 포기할 구름이 아니었다. 그녀는 단숨에 리어를 쫓아 들어가 풀 스윙으로 그의 뒤통수를 갈겼다.

퍼억!

온 힘이 실린 덕분에 리어의 기다란 몸이 눈에 띄게 휘청거렸다. 깜짝 놀란 점원의 눈이 동그래졌다. '이건 또 웬 진상 커플이냐'는 눈치였다.

아이스크림 하나 때문에 뒤통수를 맞은 리어는 어처구니가 없었다. 아이스크림 먹고 싶다고 전화하면 바로 튀어나올 여자애만 수십 명이다. 물론, 그럴 만큼 한가한 몸이 아니었지만.

그보다 리어가 억울한 건 다른 데 있었다. 아침에 구름이 우탄에게 했던, 그 말도 안 되는 고백도 모른 척해 주느라 종일 입이 근질거렸던 것이다. 허벅지 찔러가며 유혹을 뿌리친 공로를 생각한다면, 아이스크림을 종류별로 사다준대도 모자랄 터였다.

'은혜를 원수로 갚는구나, 네가.'

눈을 희번득 뜬 리어는 심술궂은 표정으로 쏘아보는 구름을 마주 노려봤다.

"너 지금 나 쳤냐?"

"남의 거 뺏는 놈은 맞아도 싸다."

구름이 아이스크림을 뺏으려 하자 리어가 손을 높이 들어 방어했다.

"안 줘. 못 줘."

숫제 다섯 살 악동이 남의 걸 뺏고선 떼를 쓰는 것과 같았다.

"니 진짜 못됐다이. 그 많은 아이스크림 중에서 하필이마 내 걸 뺏어가노?"

"그 많은 아이스크림 중에 하필이면 내가 좋아하는 걸 선택한 네가 운이 나쁜 거지."

점원은 둘이 하는 짓이 너무 유치해서 눈 뜨고는 못 봐줄 지경이었다.

'하아……. 내가 편돌이 생활을 접든가 해야지.'

점원은 진상 고객들을 하도 많이 봐온 터에 빨리 계산하고 보내는 게 낫겠다 싶었다.

"계산 안 할 거예요?"

"계산해 주지 마이소."

구름의 심통을 무시한 리어는 주머니에서 재빨리 돈을 꺼내 점원에게 건넸다. 점원은 빨리 보내 버릴 요량으로 신속하게 잔돈을 거슬러 리어에게 주었다.

메롱~

리어가 얄밉게 혀를 쏙 내밀고는 나가 버렸고, 구름은 속에서 열이 확 솟구쳤다.

"저 자슥이 진짜!"

구름이 씩씩거리며 밖으로 나가자 리어가 문 앞에서 보란 듯이 아이스크림 봉투를 뜯고 있었다. 긴 손가락을 자랑이라도 하듯 최대한 얄밉게, 뜯은 봉투 자락을 끄트머리까지 천천히 내리면서.

대놓고 시비를 거는 리어를 본 구름은 두 눈에 불꽃이 튀었다.

'오냐. 오늘 니 죽고 내 살아보자!'

구름은 지나가는 척 일부러 팔을 쳤다. 고운 입술을 벌려 한 입 먹으려던 리어는 손에서 아이스크림이 튕겨져 날아가는 걸 보며 아연실색했다. 공중 부양을 한 아이스크림은 곧장 바닥으로 추락했고, 리어의 마음도 함께 곤두박질쳤다.

"아, 안 돼에에에!"

구름은 주먹을 불끈 쥐며 자신의 명쾌한 지략에 감탄사를 날렸다.

"나이쑤!"

짜증이 확 난 리어가 소리를 질렀다.

"야아!"

"메에롱~"

"저게!"

리어는 혀를 쏙 내밀고는 후다닥 도망치는 구름을 쫓아갔다. 긴 다리는 이럴 때 써먹으라고 생긴 모양이다. 현저히 차이 나는 보폭에 구름은 얼마 못 가 리어의 우악스러운 손에 뒷덜미를 잡혔다. 끈 달린 인형처럼 대롱대롱 매달린 그녀의 모습은 꽤나 처연했다. 그러나 패기 하나는 뒤지지 않는 그녀는 그 와중에도 반항을 서슴지 않았다.

"존 말 할 때 놔라."

"내 아이스크림 어쩔 건데?"

"누가 문 앞에 가로막고 서 있으라 카드나?"

"다시 사 내놔. 똑같은 걸루."

"미쳤나. 내가 와…… 으앗!"

구름은 리어의 무지막지한 손에 질질 끌려갔다. 지나가는 사람들이 힐끔거렸지만, 리어의 기세가 너무 등등하여 누구 하나 참견하는 이가 없었다. 하긴, 십대를 꾸짖는 어른이 실종된 사회여서 구름도 더 이상 반항하는 무리수는 두지 않았다. 아이스크림 하나 때문에 파출소에 갈 수도 없는 노릇이었다.

리어가 화가 난 이유가 땅바닥에 처박힌 아이스크림 때문이 아니라, 이 표구름 때문이라는 것도 잘 알고 있었다. 이럴 땐 빨리 아이스크림을 사주고 떼어버리는 게 현명했다.

'집요한 자슥.'

어떻게 이런 놈이 용이의 친구라는 건지 알다가도 모를 일이었다.

하필 온도 따라주지 않은 덕분에 가는 편의점마다 똑같은 아이스크림을 찾을 수가 없었다. 3월 초의 밤이라 찬 공기도 만만치 않아서 아이스크림을 먹을 생각도 사라졌을 법한데 리어는 매우 끈질긴 놈이었다. 그리하여 장장 30분을 찾아 헤맨 뒤 드디어 구름은 리어의 손아귀에서 벗어날 수 있었다.

"아나. 묵고 떨어지라, 이 또라이야."

편의점 밖으로 나온 구름은 두 개 중 한 개의 아이스크림을 리어에게 휙 던졌다. 그는 공중에서 정확히 아이스크림을 낚아챘다.

"나이스 캐치!"

자화자찬한 리어는 히죽 웃으며 아이스크림 봉투를 찢었다. 방금까지 우거지상을 하고 있던 놈이 맞나 싶었다. 아이스크림 하나에 표정이 극과 극이라니, 허우대만 멀쩡했지 영락없는 다섯 살.

"이기 와 이래 안 되노."

30분 동안 강제 노역한 보람도 없이 봉투마저 말썽이었다. 그사이 깔끔하게 봉투를 깐 리어는 아이스크림과 씨름 중인 구름에게 쓱 건넸다.

"자."

"뭘 다 늦게 매너질이고?"

"고맙지?"

"지랄 똥을 싼다, 참말로."

피식 웃으며 아이스크림을 구름의 손에 억지로 쥐여준 리어는 그녀의 손에서 다른 아이스크림을 빼앗았다. 드디어 제정신으로 돌아온 모양이라고 생각하며 구름은 혀를 날름 내밀어 아이스크림을 맛보았다.

"우왕~ 맛나다이."

두 뺨에 와 닿는 차가운 밤공기가 무색하게 혀끝에 닿는 아이스크림의 달콤함은 잠시 잊고 있던 우탄과의 첫 키스를 상기시키기에 충분했다.

'으음, 바로 이거거덩.'

한껏 기분이 좋아진 구름은 순간 우뚝 정지했다. 낯선 동네여서 방향 감각을 잃은 탓이었다.

"여기가 어데고?"

리어는 어리둥절해서 서 있는 구름의 머리통을 잡아 반대편으로 돌렸다.

"저쪽, 등신아."

아이스크림 봉투를 뜯어줄 때의 매너에 감쪽같이 속을 뻔했다. 이놈은 그저 매를 버는 인간이었을 뿐!

"이기!"

주먹을 불끈 쥐는 구름을 본 리어는 잽싸게 멀찌감치 떨어졌다. 풀스윙도 꽤 아팠는데, 실은 아팠던 것보다 아무렇지도 않게 뒤통수를 후려치는 무모함에 더 놀랐다.

아빠는 태어나서부터 없었으니 당연히 맞은 적도 없었다. 엄마 또한 살가운 편은 아니었지만 때린 적은 없었다. 육체적인 것보다 정신적으로 힘들게 하는 편이었다. 학교에서도 엄마의 입김이 센 편이라서 선생님들에게도 맞아본 기억이 없었다.

때리고 맞아본 기억이라면, 유일하게 오우탄 정도?

유일하게 맞아본 여자애는 표구름.

엄마에게도 맞아본 일이 없는 강리어가 여자애에게 맞다니, 생각할수록 어이가 없었다.

"다 큰 게 길도 모르냐."

"이기 다 니 때문이다 아이가."

"나 때문이라고? 일부러 아이스크림 못 먹게 만든 사람이 누군데."

종종걸음으로 그의 옆에 따라붙은 구름이 투덜댔다.

"애초에 아이스크림 뺏어간 건 니다."

"난 분명히 양보하라고 먼저 말했다."

"분명히 내는 싫다 캤다이."

쫑알쫑알. 한마디도 지지 않는다.

리어는 머리를 쥐어박고 싶은 마음을 억누르며 구름에게 면박을 주었다.

"그만 좀 구시렁대. 나 아니면 길도 못 찾는 게."

"용이한테 전화하모 된다."

구름은 의기양양해서 용이에게 전화를 걸었지만 자고 있는지 받지를 않았다. 참말로 도움 안 되는 사촌 노무 자슥이었다.

"벌시로 자나?"

그럴 리가 없는데. 우탄이도 와 있잖아. 둘이 짝짜꿍이라도 하면서 노느라 전화를 못 받는 걸까?

"온 집안 식구들 다 깨워야겠다?"

구름을 약 올리며 웃던 리어는 순간 주춤했다. 저 멀리 낯익은 얼굴을 발견했기 때문이었다.

"오우탄?"

"엉?"

구름도 저만치 앞에 서 있는 우탄을 발견하고 얼굴이 환해졌다. 용이와 짝짜꿍하면서 노는 게 아니었구나. 감동이다.

힐끗 구름을 본 리어의 미간이 일그러졌다. 금괴를 발견한대도 저런 표정은 안 나올 거다. 그게 몹시 그의 심정을 상하게 만들었다.

'쳇. 나는 거머리 보듯 하더니.'

"우탄아!"

구름이 한달음에 우탄에게 달려갔다. 기다렸다는 듯이 냉큼 가버리는 구름도 못마땅했지만, 구름에게서 줄곧 시선을 돌리지 않는 우탄의 집요한 눈빛은 더더욱 거슬렸다.

'저 자식이 왜……?'

리어는 아침에 집 앞에서 둘이 사귀냐고 묻던 말에 우탄이 당황하던 모습을 떠올렸다. 그건 누가 봐도 구름을 의식한 태도였으니까. 그런데 또 이렇게 직접 찾으러 오다니. 구름에게 특별한 감정이 있지 않고서야 남의 일에 나설 리 없었다.

리어가 아는 우탄은 냉정하고 이기적인 놈이었다. 용이 외에는 누구 하나 그를 편하게 대하지 못하는 것만 봐도 알 수 있었다. 때문에 스스로 외톨이를 만드는 놈이 구름에게 관심이 있다는 건 위험천만

한 일이었다. 그 사실을 알 리 없는 구름은 달달한 시선으로 우탄을 바라보기에 여념이 없었다.

리어의 마음속에서 불쾌한 감정이 쑥쑥 올라왔다. 마치 다 잡은 물고기를 엉뚱한 놈에게 빼앗긴 기분이었다. 입안에 쓴 물이 돌았다.

'그런 눈으로 보지 마. 재미없으니까.'

❧

"내 찾으러 왔나?"

"……."

우탄은 아무 말 없이 걷기만 했다. 구름이 집 밖으로 나갈 때부터 쫓아왔던 그는 그녀와 리어의 모습을 계속 지켜봤다. 티격태격하는 모습이 격의 없는 친구 같아서 기분이 이상했다. 리어에 비하면 자신은 구름이 친구 하자는 것조차 거부하지 않았던가.

'근데 왜 이렇게 신경에 거슬리는 거지? 흐음, 리어 때문이야.'

리어라면 뭐든 못마땅한 우탄은 혼란스러운 마음을 간단히 정의해 버렸다. 상대가 리어만 아니었더라도 이렇게 불쾌하진 않을 거라고 말이다.

"아이스크림만 사서 갈라 캤는데 리어 그 머스마가……."

"설명 안 해도 돼."

찔끔한 구름은 공연히 변명을 했다.

"미안. 잠이 안 와가 나온 기다."

"……."

"좋아하는 머스마한테 차이고 잠이 오마 그기 사람이가 어데."

용기를 내어 첫 키스도 했건만 철벽 오우탄 선생은 끄떡도 하지 않았다. 어느 정도 예상은 하고 있었기에 구름은 그가 마음을 열 때까지 기다리기로 했다. 얌전히 기다리겠다는 뜻은 아니고, 열 때까지 두드리겠다는 뜻이었다. 애당초 얌전과는 거리가 먼 구름이었다. 게다가 쉬운 남자였으면 애들이 그의 이름만 들어도 경기를 일으키진 않을 거다.

"좋아한다는 말 좀 안 할 수 없나?"

우탄은 거북하고 불편한 투였다.

"좋아한단 말이 어때서? 좋아한다, 사랑한다, 얼마나 달콤하노."

닭살 돋는 말들에 우탄은 속으로 크게 한숨을 내쉬었다.

"혼자 다니지 말란 말, 잊었냐?"

"아이스크림 하나 사자고 용이를 데리고 올 수는 없는 노릇이재. 니까지 와 있는데."

"오늘도 집 앞에서 그놈 봤어."

편의점에 가는 구름을 따라가던 범인을 본 것은 아니었다. 범인은 우탄을 보고 중간에 방향을 돌려 골목 안으로 사라졌던 것이다. 그것까지는 미처 몰랐던 우탄은 낮에 용이네 집 앞에서 본 범인에 대해 말하고 있었다.

구름은 깜짝 놀랐다.

"KTX 금마?"

"용이가 부모님께 말씀드렸으니까 너도 조심해."

"니, 내 싫다매? 근데 와 내 걱정해 주노?"

우탄이 우뚝 걸음을 멈췄기에 구름도 덩달아 멈췄다. 구름 쪽으로 돌아선 우탄이 그녀를 내려다보았다. 구름도 그와 마주 서서 빤히 올려다보았다. 가로등에 비친 구름의 얼굴이 뽀얗고 예뻤다. 그녀의 손에 든 바닐라 아이스크림처럼.

"용이 사촌이니까."

"치. 기대한 내가 잘못이다."

우탄은 삐쳐서 가버리는 구름의 뒤를 따랐다. 그림자처럼 그녀의 뒤를 따라가면서 미소를 짓고 있다는 걸 스스로는 깨닫지 못한 채였다.

❦

2층으로 살금살금 올라가던 우탄과 구름은 2층 계단 끝에 시커먼 그림자가 떡 버티고 서 있자 소스라치게 놀랐다.

"으아…… 압!"

비명을 지르는 구름의 입을 틀어막은 건 우탄이었다. 우탄이 그림자의 정체를 먼저 알아보았던 것이다.

"형……?"

"요놈들, 다 늦게 어딜 갔다 와?"

용이 큰형 해였다.

"오빠야!"

"이크. 다 깨겠다."

후다닥 2층으로 올라온 구름은 훤칠한 미남인 해를 덥석 끌어안기부터 했다.

"어이쿠! 이 녀석, 큰 거 봐."

해가 흐뭇한 미소를 지으며 구름을 꼭 안아주었다. 어렸을 때 구름을 무척이나 예뻐하던 그였다. 구름도 그런 해를 유난히 잘 따라서, 입버릇처럼 해 오빠한테 시집갈 거라고 떠벌리고 다녔었다. 그 마음은 용이네가 서울로 이사 온 후로 자연스럽게 사그라졌지만, 여전히 구름은 해 오빠가 이상형이었다. 적어도 우탄이 나타나기 전까지는 그랬다.

뭐랄까. 신사적이고 스마트한 해와 달리 우탄은 어딘지 불친절하고 무심하면서 퇴폐적인 눈빛 때문에 인상 자체가 어두워 보이는 그런 녀석이었으니까. 그래서 더 자꾸만 눈길이 가는 머스마.

"언제 왔노? 일찍 왔으마 좋았을 긴데."

구름을 놓아준 해가 다정히 말했다.

"누구 좀 만나고 오느라."

"애인?"

"후후. 애인이 아니라 친구…… 라고 해두지."

친구면 친구지, 친구라고 해두는 건 뭘까? 썸 타는 관계, 그런 건가?

"오빠야도 애인 읎나?"

해는 멋쩍게 어깨를 으쓱했다. 구름이 혀를 끌끌 찼다.

"으이그. 이 집 형제들은 멀끔하기 생기가 연애도 몬 하고 뭐 하노. 우리 맨쿠로……"

"주무세요."

우탄이 구름의 입을 틀어막고 다락방으로 끌고 올라갔다. 버둥대는 구름을 보면서 해가 혀를 내둘렀다.

"설마 저 녀석들…… 벌써 그런 사이야? 요즘 애들 진짜 빠르다니까."

다락방 앞에 당도한 우탄은 구름을 문 앞에 기대놓았다. 틀어막았던 입을 놓아주자 구름이 손등으로 입술을 문질러 닦았다. 가뜩이나 빨간 입술이 더 도드라져 보였다.

'응?'

우탄은 자기 의지와는 상관없이 저절로 구름의 입술에 시선이 갔다. 그의 머릿속에 번뜩 떠오른 것은 구름과 입맞춤을 한 기억.

그땐 얼결에 당했지만, 지금은…….

'위험해.'

그 소리는 분명 자신을 향한 경고였다.

'이게 무슨…….'

좋아하지도 않는 여자애에게 키스하고 싶은 마음이 들다니. 자신의 도덕성을 의심하며 우탄은 얼른 몸을 돌렸다.

덥석!

구름이 인사도 없이 돌아서는 우탄의 팔을 붙잡았다.

'위험하다구, 바보야.'

우탄이 곤욕스러운 표정을 지으며 구름을 내려다봤다.

"왜?"

"아까 고마웠데이."

"깔끔하게 차준 거?"

"그기 아이고……!"

우탄의 농담에 구름이 발끈했다.

'귀엽긴.'

우탄이 피식 웃으며 손으로 구름의 얼굴을 쓱 훑어 내렸다. 짧은 순간이었지만 보드라운 피부가 손끝에 고스란히 느껴졌다. 특히, 입술에 닿았을 땐 손끝이 자르르 떨렸다.

'미친놈.'

미세한 입술의 촉감을 느끼는 것조차 변태 같아서 우탄은 스스로에게 욕을 해주었다. 그래야만 구름과의 선을 분명하게 긋는 것처럼.

"자라."

우탄은 급히 몸을 돌려서 계단을 내려갔다. 구름의 시선이 느껴졌지만 차마 뒤를 돌아볼 수 없었다. 그녀와 눈이 마주치면 억지로 그었던 선이 사라질 것 같았으니까. 그러기엔 구름을 사랑하기가 무서웠으니까.

다음 날 아침, 2층으로 후다닥 뛰어 내려온 구름은 화장실에서 씻고 나오는 용이와 마주쳤다.

"좀 깨바주지. 우탄이는 일났나?"

"깨워도 안 일어나."

구름은 다다다 용이 방으로 뛰어 들어갔다. 침대에서 우탄이 쌕쌕 잠이 들어 있었다.

쿠쿵!

구름은 아기처럼 잠든 우탄의 모습에 순간 심장이 요동쳤다.

'머스마, 자는 기 꼭 아기 천사 같다이.'

홀린 듯이 우탄을 보고 있던 구름은 퍼뜩 정신을 차렸다.

'아차차. 내가 지금 이노마 얼굴 감상하고 있을 때가 아이지.'

감상은 정식 커플이 된 후에 해도 늦지 않으리.

구름은 무작정 우탄을 흔들어 깨웠다.

"학교 안 가나? 일나라. 오우탄, 일나라꼬……."

"우웅……."

우탄은 잠결에 이불을 뒤집어썼다. 그 모습마저 너무나 예뻤으나, 황홀 지경으로 내빼는 정신머리를 간신히 부여잡은 구름은 이 방에 들어온 본분을 잊지 않았다.

"퍼뜩 몬 일나나!"

구름이 두 손으로 이불을 홱 내리자 우탄도 인상을 쓰며 이불을 확 당겼다.

"헉!"

구름은 이불과 함께 우탄을 덮치듯 엎어졌다. 하마터면 그대로 입술이 포개질 뻔했다. 정말이지 이럴 뜻은 아니었지만…….

'이, 이러면 고맙…….'

……다고 생각하고 있는데 방으로 들어온 용이 못 볼꼴을 본 듯 인상을 찡그렸다.

"아침부터 웬 19금이냐?"

19금 소리에 눈을 반짝 빛낸 구름이 우탄의 귀에 사악하게 속삭였다.

"안 일나모 또 키스한다이."

우탄이 벌떡 일어나는 바람에 구름은 중심을 잃고 두 팔을 허우적댔다.

"어어어……!"

이럴 때는 허리를 확! 낚아채 줘야 로맨스가 화르르 불타오르는 법!

쿵!

구름은 그런 로맨스는 드라마나 소설에서나 존재한다는 걸 친히 증명해 주었다.

"아으윽!"

허리가 부러질 것 같은 충격에 구름은 침대 아래서 사지를 뒤틀었다. 로맨스의 길은 이토록 험난한 것이었던가. 젠장.

우탄이 어기적어기적 침대를 내려왔다. 구름은 엄청 아픈 표정을 지으며 우탄을 향해 손을 내밀었다.

'이럴 때일수록 기사도를 발휘해야 하는 기다. 어젯밤 내를 찾으러 왔을 때를 생각하그라. 우린 첫 키스까지 한 사이 아니가.'

사실 침대에서 떨어졌을 때의 충격은 잠깐이었고, 튼튼한 신체를 타고난 덕분에 금방 통증은 사라지고 없었다. 이건 그냥 그의 꽃 매너를 한 번 더 보고 싶은 욕망의 코스프레였다. 우!

하지만 우탄은 일으켜 주기는커녕 왜 그러고 있느냐는 듯 멀뚱한 표정을 지으며 구름을 쌩 지나쳤다.

'윽!'

구름은 무안하게 공중에 떠 있는 손을 슬며시 거둬들였다. 그 꼴을 보고 있던 용이 킥킥 웃었다.

"19금과 시트콤을 넘나드는구만."

❦

공기가 제법 차가운 아침, 용이 먼저 자전거를 타고 간 뒤 구름과 우탄은 천천히 걸어갔다. 거리에서 교복 런웨이를 하는 것처럼 걷기만 해도 태가 나는 우탄을 보자 구름은 나란히 걷는 것만으로 마음이 뿌듯했다. 그에게서 좋은 향기가 나는 것은 비단 고가의 샴푸나 바디 워시 때문만은 아니리라.

오늘 아침 우탄과 같은 샴푸와 바디 워시를 썼다는 데 감격스러워하던 구름은 문득 정신이 돌아왔다. 아까부터 지나가는 게 아니라 따라오는 것 같은 아이들이 수군거리는 소리 때문이었다.

구름은 고개를 휘휘 둘러 주변을 돌아보았다.

'으응?'

용이는 아이들의 우상이라니 그렇다 치고, 21세기 모세라 불리는 '도른 자'에게 보내는 저 열렬한 눈빛들은 뭐란 말인가. 빛과 어둠 같은 용이와 우탄의 정반대 이미지로 봐서는 절대 '인기'와는 상관없는 것이리라.

그렇다면 이유는 단 하나.

구름은 손으로 자신의 양 볼을 폭 감싸며 말했다.

"내가 너무 이쁜가?"

"아프냐?"

우탄이 어이없게 쳐다보자 구름은 머쓱하게 손을 내렸다.

'쫌 이쁘다 캐주마 덧나나?'

구름이 입술을 삐죽이는데, 누군가 구름 옆에 쓱 붙어 섰다. 리어였다.

갑작스러운 리어의 등장에 여학생들의 짧은 비명이 들렸다. 놀라긴 구름도 매한가지여서 가슴을 쑤욱 쓸어내렸다.

"놀래라."

구름이 화약고를 보듯 쳐다보자 리어는 변비라도 걸린 사람처럼 똥한 얼굴로 투덜거렸다.

"둘이 사귀는 거 아니라며? 근데 왜 아침저녁으로 붙어 다녀?"

그러는 너도 아침저녁으로 출몰하잖냐.

구름은 쌀쌀맞게 리어를 외면했다.

"남이사."

"차라리 날 사귀어. 어디 사귈 놈이 없어서."

'이노마가 왜 아침부터 망발을!'

구름은 발끈했다.

"우탄이가 뭐 어때서?"

리어는 구름이 우탄의 편을 드는 게 못마땅했다. 어제도 우탄일 보는 눈에 꿀이 뚝뚝 떨어지더니.

"얼레. 진짜 좋아하는 거였어?"

'젠장. 그런 게 아니기만을 바랐는데, 역시나.'

리어는 속이 뒤틀리다 못해 당장 관두라고 구름에게 일장연설이라도 하고 싶은 심정이었다. 그런 와중에 긍정도 부정도 하지 않은 우탄은 횅하니 먼저 가버렸다.

"같이 가…… 윽!"

구름이 우탄을 쫓아가려 하자, 리어가 구름의 뒷덜미를 잡아챘다. 그러자 구름이 버둥대며 반항했다.

"쫌!"

구름은 리어를 만난 후부터 멱살보다 더 기분 나쁜 게 뒷덜미라는 것을 절감했다. 목도 있고 손목도 있고 발목도 있는데 왜 꼭 뒷덜미를 잡느냐 말이다, 이놈은!

"넌 오랑우탄이 어떤 놈인지 알고서 그러는 거야?"

그 말을 하면서 리어의 눈동자가 묘하게 번뜩였다. 마치 그의 약점을 죄다 알고 있는 승자로서의 우월감이랄까.

구름이 비장한 표정으로 말했다.

"지금 확실히 아는 건 하나 있다."

"뭘?"

구름이 자신의 어깨에 걸쳐진 리어의 손목을 잡았다. 몸을 핑그르르 돌린 그녀는 순식간에 자세를 뒤바꾸어 리어의 팔을 그의 등 뒤로 꺾었다.

"아아!"

팔이 꺾이며 허리를 반으로 굽힌 리어가 앓는 소리를 냈다. 개싸움의 일인자다운 폼으로 구름이 으름장을 놨다.

"멀쩡한 손으로 기타 치고 싶거들랑 조심해라이."

어느새 아이들에게 둘러싸인 리어는 민망함에 실소가 터져 나왔다. 폼에 죽고 폼에 사는 강리어가 아침부터 도대체 이 무슨 꼴이란 말인가.

"일단 놔봐."

"약속부터 해라. 다시는 안 까분다고."

"……알았어, 안 까불게."

웬일로 리어가 순순히 나오자 구름은 장난기가 동했다.

"구름 님, 제발 놔주세요. 해봐라."

하나님도 아니고, 하다못해 해와 달도 아닌 구름에게 소원을 빌라고? 하아…….

구름의 말도 안 되는 요구에 리어의 관자놀이에 핏대가 확 솟았다.

"죽을래? 아악!"

구름이 팔을 세게 꺾었기에 리어는 저도 모르게 비명을 질렀다. 아니, 리어의 입에서 나온 소리보다 구경하던 여학생들의 비명이 더 컸던 것 같다.

"어, 어떡해? 저러다 죽는 거 아냐?"

"으윽! 리어 님 팔 돌아간 거 맞지? 저, 저년 저거 머리가 돈 거 아님?"

"저 미친년이 지금 누구 몸에 손을 댄 거야?"

리어의 추종자들 눈에 구름이 '최강 또라이'로 각인되는 사건임에는 틀림없었다. 정작 구름은 리어에게 복수하는 데 정신이 팔려서 사방에서 꽂히는 분노의 시선을 모르고 있었다.

"말 똑바로 몬 하나."

리어는 아픈 것보다 굴욕적인 자세가 더 창피했다. 용이와 쌍벽을 이루는 인기의 제왕, 강리어가 겨우 여자애에게 쩔쩔매다니!

그나저나 파, 팔이 너무 아프…… 다.

"구름 님, 제발…… 놔. 주. 세. 요."

이를 앙다물고 하는 말에 구름은 거만한 미소를 지으며 리어를 밀치듯 놔주었다.

유쾌, 상쾌, 통쾌! 십 년 묵은 체증이 싹 내려가는 이 기분!

"앞으로도 그 태도, 유지해라. 알겠나?"

이 상황이 기가 찼는지 다시 한 번 실소를 터뜨린 리어는 별안간 팔로 구름의 목을 휘감았다.

"캑캑!"

구름은 숨이 막혀 얼굴이 새빨개졌다.

'아으윽! 이놈을 믿는 게 아니었는데!'

비겁하다, 강리어! 네가 이러고도 최강고의 아들이라고 할 수 있겠냐? 최강고등학교의 교훈이 바로 '정직'인 걸 잊었단 말이냐? 뒤통수치는 놈치고 잘되는 놈 없더라!

"사, 사람 살려……."

서울로 강제 유배당한 것도 서러운데 미친놈에게 목 졸려 죽을 걸 생각하니 절로 사람 살려달란 말이 튀어나왔다. 물론, 누구 하나 용감하게 나서는 인간이 없었지만. 이기적인 것들!

"캐캐캑!"

빠져나가려 버둥거리는 구름의 귀에 리어가 나지막이 속삭였다.

"넌 오늘부터 뜨거운 맛을 보게 될 것이야. 으흐흐흐흐."

리어의 괴기스러운 웃음에 구름은 등골이 오싹했다. 아무도 도와주지 않는 데다 또라이의 변태스러운 목소리를 들으니 살고자 하는 의욕이 샘솟았다.

인생은 역시 스스로가 개척하는 법이지.

"오야. 얼마나 뜨거운지 맛 좀 보자. 앙!"

"아아아악!"

구름이 리어의 팔뚝을 물어뜯고는 냅다 도망쳤다. 교복 위로 선명히 나 있는 이빨 자국을 보자 리어는 정신이 아찔했다. 옷 위였으니 망정이지 살을 물어 뜯겼으면 어쩔 뻔했는가.

"크크큭…… 푸하하하하!"

화가 머리끝까지 뻗칠 줄 알았던 리어는 웬일로 웃음을 터뜨렸다.

보고 있던 학생들이 일제히 감전이라도 된 듯 놀라서 몸을 부르르 떨었다.

광견에게 물린 강리어가 드디어 미친 걸까?

5
속눈썹

"체육 시간은 2반이랑 합반이래!"

회장이 모두에게 공지를 알렸다. 체육복으로 갈아입던 구름은 한껏 신이 나 있었다. 딱딱한 책상 앞에서 지루한 수업을 듣는 것보다야 활동적인 체육 시간이 훨씬 나았으니까.

"에휴. 왜 하필 2반이야?"

시안이 투덜거렸다.

"2반이랑 합반하모 안 될 일이라도 있나?"

"강리어가 그 반이잖아."

"으잉? 지, 진짜?"

리어가 2반이란 걸 처음 알게 된 구름은 울상을 지었다. 아침에 한 차례 격전을 치른 후라 리어를 피해도 모자랄 판에, 합반이라니. 언제부터 원수를 체육관에서 만나게 된 건가?

"분명히 반 대항 경기 할 텐데, 오늘은 무사히 넘어갈 수 있으려나 모르겠다."

시안은 우탄과 리어가 만나는 게 무서운 모양이었다.

구름은 어쩌면 우탄보다 자신이 먼저 위험해질 것 같다는 생각이 들었다. 아침에 그렇게 도망쳐 온 뒤로 리어가 반까지 쫓아와 보복할까 봐 얼마나 두려웠는지 모른다. 아무리 체육 시간이라고 하나 그냥 넘어갈 리 없으리란 생각에 등골이 오싹했다.

"수업 빠지까?"

"체육 시간이라고 좋다더니, 갑자기 왜?"

그 옆에 있던 한 여학생이 참견을 했다.

"아침에 구름이가 리어랑 한판 했잖아. 구름이가 리어 팔뚝 물어뜯고 난리도 아니었어."

말속에 가시가 돋쳐 있었다.

"팔뚝을 물어 뜯었다구? 오호호호! 그거 쌤통이다."

시안이 몹시 즐거운 듯 거하게 웃어젖혔다.

우탄, 리어, 시안 = 용이 친구

우탄, 리어 = 원수

리어, 시안 = 밴드부원 내지는 원수?

참 복잡한 관계이기도 하다.

'암튼 시안이가 즐겁다니, 뭐.'

구름은 불끈 용기가 솟았다.

"똥은 더러븐 거지 무서븐 기 아이다!"

졸지에 리어를 똥으로 만든 구름은 씩씩하게 교실을 나갔다.

실내 체육관으로 간 구름은 응원석에 앉은 2반 학생들 중에서 리어를 찾았다. 키가 큰 리어는 뒷줄에 앉아 있었다. 마침 그도 구름을 찾고 있었는지 두리번거리다가 그녀와 눈이 딱 마주쳤다. 가뜩이나 휘어진 입꼬리를 쓱 끌어 올리는 폼이 '너 잘 만났다'라고 하는 것 같았다.

'니가 꼬나봐 봤자지!'

구름은 기 싸움에서 지지 않으려 눈을 부릅떴다. 피식, 웃는 리어의 표정은 가소로움 그 자체였다. 스치듯 짓는 표정에도 묘하게 자극적인 놈이었다. 깐족깐족, 매를 버는 면상의 소유자라면 딱 저놈을 두고 하는 말일 것이다.

"오늘 반 대항 농구 경기 할 거야. 선수들 나와."

체육 선생님 말씀에 1학년 때부터 선수로 뛰었던 남학생들이 자진해서 앞으로 나왔다. 3반에는 우탄과 용이 당당히 끼어 있었고, 2반에서는 단연코 키가 큰 리어가 압도적인 포스를 자랑했다. 리어 못지않게, 우탄은 평온한 얼굴로 서 있었는데도 마치 농구의 신이라도 되는 양 프로의 냄새가 물씬 풍겼다.

'잘나고 또 잘나신 내 남자. 우후훗.'

마냥 흐뭇한 표정으로 우탄을 바라보는 것과 달리 리어를 보는 구름의 시선은 정반대였으니.

'개또라이.'

우탄과 리어의 사이가 나빠진 후로는 용이까지 합쳐 셋이 함께 있는 모습을 보기 어려웠던지라 오늘의 농구 경기는 모두의 흥밋거리였다. 경기가 시작되자마자 우탄과 리어의 신경전은 한일전을 방불케 했다.

"저것들은 왜 농구까지 잘해서 저러나 몰라."

시안이 시크한 표정으로 중얼거렸다. 시안 말마따나 리어는 기술 면에서 뛰어났고, 힘이 좋은 우탄은 리어를 전담 마크하며 번번이 슛을 훼방 놓았다.

공격이면 공격, 수비면 수비.

우탄은 선수들 중 가장 뛰어난 기량을 뽐내며 리어의 약을 바짝 올렸다. 덕분에 점수는 엎치락뒤치락 보는 이들의 애간장을 태웠다.

후반전에 들어서자 우탄보다 체력적으로 열세인 리어는 신경이 더욱 날카로워져서 반칙도 서슴지 않았다. 전반전에서 우탄은 기묘하게 반칙을 피해가며 수비와 공격에 능수능란한 자태를 뽐냈는데, 퇴장이 두려운 리어는 잘 참다가 본격적으로 반칙을 행했던 것이다. 그 반칙이란 것이, 너무 대놓고 몸싸움이어서 문제였지만.

퍽!

"윽!"

쿵!

공을 잡기 위해 리어와 동시에 점프했던 우탄은 그의 팔꿈치에 얼굴을 맞고 쓰러졌다. 입안에 찝찌름한 피 맛이 느껴졌다.

"퉤!"

침을 탁 뱉으니 붉은 피가 섞여 나왔다. 순간, 이미 몇 차례 리어의 교묘한 반칙에 속수무책으로 당했던 우탄은 인내심의 끈이 뚝 끊어져 버렸다.

삑삑!

심판의 호루라기 소리가 들렸고, 동시에 우탄이 튕기듯 일어났다.

퍼억!

우탄의 주먹에 리어의 기다란 몸이 벌러덩 나자빠졌다.

"헐. 저것들, 또 시작이네, 또 시작이야."

한두 번 있었던 일이 아닌 듯 시안이 질린 얼굴을 했다. 이미 조마조마한 상황의 연속이었던지라 곱게 넘어가는 게 이상할 정도였다. 그 옆에서 윤희는 리어가 맞는 게 안타까운 듯 안절부절못했다.

"새끼!"

벌떡 일어난 리어가 우탄에게 달려들었다. 어찌나 맹렬하게 싸우던지 다른 학생들은 뜯어말릴 엄두가 나지 않았다.

삑삑삑!

선생님도 애꿎은 호루라기만 불어댈 뿐, 맹수 두 마리가 뒤엉켜 싸우는 것 같은 모습에 진땀을 삐질삐질 흘렸다.

그때 둥그렇게 둘러싼 아이들 틈을 비집고 들어온 사람은 구름이었다.

턱!

리어의 뒤로 다가온 구름이 그의 머리채를 잡았다.

"아아아!"

그 바람에 리어는 볼썽사나운 모습으로 우탄의 몸 위에서 끌려 내려와야 했다. 팔도 아니고 다리도 아니고 허리도 아니고 강리어의 머리채를 잡다니. 한 올, 한 올 만져 줘도 모자랄 판에.

선생님도 아이들도 모두 너무 놀란 나머지 어처구니없는 상황을 멍하니 보고만 있었다. 구름이 아침에 리어에게 목이 졸린 걸 본 아이들은 복수를 머리채로 하려나 보다며, 그녀의 무지막지한 성격에 진저리를 쳤다. 모두 쉬쉬해서 그렇지, 전학 첫날부터 미정과 똘마니들을 때려눕힌 전적이 있지 않은가.

그날의 악몽이 떠오르는 듯 미정과 똘마니들의 얼굴이 하얗게 질려 있었다. 세상의 누가 강리어의 머리채를 잡을 수 있단 말인가.

"아파, 아파…… 놔봐, 기집애야!"

리어가 오만상을 찡그리며 사정했지만 구름의 표정은 한겨울 찬바람보다 더 싸늘했다.

"죽고 싶나."

구름의 분노 섞인 한마디에 리어의 표정이 굳어졌다. 그건 마치 '감히 내 서방의 얼굴에 흠집을 내고 네가 살아남을 성싶으냐'는 투였기 때문이다.

"구, 구름아. 그만해."

해결맨 용이 화가 난 구름을 달랬다. 마치 인질극을 벌이는 범인과 협상을 하는 모양새였다. 그새 일어난 우탄도 입가에 흐른 피를 체육복 상의로 쓱쓱 닦았다.

"꺄악!"

우탄의 탄탄한 복근을 본 여학생들의 호들갑스러운 괴성을 듣고서야 구름도 퍼뜩 정신을 차렸다.

'허걱! 여긴 어데? 내는 누구?'

리어가 우탄을 때리는 순간, 정신이 홱 돈 모양이었다. 자신이 리어의 머리채를 잡고 있다는 사실에 화들짝 놀란 구름은 얼른 손을 거뒀다. 잡힌 머리채가 아무렇게나 뻗친 리어의 몰골이 참담했다.

"으으……. 표구르음!"

호랑이의 포효 소리를 들은 구름이 후다닥 도망쳤고, 벌떡 일어난 리어가 그 뒤를 쫓아갔다.

"죽었어!"

"으아아아아!"

호랑이와 토끼처럼 쫓고 쫓기는 두 사람을 멀거니 쳐다보던 우탄은 코를 한 번 훌쩍하더니, 자기 일과는 상관없다는 듯 바닥에 떨어진 농구공을 집어 들었다.

아이들은 우탄의 무심함에 또 한 번 질겁한 표정을 지었다. 어떤 놈은 '그대가 진정한 챔피언'이라는 듯 엄지를 척 들어 보이기까지 했다. 말썽쟁이 녀석들 때문에 혼이 쏙 빠진 체육 선생이 십년은 늙어버린 얼굴로 말했다.

"오늘 수업 끝!"

❦

"네가 도망가 봤자지. 이리 온."

리어가 거만한 표정으로 손을 까딱거렸다. 더 이상 도망칠 데 없이 궁지에 몰린 구름은 울상을 지었다.

"내가 그랄라고 그런 게 아이고……."

"누가 봐도 내 머리채를 노리는 하이에나 같았어, 넌. 이리 오라구."

까딱까딱.

"니가 자꾸 반칙하니까 그라재! 자고로 경기라는 것은 정정당당하게……."

"정정당당이 어느 정당이냐? 내가 정치엔 문외한이라서. 이리 와라, 좋은 말로 할 때."

"몬 간다, 내는 몬 간다."

사약 받기 일보 직전의 죄인처럼 구름은 필사적으로 고개를 저었다. 리어는 독기가 잔뜩 오른 눈빛으로 한 발, 한 발 다가왔다.

리어의 똘기 충만한 눈빛을 본 구름은 점점 사색이 되어갔다.

'우쒸. 우짜노. 저거 완전 돌아삤네.'

돌기도 하겠지. 팔뚝을 물린 것도 모자라서 머리채를 잡혔으니. 사람들 앞에서 개망신을 당했다고 생각하겠지!

그가 용이 친구란 걸 써먹기도 글렀다. 며칠 지켜본 결과, 친구치고는 생각보다 용이와 리어 사이가 용이와 우탄보다 가깝지 않았으니까. 처음부터 리어가 함부로 대했던 것도 실은 용이와 그리 친한 사이가 아니어서인지도 몰랐다.

도저히 빠져나갈 길이 보이지 않은 구름은 코앞까지 다가온 리어 때문에 눈을 질끈 감아버렸다.

리어의 시선에 잡힌 것은 구름의 까만 속눈썹. 그런데…….

쿵쿵쿵.

쿵쿵쿵!

쿵쿵, 쿵쿵!

리어의 심장이 점점 크게 울렸다.

'오호, 이거 봐라.'

웬일인지 리어는 당황하거나 부정하는 표정이 전혀 아니었다. 오히려 고민하던 무언가에 대한 확신이 선 듯 빙그레 미소를 짓기까지 했다.

'뭐꼬? 와 이리 조용하노?'

슬그머니 실눈을 뜬 구름은 리어의 얼굴이 너무 바짝 붙어 있자 소스라치게 놀랐다.

'이기 돌았나!'

딱!

"어이쿠!"

구름은 저도 모르게 리어의 이마를 들이받았다. 머리가 휘청 꺾인 그는 대낮에 별들이 반짝이는 건 둘째치고 너무 아파서 정신이 혼미했다.

"이, 이 변태 자슥아!"

"야, 그게 아니라……."

"변명하지 마라!"

리어는 억울했다.

"그게 아니라니까!"

"주디 들이대는 거 다 봤다!"

리어는 얼굴이 벌게져서 펄펄 뛰는 구름을 벽으로 홱 밀쳤다.

"으헥!"

깜짝 놀란 구름이 눈이 동그래져서 리어를 올려다봤다. 구름이 들이받은 리어의 이마가 빨갛게 부어올라 있었다. 그리고 그의 얼굴도 점점 붉어졌다.

"아, 아냐. 키스하려던 거."

"아니마 뭔데!"

낭패였다. 그러니까 그건…….

'속눈썹 때문이라고 하면 더 변태 같을 텐데 어쩌지?'

"봐라, 말 몬 하는 거."

탄내가 나도록 머리를 굴리던 리어는 능청스럽게 비웃었다.

"설마 네가 예뻐서 키스를 하려고 그랬겠냐. 절대 그럴 일 없으니까 안심해라."

'하기사.'

금방 현실을 직시한 구름은 의심스러운 눈빛을 한 채 리어를 노려봤다.

"진짜가?"

리어가 구름의 동그란 머리통을 쓱쓱 어루만졌다.

"얼마나 단단한 대가리인지 확인해 보려던 것뿐이야. 골이 깨지는 줄 알았거든."

"이러니 한 대 맞을 것도 두 대 맞지. 이 매를 다발로 버는 자슥아!"

구름이 매섭게 쏘아붙이며 리어의 손을 탁 쳐 냈다.

"그라고 우탄이한테 뭔 억하심정인지 몰라도 제발 그만 좀 괴롭혀라."

갑자기 우탄이 편을 드는 구름이 때문에 리어는 속이 있는 대로 꼬였다.

"뭘 알고나 말해. 우탄이 그 자식은 악마야, 악마."

'그리 쌔근쌔근 아기 천사 같은 악마도 있드나?'

하긴, 악마도 처음엔 천사였다고 하더라만.

구름은 콧방귀를 뀌었다.

"암튼, 때리지 마라. 싸워가 니한테도 좋을 거 없다 아이가."

"허. 좋아하는 거 더럽게 티 내내."

'티 안 냈는데! 진짜 안 냈거덩!'

구름은 새치름하게 눈을 내리깔았다.

"조, 좋아하는 거 아이다."

우탄에게 보기 좋게 차인 것 때문에 구름은 의기소침해졌다. 더군다나 리어에게 알려서 좋을 게 하나도 없었다. 그에게 두고두고 놀림감이 될 생각을 하니 머리에 쥐가 나려 했다.

"진짜?"

못 믿는 건가? 그렇게 믿고 싶은 건가?

하여간 녀석의 표정이 애매했다.

또 잡고 늘어지기 전에 도망치자.

"비키라. 체육복 갈아입고 밥 묵으러 가야 된다."

리어는 자신을 밀치고 지나가는 구름에게 충고했다.

"우탄이 그 자식 좋아하지 마. 너만 다쳐."

"……"

구름은 왠지 그 말에 아무런 대꾸도 할 수 없었다. 리어가 괜히 하는 소리처럼 들리지 않았기 때문이었다. 하지만 그 말이 진실이라고 해도 상관없었다. 우탄이 그렇게 형편없는 사람이라면 용이와 절친일 리가 없었으니까.

❧

"이 사람 맞아?"

우탄과 구름은 경찰관이 보여준 사진을 확인한 뒤 똑같이 고개를 끄덕였다. 경찰관이 난감한 듯 말했다.

"아니라고 딱 잡아떼더니……. 암튼, 당분간 조심해. 파출소에 연락해서 집이랑 학교 근처에 순찰을 강화하라고 할게."

"고맙심더."

"우리가 미안하지. 그날 여자아이 부모님이 없던 일로 하자는 바람에……."

"아입니더. 이제라도 알았으니까네 지도 조심할게예."

씩씩한 구름 때문에 흐뭇해진 경찰관이 친절하게 말했다.

"그래. 무슨 일 있으면 바로 연락하고. 넌 이름이 뭐냐? 잘생겼다."

경찰관은 갑자기 우탄에게 관심을 보였다. 아마도 그의 눈썹미를 칭찬하고 싶었던 모양이다. 운동 신경이 남다른 사람은 눈썹미에도 일가견이 있는 걸까?

"오우탄인데요."

"여친 잘 챙겨. 뭐, 그랬으니 신고도 했겠지만."

"……."

여친이란 말에 기분이 좋아진 구름이 활짝 웃었다.

"하모예. 지금도 억수로 잘 챙기줍니다."

"하하하. 경상도 사투리 쓰는 걸 보니 서울에 온 지 얼마 안 된 모양이네?"

"이번에 유배, 아니, 유학 왔어예."

"오, 그래? 많이 낯설지? 그래도 든든한 남친이 있어서 다행이다."

아무 말이 없는 우탄의 눈치를 힐끔 본 구름이 능청을 떨었다.

"남친 덕분에 빠른 속도로 적응하고 있습니다. 저흰 그만 가봐도 되지예?"

"그래, 그래. 범인 잡으면 연락할게."

경찰서를 나온 우탄과 구름은 천천히 버스 정류장으로 걸어갔다. 바지 주머니에 두 손을 꽂은 채 걷기만 하는 우탄은 생각에 잠긴 모습이었다.

우탄의 눈치를 보던 구름이 조심스럽게 물었다.

"아까 남친이라 캐가 기분 나빴드나?"

"……."

대답이 없는 걸 보니 정말 기분 나빴던가?

구름은 시무룩해졌다.

"굳이 남친이 아니라고 해명하는 것도 웃긴다 아이가."

"알아."

구름은 여전히 선을 긋는 우탄 때문에 입을 삐죽였다.

"내가 여친인 기 그리 싫나?"

"버스 온다."

잠시 후 버스에 나란히 올라탄 두 사람은 처음 서울역에서 만나서 올 때처럼 뚝 떨어져 앉았다. 구름은 부러 떨어져 앉는 우탄에게 서운했다. 그렇다고 그의 옆자리에 앉기에는 자존심이 상했다.

'머스마, 디게 비싸게 군다이.'

혼자 삐친 구름은 모른 척 창밖을 내다봤다. 저 멀리 하늘에 붉은 노을이 드리워져 있었다. 노을을 보니 금세 마음이 고즈넉해졌다.

'억수로 멋지네. 해운대 바다에서 보마 더 멋질 긴데.'

매일 보던 해운대 바다의 노을이 떠올라 구름의 눈가가 촉촉해졌다. 부모님과는 하루가 멀다 하고 통화했지만, 고향에 대한 그리움은 마음속에 남아 있었다. 그 그리움도 쏟아지는 졸음보다는 견디기 쉬웠던가 보다. 얼마 못 가 그녀는 꾸벅꾸벅 졸기 시작했다.

무심코 구름을 돌아본 우탄은 살짝 미간을 찌푸렸다. 조는 게 점점 심해지면서 그녀의 몸이 위태롭게 흔들리고 있었기 때문이다.

'저러다 또 넘어지지.'

우탄은 지난번에 버스 바닥에 널브러진 구름의 모습이 떠올라 얼른 옆자리로 옮겨 앉았다. 그리고 맥없이 흔들거리는 그녀의 머리를 조심스럽게 잡아 자신의 어깨에 기대놓았다.

쌕쌕.

곁눈으로 구름의 자는 얼굴을 내려다보던 우탄은 저도 모르게 입매가 슬쩍 올라갔다.

'남자친구?'

확실하게 선을 그었다고 생각했는데, 마음처럼 쉽지 않았다. 체육 시간에 물불 안 가리고 리어에게 응징을 가하는 모습에 기분이 찢어지게 좋았던 것도 사실이었다. 누군가가 무조건적인 편이 되어준다는 것이 이렇게 감동적일 줄은 몰랐다. 생각해 보면 용이가 그랬던 것 같은데, 솔직히 감동한 적은 없었던 것 같다. 용이와는 함께한 세월이 길어서 무신경했을 테지만, 구름이 때문에 오히려 용이에게 고마울 지경이었다.

'정말 널 좋아해도 괜찮은 걸까?'

리어가 구름을 좋아하는 게 뻔히 보이는데.

'정말 아무 문제가 없는 걸까?'

노을이 지는 창밖을 바라보는 우탄의 얼굴에는 근심이 가득했다.

다음이 내릴 정류장이었기에 우탄은 자고 있는 구름을 툭 쳤다.

"다 왔어."

"흠냐."

구름은 떠지지 않는 눈을 억지로 부릅떴다. 피곤했는지 눈두덩에 굵은 쌍꺼풀이 또 하나 생겼다. 쓱쓱 눈을 비비며 물었다.

"벌시로 다 왔나?"

먼저 자리에서 일어난 우탄이 비틀거리며 일어나는 구름의 손을 잡아주었다.

"……."

구름은 놓칠세라 꼭 잡은 손이 어쩐지 감동적이었다. 잠이 들었을 때도 얼핏 우탄의 어깨라는 걸 알고 마음이 놓였다. 그의 넓고 든든한 어깨가 너무 좋아서 저절로 입술이 씰룩거렸다. 튼실한 허벅지에 모여져 있던 그의 손을 잡을까 말까 엄청 망설였는데, 먼저 잡아줄 줄이야. 무심한 듯 세심한 녀석.

그러나 버스에서 내린 우탄은 언제 잡았냐는 듯이 손을 놓더니 앞서 걸어갔다. 다시 무심함으로 돌아가 버린 것이다.

우탄의 옆으로 쪼르르 달려간 구름이 해죽 웃었다.

"손잡고 가모 안 되나?"

우탄은 대답 대신 손을 바지 주머니에 쓱 꽂아 넣었다. 우탄에게 찰싹 달라붙은 구름이 그의 팔짱을 꼈다.

"떨어져."

우탄은 매몰차게 말했지만 구름은 애교를 부렸다.

"우우웅."

"놔, 인마."

훅 치고 들어오는 애교에 부끄러운 듯 얼굴이 빨개진 우탄이 억지로 팔을 떨치고 성큼성큼 앞서갔다.

"우씨."

입술을 삐죽거리던 구름이 얼른 달려가서 우탄의 팔을 잡으려 했다. 하지만 먼저 눈치를 채고 우탄은 더 빠른 걸음으로 그녀와 거리를 됐다.

"같이 가자—아."

구름이 조르며 따라갔지만 좀처럼 거리는 좁혀지지 않았다. 약이 바짝 오른 구름이 그 자리에 주저앉을 때면, 우탄도 그 자리에 서서 빙글빙글 웃으며 기다려 주었다.

어스름이 내리는 저녁, '더 스윗' 카페에 도착할 때까지도 우탄의 장난은 그칠 줄 몰랐다. 그리고 그의 얼굴에서도 좀처럼 웃음이 떠날 줄 몰랐다. 그렇게 카페에 도착하자마자 주방에 들어간 우탄은 가방 안에서 커다란 공책 하나를 꺼냈다. 공책을 펼친 그는 은혜에게 건넸다.

공책에 그려진 것은 구름표범이었다. 사진처럼 선명한 그림에 은혜는 감탄했다.

"어머, 정말 멋있다. 콘셉트 좋아. 이번엔 영감이 안 떠올라서 힘들어하더니 다행이다."

은혜가 마음에 들어 하니 우탄도 기분이 좋았다.

"일주일이면 돼요."

"그래. 공연 아직 한 달 남았으니까 그전에만 해줘."

"비밀인 거 아시죠?"

"그럼. 근데 미술 학원에 다닐 생각은 없니?"

우탄의 얼굴이 어두워졌다.

'가정 형편이 안 좋은 것도 아닌데 무엇 때문에 그러지? 아빠가 반대하시나?'

은혜는 좋은 재능을 가지고도 숨기기만 하는 우탄이 안타까웠다.

"알았어, 안 물을게. 근데 구름표범 영감 준 사람, 구름이야? 이름이 비슷하잖아."

"……."

"이런. 안 묻는다고 해놓고선. 미안해. 주스는 뭐로 줄까?"

우탄은 주문을 한 뒤 구름이 있는 테이블로 왔다.

"알바할라꼬?"

뜨끔.

"뭐?"

"주방까지 들어가길래. 사장 언니랑 뭔 얘기했는데?"

"……."

말하기 싫은 모양이다.

구름은 미간을 찡그렸다.

"말 안 하마 안 답답나?"

"말하잖아. 너랑은."

그건 그랬다. 용이와 구름 자신 외의 사람하고는 말을 섞는 걸 못 봤으니까. 아니, 한 사람 더 있구나. 강리어.

"리어하고는 와 그래 사이가 안 좋노? 라고 물으마 대답 안 해줄 기재? 안다. 답답해가 물어본 기다."

농구 경기를 하다가도 죽어라고 싸우는 걸로 봐서는 조만간 사생결단을 내고도 남을 것 같았다. 아, 살벌한 놈들.

"주스 나왔어."

용이 몫까지 산 두 사람은 카페를 나와 집으로 향했다. 날은 그새 어둑해져 있었다.

[부산 갈매기~ 부산 갈매기~ 너는 정녕 나를 잊었나~]

구름은 가방에서 핸드폰을 꺼냈다. 화면에 뜬 발신자는 '똥'.

오늘, 똥이 더러워서 피하지 무서워서 피하는 게 아니라는 진리를 깨달은 후 '튀는 자'에서 바꾼 이름이었다.

생각해 보니 '도른 자'라는 별명은 우탄보다 리어에게 더 어울리는 듯했다. 우탄이는 물과 기름처럼 사람들과 잘 섞이지 못할 뿐, 대놓고 또라이 짓을 하진 않았으니까. 둘 다 불뚝 성질이 있는 건 똑같았지만, 리어에 비하면 우탄은 양반이었다. 그런 애에게 어째서 '도른 자'란 별명이 붙었는지 의아했다.

구름은 무뚝뚝하게 전화를 받았다.

"와, 또?"

[어디냐?]

"우탄이랑 있다. 와?"

[잠깐 보자. 할 얘기 있어.]

구름은 눈알을 데구루루 굴렸다. 낮에 박치기한 거 복수하려나?

"할 얘기, 뭐?"

[오면 알 거 아냐.]

"내일 하모 안 되나? 내 지금 억수로 피곤한데."

[편의점 앞이야. 후딱 튀어 와라.]

"야, 야……."

구름은 일방적으로 끊긴 전화 때문에 황당했다. 오늘부터 뜨거운 맛을 볼 거라더니, 이미 불지옥이 시작된 것인가.

그때까지도 별말이 없던 우탄이 입을 뗐다.

"리어야?"

"어. 지금 보자 카네. 뭔 말 할라고 그라지?"

"갈 거야?"

"안 가모 계속 전화할 기다. 후딱 댕겨오께."

그 추운 날 아이스크림 하나 먹겠다고 장장 30분을 헤매게 만든 놈이 그놈이었다.

"구름아."

구름이 몸을 돌렸을 때 우탄의 다급한 부름이 들렸다. 고개를 돌린 그녀는 해맑게 물었다.

"어?"

"같이 갈까?"

리어에게 구름을 혼자 보내려니 마음이 놓이지 않았다.

"아이다, 괘안타. 내가 니한테는 져도 강리어한테는 절대 안 진다. 오늘 봤재? 머리채 잡는 거."

리어가 구름을 좋아한다고 해도 곱게 넘어가 줄 구름이 아니란 건 알지만…….

"범인도 그렇고……."

"편의점이마 금방 간다. 용이 방에서 기다리래이. 뭔 일 있으마 전화하꼬마."

발랄하게 뛰어가는 구름을 보던 우탄은 도저히 발걸음이 떨어지지 않았다. 범인 때문에 불안해서가 아니었다. 오던 길에 순찰차가 도는 것을 보았고, 편의점이면 큰길이라 위험한 장소도 아니었다. 그가 불안한 이유는 리어 때문이었다.

"정말 싫은데……."

여자 때문에 리어와 싸우는 일, 다시는 없자 했는데 또.

우탄은 1년 전의 일이 떠올라 눈앞이 캄캄했다.

편의점 옆 분식집에 구름과 리어가 마주 앉아 있었다. 떡볶이를 앞에 둔 구름은 라면을 맛있게 먹는 리어를 어이없게 쳐다보았다. 치고받고 싸우지 않아 다행이지만, 그래도 기껏 불러낸 이유가 라면이란 건 너무하다.

"라면 먹자고 불렀단 말이가?"

"응!"

당당하게 대답하는 너님은 진정 또라이.

"가지가지 한다이."

구름은 빈정거리며 포크로 떡볶이를 쿡 찍어 입에 넣었다. 청양고추 가루의 자비라곤 없는 매운맛 공격에 구름은 움찔했다.

"쓰읍~ 맵다."

부랴부랴 물을 마시는 구름을 힐끗 본 리어가 핀잔을 주었다.

"다이어트 같은 건 안 하냐? 필히 해야 될 거 같은데……."

구름은 속속들이 감춰져 있는 살덩이들을 의식하며 불평했다.

"분식집에 데려와서 할 얘기가, 그기. 애초에 분식집에 데려오질 말든가. 니 혼자, 라면 처묵는 걸 두 눈 시퍼렇게 뜨고 보고만 있으란 말이가? 그리 자애로운 캐릭터가 아닌 건 니도 알고 내도 알고 세상이 다 아는 얘길 긴데?"

"다이어트의 기본은 인내, 몰라? 하긴, 너랑 거리가 먼 이야기이긴 하지."

팩트를 팩트로 말하니, 융통성이 현저히 떨어져 보이는 건 왜일까? 이래서 사회에 거짓말이 난무하는 걸까? 거짓말을 잘해야 저놈처럼 라면을 처먹어도 늘씬한 몸매를 유지할 수 있는 걸까?

구름이 복잡한 생각에 빠져 있는데 라면 국물까지 깔끔하게 먹어 치운 리어가 자리에서 일어났다.

"다 먹었어. 가자."

구름은 반이나 남은 떡볶이를 보며 웅얼거렸다.

"야, 계산……."

들은 게 분명한데 리어는 그냥 분식집을 나가 버렸다.

"서울에서는 눈 감으면 코 벤다 카디……."

억울하게 라면값까지 치른 구름은 투덜대며 밖으로 나갔다. 문 앞에서 리어가 생글거리며 서 있었다.

눈웃음친다고 봐줄 일이냐, 이게?

"생긴 것도 뻔뻔해가……."

구름은 리어의 얄미운 낯짝을 못마땅하게 째렸다. 리어가 살짝 애교 섞인 말투로 말했다.

"아이스크림 사줘."

순간 어이가 없어서 그가 애교를 부렸다는 것도 모른 구름이 눈을 부릅떴다.

"니가 인간이가? 라면 사줬으마 됐지 아이스크림?"

"그건, 이자."

"악덕 사채업자가 따로 없구마."

아침엔 사람들 앞에서 팔을 꺾이고, 낮엔 머리채를 잡히고, 박치기까지 당해서 머리가 더 이상해진 놈에게 적선하는 셈 치자.

"가자, 가자."

리어는 뭉그적대는 구름의 팔짱을 끼어 분식집 옆에 있는 편의점으로 끌고 갔다. 그러고는 어제와 똑같은 아이스크림 두 개를 고른 뒤 안으로 들어가 계산대에 올려놓았다. 구름이 지갑에서 막 돈을 꺼내려는데 어느 틈에 풍선껌을 챙긴 리어가 아이스크림 옆에 내려놓았다.

"아이씨!"

구름이 쫙 째려봤으나 편의점 총각은 더 진상을 떨기 전에 보내자 싶었는지 신속히 계산을 끝낸 뒤였다.

❦

집으로 걸어가는 동안 구름은 리어에게 경찰서에 다녀온 이야기를 꺼냈다. 앞으로 해 떨어지면 불러내지 말라는 당부도 함께. 그러자 불현듯 리어의 표정이 심각해졌다.

"인상착의 말해봐."

"와? 니도 신고할라꼬?"

"그런 놈은 얼른 잡아야지."

"오올~ 꼬방시다 할 줄 알았드마는 웬일이고?"

구름이 다시 봤다는 듯 리어를 아래위로 훑었다. 이놈은 뭐든 먹고 나면 제정신으로 돌아오는 놈이었던가.

"킥킥킥. 꼬방시다는 또 뭐냐? 네 말투, 너무 웃겨."

웃느라 가늘어진 눈매가 몹시 섹시했다. 물론, 어디까지나 객관적으로 봤을 때 그렇다는 것이다. 이래서 여자애들이 사족을 못 쓰나 싶었다. 아닌 게 아니라 사람을 홀리듯 라면에 아이스크림까지 벗겨먹는 솜씨를 보아하니 제비족으로도 유망한 놈이었다.

"사투리 무시하나."

"사투리가 세긴 하더라. 자꾸 네 말투가 귓가에 뱅뱅 돌거든."

뭘 그까짓 걸로 신기해하고 그러나 싶어 구름은 한껏 우쭐해했다.

"사투리만 세나. 인상도 세다 아이가. 한 번 보마 안 잊어뿔 미모
재."

"죽을래?"

하긴, 여장을 하면 구름 자신보다 더 예쁠 녀석이 리어였다. 이런
녀석이 음악을 하니 여자애들이 미치는 거다. 성격만 좀 좋으면 금상
첨화겠으나, 공평하신 신께서는 리어에게 몰빵하진 않으셨다는 게 함
정.

"인제까지 연습했드나?"

"응. 원래 더 늦게까지 하는데 오늘은 베이스 치는 녀석이 몸이 안
좋다고 해서 일찍 마쳤어."

"그라모 집에 가서 밥 묵지 뭐 한다꼬 사람을 불러대노?"

자꾸 귀찮게 하는 리어 때문에 구름이 투덜댔다.

"혼자 밥 먹기 싫어서."

계산하라고 불러낸 거라고 할 줄 알았는데 의외의 대답이었다. 구
름의 귀에는 혼자 밥 먹기 싫다는 말이 외롭다는 뜻으로 들렸다.

구름은 흘끗 리어를 올려다봤다.

"집에 아무도 안 계시나?"

"엄만 매일 늦게 오셔. 바쁘시거든."

"아."

구름은 시안에게 리어에 대해서 들은 얘기가 있었다. 리어에게는
아빠가 안 계신다는 말.

구름은 엄마가 안 계시는 우탄이 생각나 마음이 짠했다. 이놈도, 저놈도 외로워 보이긴 마찬가지였다. 둘이 원수가 아닌 친구면 참 좋을 텐데.

"라면 묵고 되나? 한창 클 나이에. 밥을 챙겨 묵으야지."

"키가 187cm이야. 더 커서 뭘 어쩌라구?"

"키만 크마 뭐 하노. 정신연령이 다섯 살인데."

"사돈 남 말 하시네."

구름이 한심한 눈빛으로 리어를 쳐다봤다.

"봐라, 봐라. 또 발끈하는 거. 그라이 니가 다섯 살인 기다."

리어가 구름의 목에 팔을 둘러 제 쪽으로 확 끌어당겼다.

이놈은 왜 걸핏하면 목을!

"앗! 니는 내 목에 원수 짔나?"

"따라와."

"어디 가는데? 내 지금 집에 가봐야 된다."

ꞔ

"여긴……."

구름은 리어의 집이자 우탄의 집이 있는 빌라 앞에서 머뭇거렸다. 구름이 몹시 당황해하자 리어가 어이없다는 듯 웃었다.

"안 잡아먹어."

"그래도……."

휙!

리어가 손목을 잡아 이끌었기에 구름은 속수무책으로 끌려갔다.

"지, 집에 아무도 안 계신다매?"

"이럴 땐 또 겁이 엄청 많아요. 건드릴 거나 있어야 말이지. 그리고 넌 뭐 가만히 당하고만 있을 애냐?"

이놈의 팩트!

"할 얘기 있다 안 캤나?"

"집에서 하려구."

엘리베이터를 타고 3층으로 올라간 리어는 비밀번호를 눌렀다. 구름은 슬그머니 반대편 문으로 고개를 돌렸다.

'우탄이 집은 어데지?'

"우탄이는 4층에 살아."

이놈이 독심술을!

흠칫 놀란 구름이 눈을 껌벅거렸다.

'독심술에 능한 놈이랑 단둘이 있는 거는 너무 위험한데.'

그사이 리어는 열린 문을 잡은 채 한쪽으로 비켜섰다.

'자꾸 쭈뼛대마 그기 더 어색할 기라.'

구름은 전혀 어색하지 않은 척 집 안으로 들어갔다.

"우와!"

거실로 들어서자마자 저도 모르게 감탄사가 터져 나왔다. 고급 빌라인 줄은 알았지만 생각했던 것 이상으로 휘황찬란했다. 용이네 집도 부자여서 그런지 위화감이 들진 않았으나, 리어네 집은 주택과는 또 다른 격조가 느껴졌다. 엄마가 유명한 뮤지컬 감독이시라더니, 대충 어떤 취향인지 알 것 같았다.

가만히 보면 리어 이 녀석도 화려함을 타고난 편이었다. 생김새부터 그랬다. 십대 소년에게 색기가 줄줄 넘치기가 어디 쉬운 일인가.

"이리 와."

리어가 방으로 걸어가며 구름을 불렀다. 그 목소리가 더없이 다정하다고 느끼며 구름이 리어를 쪼르르 쫓아갔다.

6
부메랑

"옴마야, 이기 다 뭐꼬?"

리어의 방에 들어간 구름은 눈이 휘둥그레졌다. 음악 하는 녀석답
게 방 안은 온통 악기들로 가득 차 있었다. 기타, 전자 오르간, 드럼,
이름 모를 악기들까지. 기타도 하나가 아니라 여러 개여서 기타를 수
집하는 게 아닐까 싶었다. 벽 한쪽에는 CD로 가득했고, 반대편 벽에
는 음악에 관련된 책자들이 빼곡했다.

"앉아."

리어가 입이 쩍 벌어진 구름에게 바퀴 달린 의자를 내주었다. 얼떨
떨해하며 의자에 앉은 구름은 리어가 달리 보였다.

"니 진짜 음악 좋아하는갑다."

학교 밴드부에서 폼 잡고 노래나 하는 놈일 줄 알았더니, 격이 달
랐다. 오올, 역시 사람은 겉만 보고 판단하는 게 아니다.

"네가 그렇게 생각할 거 같아서 데려온 거야. 그날, 기타 때문에 까칠하게 굴었던 이유도 말해줄 겸. 내가 악기에 좀 예민해."

"할 얘기가 그거였나?"

"진짜 할 얘기는 따로 있구."

뭔가 의미심장한 표정이다.

뭐지? 뭘까? 대체 무슨 꿍꿍인 거야?

"뭔데?"

"나중에. 연주 들어볼래?"

리어는 구름이 앉은 의자를 전자 오르간 앞으로 끌어당겼다. 헤드셋을 그녀의 머리에 씌워준 그는 자기도 똑같이 쓰더니 연주를 하기 시작했다. 오르간 위를 오가는 기다란 손가락이 유연하고도 멋있었다.

노래 없이 연주만 해도 근사한 리어. 그는 연주할 때 가장 빛나는 것 같다.

이따금 눈을 맞추며 웃는 리어의 모습이 생경해서 구름은 저도 모르게 그의 연주에 심취했다.

'달달하네.'

아이스크림보다 더 달콤한 오르간 연주를 마친 리어는 구름의 머리에서 직접 헤드셋을 벗겨주었다. 그의 친절에 적응이 안 된 구름은 멋쩍게 미소를 지었다.

"누구 곡이고? 억수로 좋네."

"내가 작곡한 거."

진짜? 아이돌 뺨치는 피지컬에 화려하고 섹시하고 멋있고 달달하고…… 웬만한 악기는 다 다루는 데다 작곡 능력까지? 성격만 좋으면 완벽할 텐데, 쯧.

"작곡도 하나?"

"응. 시안이가 얘기 안 해?"

구름이 도리도리 고개를 저었다.

"시안이가 작곡한다는 소리는 들었다. 근데 니도 작곡할 줄은 몰랐네."

"어젯밤에 한 거야. 갑자기 영감이 떠올랐거든."

"영감?"

리어가 구름과 눈을 맞추며 씩 웃었다.

"너."

"나?"

"응. 너한테 제일 먼저 들려주고 싶었어."

달콤하다 못해 녹아내릴 것 같은 목소리.

'이건 로맨스 각 아이가?'

우어어어.

구름은 몸서리치듯 고개를 저었다.

'말도 안 된다. 이노마가 내를 좋아할 리가 있나. 친구라모 몰라도 여자는 절대 아일 기다. 하모!'

어떤 남자도 팔뚝 물어뜯고 박치기나 하는 여자를 좋아하진 않는다. 아니, 좋아해도 좋아해선 안 된다. 왜냐?

'내는 우탄이를 좋아한단 말이다!'

불안한 마음에 저도 모르게 침을 꼴깍 삼킨 구름은 서둘러 의자에서 일어났다. 더 있다간 이 개또라이 입에서 무슨 말이 나올지 무서웠다.

"그만 가볼란다."

"벌써?"

"지, 집에……."

"우탄이라도 와 있나?"

귀신이다.

우탄이 얘기만 나오면 눈빛이 돌변하는 리어 때문에 구름은 가슴이 조마조마했다. 기다리고 있을(그렇게 믿고 싶은) 우탄이도 걱정됐고, 난데없는 리어와의 달달한 분위기는 더 걱정됐다. 리어와는 머리채를 잡는 게 더 마음 편할 것 같았다.

"금방 간다 캤는데."

"가지 마."

"어?"

"가지 말라구. 나랑 있어."

리어는 구름이 우탄과 함께 있는 게 싫어서 심통을 부렸다. 구름도 그의 의도를 눈치챘으나 더는 지체할 수 없었다. 그러기엔 리어의 눈빛이 너무 위험한 수준을 넘어섰기 때문이다.

"연주 잘 들었다. 그만 가께."

구름은 도망치듯 방을 나갔다. 리어는 그녀를 잡으려는 마음을 억누르고 그대로 앉아서 현관문이 열리고 닫히는 소리를 듣고 있었다.

어젯밤뿐만 아니라 문득문득 구름이 생각났다. 요사이 작곡이 되지 않아서 고민이었는데 어젯밤에는 갑자기 영감이 떠올라 단숨에 곡도 쓸 수 있었다. 구름을 생각하니 바다가 생각났고, 바다를 사랑하는 부산 가시내의 맑은 눈망울이 떠올랐다. 작곡을 하는 동안 가슴이 설렜다. 오랜만에 느껴보는 짜릿한 설렘이었다.

학교에서도 자꾸 구름이 눈앞에 어른거렸다. 그녀의 억센 사투리가 귓가에 쟁쟁하게 울렸다. 처음엔 듣기 싫던 사투리가 점점 중독성 짙은 음악처럼 귀에 와서 박혔다. 그냥 우탄이를 좋아하는 구름이 눈에 거슬리는 거라고 생각했는데, 아니었나 보다. 중학교 때 좋아했던 그 아이를 잊을 정도였으니.

우탄을 좋아했던 그 아이. 그래서 늘 가슴 아프게 바라봐야만 했던 사랑.

어느 날부터인가 마음의 문을 꼭꼭 닫은 우탄은 그 아이에게도 매정하게 굴었다. 그 아이가 아파하는 걸 지켜보면서 리어는 가슴이 찢어졌다. 많은 사람들에게 흠모를 받는 리어였지만, 사랑하는 사람들에게는 외면당해야 하는 현실이 고통스러웠다. 얼굴 한 번 못 본 아빠도, 미혼모로 독하게 살아온 엄마도, 처음으로 사랑에 빠졌던 그 아이도. 리어에게는 너무나 먼 사람들이었을 뿐.

구름이 우탄을 좋아한다는 걸 안 순간 불안했던 이유도 그래서였을 것이다. 무모하리만치 순진무구한 구름이란 걸 알아버렸으니까. 구름에게 관심이 간 이유가 우탄에 대한 반감이라고 생각했으나, 리어는 어젯밤 작곡을 하면서 확실히 알아버렸다.

짙고 까만 속눈썹. 단지, 그것 하나에 끌린 게 아니었다. 첫사랑인 그 아이와는 전혀 닮은 구석이 없었는데 이상한 일이었다. 정반대의 성격인 구름에게 왜 끌렸던 것일까? 그녀의 무엇이 리어를 이토록 가슴 설레게 만들었던 것일까?

리어는 갑자기 무슨 생각이 났는지 벌떡 일어나 방을 뛰어나갔다. 현관문을 열고 밖으로 나왔을 때는 이미 구름이 엘리베이터를 타고 내려가는 중이었다. 리어는 급히 계단을 뛰어 내려갔다. 한달음에 달려 내려가 빌라 입구를 나섰을 때 저만치 구름이 걸어가고 있었다.

"구름아!"

멈칫. 걸음을 멈춘 구름이 돌아섰다. 그녀의 앞으로 달려온 리어는 상기된 표정이었다.

"할 말 있다고 했잖아."

"뭔데? 말해봐라."

리어가 구름의 어깨를 잡았다. 그녀는 흥분으로 일렁이는 그의 눈동자를 보면서 걱정이 앞섰다. 무슨 말이기에 이렇게 뜸을 들이는 걸까?

녀석의 긴장한 얼굴이 낯설었다.

"퍼뜩 말해라."

"나랑…… 사귀자."

뎅~!

제야의 종소리를 들었던 우탄처럼 구름의 귀에도 똑같이 종소리가 들렸다.

"내가 널 좋아하는 것 같아."

멍…….

"네가 우탄이 좋아한대도 상관없어."

"뭐……?"

"넌 이제 내 거야."

구름은 가슴이 쿵쾅쿵쾅 뛰었다.

넌. 이. 제. 내. 거. 야.

구름이 우탄에게 한 말과 똑같은 그 말이 부메랑이 되어 그녀의 심장에 와 꽉 박혔다. 이건 숫제 우탄에게 되로 주고, 리어에게 말로 받는 꼴?

눈앞이 노래진 구름의 귀에 확고하게 결심이 선 리어의 목소리가 들렸다.

"우탄이한테서 널 지킬 거야. 반드시."

❦

방으로 들어온 우탄은 털썩 침대에 드러누웠다. 어두운 방, 살짝 열린 창문 틈으로 음울한 달빛이 스며들어 오고 있었다. 달빛은 우탄의 얼굴에 깊은 음영을 드리웠다.

"나랑…… 사귀자."

"내가 널 좋아하는 것 같아."

"넌 이제 내 거야."

"우탄이한테서 널 지킬 거야. 반드시."

빌라 앞에서 엿듣게 된 리어의 고백은 그에게도 충격이었다. 불안했던 일이 드디어 생기고야 만 것이다. 리어가 어떤 마음으로 구름에게 사귀자고 하는지, 그리고 반드시 지키겠다고 하는지 알고 있었다.

신연주. 그 아이 때문이었다. 그 아이의 고백을 거절한 것 때문에 우탄은 큰 대가를 치렀다. 용이 못지않게 절친이었던 리어를 잃었으니까.

우탄은 연주를 좋아하지 않았다. 친구인 리어가 연주를 좋아한다는 것도 알고 있었다. 그래서 더 연주의 마음을 받아줄 수 없었다.

리어와의 사이를 갈라놓은 그 아이, 신연주. 교내에서 여신으로 떠받들어지던 연주. 리어가 사랑했던 뮤즈.

그 겨울, 연주는 가족과 함께 도미했고, 상처만을 안은 채 인사 한마디 없이 사라졌다. 미국으로 떠나고 싶어 하지 않았던 연주였기에, 리어의 상처도 그만큼 컸다. 연주가 떠난 결정적 원인이 우탄에게 있었으니까.

우탄에게는 원치 않았던 사랑.

리어에게는 너무나 원했던 사랑.

그리고 연주에게는 그 흔한 인사조차 없이 떠나야만 했던 사랑.

그들에게 오해를 풀고 아픔을 치유할 기회는 없었다.

"후우……."

우탄은 초조했다. 연주 때와 같은 일이 벌어질까 봐 두려움도 있었다. 어쩌면 그때보다 더 큰 상처로 남을지도 모른다. 그땐 연주를 좋아하지 않았지만, 지금은 달랐다. 구름을 보면서 '더 스윗' 카페의 무대 디자인 영감이 떠올랐을 때, 흥분으로 물결치던 마음이 그 사실을 증명했다.

구름이 '인제 니는 내 끼다'라며 돌직구를 날렸을 때부터였는지도 모른다. 아니, 아니. 서울역에서 처음 대면한 순간부터 흐릿하던 머릿속에 선명한 그림이 그려졌는지도 모른다. 사투리가 억센 부산 가시내를 좋아하게 될지도 모른다는 그림, 말이다. 그래서 누군가를 사랑하고 사랑을 받는다는 게 어색한 나머지 본능적으로 피하기만 했었는지도.

하지만.

우탄에게는 리어와의 숙제가 남아 있었다. 언젠가는 풀어야 할 숙제였으나 방법을 알 수 없었다. 구름이 끼어든 상황에서는 더더욱.

❦

〈자나?〉

도무지 잠이 오지 않는 밤, 구름은 우탄에게 메시지를 보냈다.

〈아니.〉

〈리어랑 얘기가 좀 길어졌다. 미안.〉

잠시 대답이 없던 우탄이 다시 문자를 보냈다.

〈미안해할 거 없어. 네가 누굴 만나든 네 자유잖아.〉

'내는 자유롭고 싶지 않다! 우탄이 니한테 매이고 싶다꼬! 내를 속박해 달란 말이다!'

구름은 우탄의 시큰둥한 태도에 입술을 잘근잘근 씹었다. 이럴 때일수록 서로 확실하게 관계를 정리하는 게 중요했다. 우탄과 사귄다고 하면 리어도 마음을 돌릴 것이다.

이제 우탄이만이 저를 리어에게서 구해줄 유일한 왕자님이었다.

〈지금 좀 볼래?〉

구름이 용기를 내어 보낸 문자에 우탄은 더 이상 대답이 없었다. 12시가 다 되어가는 시각이었다. 나오기 귀찮을 것이다. 만사 귀찮아하는 녀석이라는 걸 알지만…….

'보고 싶은데.'

구름은 눈시울이 붉어진 채 침묵의 메시지 방을 뚫어져라 쳐다보았다.

'내가 원하는 사람은 리어가 아니라 우탄이 니란 말이다.'

그러나 10분, 20분이 지나도록 우탄은 끝내 대답이 없었다.

그때 구름은 알지 못했다. 우탄이 대문 앞을 서성이고 있다는 것을. 수도 없이 그녀에게 전화를 걸까, 문자를 할까 망설이고 있다는 것을 말이다. 그 역시 복잡해진 상황을 어떻게 해야 할지 몰라 답답해하고 있었다.

우탄의 대답을 기다린 지 1시간. 지쳐 버린 구름은 잠이 들었고, 우탄은 1시간을 더 대문 앞에 주저앉아 달만 쳐다보았다. 사람들과의 관계가 버거워 선을 긋고 살았는데, 어느새 그 선을 넘어 들어온 구름 때문에 또다시 복잡해지고 말았다. 문제는 그 선을 넘어온 그녀를 내칠 수 없다는 것이었다.

"하아……."

새벽 2시가 되자 느릿하게 움직이던 먹구름이 달을 뒤덮고, 허공에는 비 냄새와 비슷한 철분 향이 진동했다. 제법 차디찬 공기에 진한 습기까지 스며져 있으니 멀쩡한 놈도 악의 기운이 스멀거릴 것 같은 분위기였다.

비가 내리기 전에 가야겠다고 생각하며 우탄이 찬 바닥에서 엉덩이를 떼었을 때였다. 누군가 걸어오고 있었다. 정확하게는 우탄이 있는 대문 앞으로.

우탄은 희미한 가로등에 비친 실루엣만 보고도 상대가 누군지 알 수 있었다.

'리어?'

사랑 때문에 잠 못 이루는 또 다른 청춘 하나가 어두운 밤거리를 어슬렁거리며 다가오고 있었다.

리어는 그 시각에 우탄이 대문 앞에 있을 거란 예상을 못 했는지 흠칫 놀랐다. 하긴, 누가 봐도 놀랄 상황이었다. 다들 단잠을 이룰 새벽 2시에 남의 대문 앞에서 조우하게 된 뻘쭘함이야 더 말해 무엇 할까.

리어는 아닌 밤중에 홍두깨를 보기라도 한 것처럼 낮게 욕설을 지껄이더니 곧장 몸을 홱 돌렸다. 우탄 역시 꼭꼭 숨겨야 할 머리카락을 들킨 사람처럼 오만상을 구겼다. 평소처럼 용이 집에 자러 왔다가 하릴없이 정원에 나와본 것과는 다른 상황이었다. 여자애 하나 때문에 뜨거운 심장을 못 견디고 찬바람을 쐬러 나왔다는 걸, 지나가는 개도 알 것 같았다.

"젠장."

우탄은 리어에게 마음을 들킨 것 같아 볼이 화끈하고 얼얼했다. 이렇게 되면 물러설 수 없는 싸움이다.

우탄은 성큼성큼 걸어서 리어를 따라붙었다.

"뭐야, 새끼야. 꺼져."

리어의 입에서 거친 언사가 터져 나왔다.

"나도 그러고 싶은데, 집이 같은 방향이라."

"왜 지금인데!"

우탄은 리어가 버럭 성질을 내든 말든 내 갈 길 가는 장수처럼 아랑곳하지 않았다. 직진하면 집인데 일부러 돌아갈 수야 없는 노릇이었다.

"떨어지라구, 새끼야!"

우탄이 찰싹 들러붙어서 걷는 것도 아니건만 리어는 괜히 성질을 부렸고, 어느 집 개가 짖냐는 듯 우탄은 꾸준히 묵묵했다. 머리가 나쁘지 않다면 빨리 걷든지 늦게 걷든지 해서 본인이 조절하면 될 터.

그러나 리어는 그렇게 하면 자존심에 금이 가기라도 하는 것처럼 일정한 간격을 유지했다.

부아아아앙!

정면에서 들려오는 그 소리는 익숙한 오토바이 굉음.

걸음을 우뚝 멈춘 우탄의 얼굴에 짜증이 서렸다.

"뭐야, 저것들은 또."

가뜩이나 기분이 안 좋은 리어는 떼로 몰려오는 오토바이 군단을 노려봤다. 실은 리어도 알고 있었다. 연주의 일 때문이 아니어도 한창 우탄이 방황하던 시절, 잠깐 오토바이에 미친 적이 있었다는 걸. 폭주족이라고 불리는 양아치 놈들이 우탄이에게 계속 집적대며 자기 무리에 들어오기를 강요하고 있다는 것도 용이에게 들어서 알고 있었다.

그러든가 말든가 우탄에게 신경 끄고 살았던 리어는 하필 이 밤에 불량한 양아치들을 만나는 게 끔찍했다.

우탄을 알아본 폭주족들이 두 사람을 빙 둘러쌌다.

"어이, 오우탄. 요리조리 잘도 내빼더니 딱 만나네."

팬더의 위협적인 말이 끝나기가 무섭게 리어는 냉큼 손을 들었다.

"볼일 있는 사람들끼리 얘기해라. 난 상관없는 몸이시라, 이만."

팬더가 히죽 웃었다.

"강리어, 맞지?"

폭주족들까지 알 정도면 인기가 거품은 아니로구나, 생각하며 리어는 씩 웃었다.

"사인 필요해?"

"허허."

양아치가 아닌 조폭의 두목처럼 무섭게 웃던 팬더는 리어에게 손을 까딱거렸다.

"이리 와봐."

천성이 개구리과인 리어는 또 하라면 하기 싫은 모난 성격의 소유자였다.

"얘랑 놀아. 난 싫다니까."

리어가 질색인 표정을 짓자 팬더는 박수까지 짝짝 쳤다.

"와우, 듣던 대로 싸가지가 없는 놈 맞네. 멋져, 멋져."

말은 멋지다고 하는데 그게 왜 '널 아작 내고 싶다'로 들리는 걸까?

진짜로 아작 나기 전에 이곳을 빠져나가는 게 나을 것 같다고 생각하는데, 우탄의 나른해서 더 기분 나쁜 어투가 리어의 귀에 와서 콕 박혔다.

"보내줘."

"우정이 아주 돈독하신가 봐?"

팬더의 이죽거림에 리어가 차갑게 대꾸했다.

"우정은 개뿔. 난 친구라고 한 적 없어."

'친구도 아닌 놈들이 이 밤에 왜 같이 있는 거지?'

팬더는 잠깐 어리둥절해하더니, 친구든 형제든 애당초 상관없었다는 듯 자기 패거리에게 손을 까딱했다. 그것을 신호로, 일제히 오토바이가 우탄과 리어에게 달려들었다.

"돌겠네!"

리어는 달려드는 오토바이를 피하며 펄쩍 뛰었다. 하지만 뒤에서 달려드는 건 미처 못 보았던지 우탄이 어깨를 잡아채 확 끌어당겨서야 아슬아슬하게 피할 수 있었다.

"어서 도망가."

우탄의 말에 리어는 장난감 갖고 놀듯 어지럽게 장난질을 하는 중인 폭주족 놈들을 분노의 시선으로 노려보았다.

"내가 왜!"

알아서 물러나 줄 타이밍을 놓친 건 저 우매한 폭주족 양아치 놈들이었다. 근데 도망을 가라고?

우탄이 달려드는 오토바이를 재빨리 피하며 리어의 멱살을 움켜잡았다.

"다치고 싶지 않으면 도망치라구, 새끼야!"

퍼억!

우탄이 날린 주먹에 오토바이에 타고 있던 놈이 공중을 날았다.

쿠쿠쿠쿵!

기이이이이익!

속력을 늦추지 못한 오토바이가 쓰러지며 아스팔트를 긁고 지나갔다. 리어가 조금만 몸이 굼떴어도 오토바이와 함께 끌려갈 뻔했을 만큼 위험천만한 상황이었다.

타악!

이번엔 좌측에서 달려오던 오토바이의 주인이 우탄의 긴 다리에 직격탄을 맞고 장렬히 바닥을 굴렀다. 두세 대도 아니고 단 한 번의 주먹질과 발길질에 일행들이 나가떨어지는 걸 본 팬더도 움찔했다.

'볼수록 탐나는 인재로다.'

우탄이만 패거리에 들어오면 일대를 주름잡을 수 있는 절호의 기회이거늘!

폭주족계를 평정할 대망을 꿈꾸는 팬더는 그저 감탄하는 눈빛으로 우탄의 활약을 지켜보았다.

'이참에 리어도 영입하면 어떨까?'

최강고등학교의 최고 인기남, 강리어. 그를 영입한다면 여자애들도 줄줄이 꼬여들 것은 자명한 사실.

'최강고에 이렇게 인재들이 많은 줄 미처 몰랐군.'

상상만으로도 흐뭇해진 팬더는, 공포 영화에서 보던 귀신처럼 착착 착 거리를 좁혀오는 리어 때문에 화들짝 놀랐다.

쉬융!

퍽퍽퍽!

바람이 갈라지는 소리가 들리더니 콧대에 연달아 빠른 속도로 주먹 세 대가 꽂혔다.

"으어억!"

오토바이 뒤로 쿵 하고 나가떨어진 팬더는 맞는 순간 콧대가 우둑 부러지는 소리를 들은 것 같았다.

미친놈처럼 달려든 리어는 팬더를 깔아뭉갠 채 주먹을 휘둘렀다.

"감히 날!"

퍽—퍽 퍽!

"건드려!"

퍽 퍽—퍽!

꼭 때려도 세 대씩 때리는지 팬더는 제발 한 대씩 나눠서 때려달라고 사정하고 싶은 마음이었다. 또한 다른 놈들도 많은데 왜 나만 집중적으로 때리나 싶었다. 세상이 불공평해서 폭주족이 됐는데 정말이지 억울했다.

"난 한 놈만 패, 새끼야!"

확실히 독심술이 있는 게 분명한 리어는 눈을 번뜩이며 팬더를 묵사발로 만들었다.

"그만해!"

우탄이 억지로 어깨를 잡아채서야 리어는 씩씩거리며 팬더에게서 떨어졌다.

완전히 기절해 버린 팬더를 내려다보며 우탄은 좌절했다. 이래서 리어를 빨리 보내려고 한 건데. 무지몽매한 팬더 놈이 일을 크게 키운 것이다.

'머리가 나쁘면 몸이라도 날래든가.'

대장인 팬더가 너덜너덜해진 모습에 기세등등하던 다른 양아치들은 총 맞아서 벌집이 된 전우를 보는 것처럼 하나같이 멘붕 상태로 서 있었다.

그때 지독하리만큼 차분한 음성이 적막을 갈랐다.

"119."

그게 우탄의 입에서 나왔다는 데 다들 섬뜩한 표정이었다. 이게 바로 병 주고 약 주는 반전의 세계?

"지랄한다."

실컷 팰 때는 언제고 119까지 불러대는 우탄이 더 또라이 같았는지 리어가 비아냥댔다. 손이 아픈지 주먹을 쥐었다 폈다 하는데, 가만 보니 팬더를 때릴 때 묻은 피가 흥건했다.

"괜찮냐?"

"신경 꺼, 새끼야."

리어는 거칠게 우탄을 밀치더니 폭주족들을 뚫고 거침없이 지나갔다. 누구 하나 핸드폰을 꺼내 들 생각을 하지 않는 폭주족들을 한심하게 쳐다보던 우탄이 바지 주머니에서 핸드폰을 꺼냈다.

"119죠?"

🖤

"리어니?"

최대한 소리를 안 내고 들어오려고 했는데 엄마에게 들켜 버렸다. 리어는 얼른 피가 흥건한 손을 뒤로 감췄다.

거실의 불이 환하게 켜졌고, 화려한 홈드레스를 입은 리어의 엄마 세련이 모습을 드러냈다.

"밤늦게 어딜 쏘다녀?"

"잠깐 바람 쐬러."

"이 밤에 말이니?"

"그냥 동네 한 바퀴 돌고 오는 거야."

세련은 뒷짐을 지고 있는 리어가 수상쩍었다.

"손은 왜?"

"어?"

"손은 왜 감추고 있냐구."

그러고 보니 머리카락도 땀에 젖어 있었다. 가까이 다가온 세련이 리어의 팔을 세게 잡아당겼다.

'아, 놔……'

피가 묻은 리어의 손을 본 세련은 깜짝 놀랐다.

"왜 이래? 누구랑 싸웠어?"

"우, 우탄이랑 좀……."

세련이 미간을 구겼다.

"우탄이랑? 걔랑은 아직도 안 푼 거야?"

세련도 연주의 일로 리어와 우탄이 사이가 나쁜 걸 알고 있었다. 아픈 데를 찔린 리어는 능청스럽게 말을 돌렸다.

"사내놈들이 그렇지, 뭐."

"얼굴은 멀쩡하네?"

"난 안 맞았거든."

한 대도 안 맞았다는 것이 자랑인 양 리어는 싱긋 웃었다.

"네가 일방적으로 때린 거야?"

"어."

세련은 못 믿겠다는 눈초리로 리어를 쏘아보았다.

"우탄이가 맞고만 있었단 말이야?"

"잘못한 놈이 맞아야지 별수 있어?"

"싸우지 좀 마. 우탄이 아빠랑 병원에서 정기적으로 만나는 거 몰라? 만날 때마다 불편해."

"병원 옮겨. 간단하잖아."

리어는 퉁명스럽게 쏘아붙인 후 욕실로 들어가 문을 쾅 닫았다.

사춘기인 아들과 싸워봐야 손해라는 걸 알면서도 세련은 늘 삐딱한 리어가 못마땅했다. 음악도 못 하게 했더니 난리를 쳐서 하는 수 없이 교내 밴드 활동만 허락했다.

리어가 바라는 가수?

절대 안 될 일이다.

그것만큼은 사생결단을 내서라도 말릴 생각이었다. 리어가 연예계에 발을 들여놓는 순간, 버림받은 미혼모의 아들인 것이 집중 조명될 터였다. 아무 죄 없는 리어까지 그 수모를 받게 할 수 없었다.

지금이야 뮤지컬 배우와 감독으로서 자리매김한 세련이었지만, 그 피나는 노력 속에 아픔과 고통은 혼자 겪는 것만으로 충분했다. 리어는 그저 자신이 일군 꽃길에서 안전하게 살면 되는 것이다.

❧

후드득, 후드득.

새벽부터 쏟아지는 빗줄기에 우탄은 우산을 쓰고 등교 중이었다. 팬더가 응급차에 실려 가는 것까지 보고서야 집으로 돌아왔다. 그러고도 1시간을 뒤척거리던 그는 깜박 잠이 들었고, 빗소리에 잠에서 깼다. 전신이 찌뿌듯한 게 간만에 힘을 쓴 덕분이었다.

집에서 마주쳐도 유령 취급하는 아빠 때문에 함께 아침밥을 먹는 건 애당초 포기했다. 아침을 굶는 게 일상이 되어버린 우탄은 비가 오는 날이면 왠지 더 처량한 느낌이 들었다.

"우탄아! 오우탄!"

우탄을 울적한 기분에서 깨어나게 한 사람은 구름이었다. 그녀의 발랄한 목소리를 듣자마자 우탄의 입매가 쓱 위로 말려 올라갔다.

우탄이 돌아보자 구름이 용이와 함께 걸어오고 있었다. 그녀가 든 노란 우산이 앙증맞았다. 반가움도 잠시, 우탄은 밤늦게까지 구름이 보낸 메시지를 기억해 냈다.

"지금 좀 볼래?"

구름에 대한 마음이 커질수록 망설여지는 건 리어 때문일까?

'리어와의 우정 같은 거, 이젠 없다고 생각했는데.'

구름을 바라보는 우탄의 눈동자에 깊은 고뇌가 담겨 있었다.

"먼저 갈게, 천천히 와."

용이 자리를 피해주듯 먼저 가버렸다.

우탄은 구름의 보폭에 맞춰서 천천히 걸음을 떼었다. 바닥을 무수히 수놓는 빗방울이 더 이상은 처연하게 느껴지지 않았다.

"주말에 뭐 하노?"

"왜?"

"영화 보러 가자꼬."

"영화?"

가끔 혼자서도 영화를 보러 가는 우탄은 솔깃했다.

"싫나?"

"아니."

"내도 좋다."

"좋단 말 안 했는데."

구름이 병아리처럼 입술을 삐죽였다.

"웃는 거 다 봤거덩?"

표정 관리가 이렇게 안 돼서야.

우탄은 객쩍게 '흠!' 헛기침을 했다. 구름이 피식 웃으며 그의 옆얼굴을 바라보았다.

'누구 서방이 될란지 참말로 잘생깄다이. 빗속에서 우산 쓰고 걸으이 강동원이 따로 없구마.'

우탄의 미모에 홀려 있던 구름은 누군가 버린 찢어진 우산에 걸려 중심을 잃었다.

"옴맛!"

반사적으로 구름의 허리에 팔을 두른 우탄이 자신의 우산 안으로 그녀를 힘껏 끌어당겼다. 구름이 놓친 노란 우산이 바닥을 뒹굴었고, 허리를 감싸 안은 그의 탄탄한 팔뚝을 느낀 그녀는 귀밑이 새빨갛게 물들었다.

'헉! 아, 안겼다!'

"괜찮아?"

"어, 어. 괘안타."

실은, 비도 억수같이 오는데 감전사할 뻔했다. 구름은 발가락 끝부터 머리끝까지 찌르르 타고 오르는 전류에 부르르 몸을 떨었다. 허리에 감겼던 그의 손이 풀릴 때는 너무 긴장이 돼서 오금이 다 저렸다. 그에게 뽀뽀할 때도 이 정도로 긴장하진 않았는데, 입맞춤보다 포옹에 더 민감한 몸뚱이였던가?

구름의 손에 우산을 맡긴 우탄은 바닥에서 뒹구는 그녀의 우산을 집어 들었다. 활 하나가 부러진 걸 보니 바닥에 내동댕이쳐지면서 부러진 모양이었다.

"우산, 도."

구름이 손을 내밀었지만, 우탄은 그냥 우산을 접어버렸다.

"활이 부러졌어."

"괘안타. 보기 좀 흉하모 어떻노."

"내가 싫어."

무심히 하는 말에 구름의 심장이 쿵 내려앉았다.

"어?"

"내 거 같이 써."

"어……."

손을 잡자는 말에도, 팔짱을 끼는 것도 죄다 싫다고만 하던 우탄. 문자가 더 이상 없어서 정말 마음이 없나 보다 생각했는데, 부끄러워서 그랬나 보다.

지금도 봐라. 눈 못 맞추는 거. 얼굴도 좀 빨개진 거 같다.

자신도 얼굴이 빨개지기는 마찬가지였지만, 구름은 부끄러워하는 우탄이 더 귀여웠다.

'이히힛!'

구름은 은근슬쩍 우탄을 떠봤다.

"단둘이 영화 보마 사귀는 걸로 알기다. 그래도 괘안나?"

"그걸 꼭 말로 해야 되냐."

예스!

"진짜재? 나중에 딴소리하모 안 된다이."

우탄은 대꾸 없이 피식 웃고 만다.

'꿈은 이루어진다아아!'

구름은 속으로 감동의 몸부림을 쳤다.

무심한 듯 세심한 우탄이 좋았다. 말은 없지만 속 깊은 마음이 느껴져서 좋았다. 같이 있으면 왠지 기대고 싶은, 해운대 바다 같은 어깨도 좋았다. 퇴폐적이면서도 우수에 찬 눈빛도 좋았다. 소리 없이 잡아주는 손, 생각에 잠긴 듯한 표정, 슬며시 짓는 미소.

우탄의 모든 게 좋았다.

💗

"너, 우탄이랑 사귀어?"

교실 의자에 앉으려던 구름은 시안의 물음에 흠칫 놀랐다.

"니, 니가 그, 그걸 우째 아노?"

아침에 우탄과 나눈 이야기를 누가 들었나 싶은데, 시안이 가볍게 한숨을 내쉬었다.

"소문 다 났어, 얘. 오늘 아침에도 우산 같이 쓰고 왔다며? 굳이 네 우산 놔두고."

"그렇긴 한데, 내 우산이 부러지가 어쩔 수 없이……."

"그래, 사람 마음이 어쩔 수 없긴 하지. 근데 괜찮을지 걱정이다."

"뭐가?"

구름과 눈을 맞춘 시안은 할 말은 많은데 차마 할 수 없는 표정을 짓고 있었다. 비밀스러운 표정은 늘 사람을 안달 나게 하는 법이었다.

"뭔데? 내가 우탄이랑 사귀마 안 될 이유라도 있나?"

"아니야. 너희들 맘이지, 뭐. 그래도 리어는 조심하는 게 좋을 거 야."

"어?"

혹시 리어가 고백한 것도 알고 있나, 싶어 구름은 시안의 눈치를 보았다. 여자애들에게는 구름이 우탄에게 고백한 것보다, 리어가 구름에게 고백한 게 더 경악할 일 아닌가. 리어에게 고백을 받은 순간만 생각하면 아찔한데, 더 큰 문제는 지금부터였다. 우탄과 사귀기만 하면 리어는 자연스럽게 정리될 거라 여겼지만, 시안의 말마따나 그게 그렇게 쉬운 일은 아닐 것 같은 불길한 예감이 들었다.

'우탄이랑 사귀는 거 알마 리어 그 자슥이 가만히 안 있을 긴데, 우짜지?'

쾅!

뒷문이 부서지듯 열리는 소리에 리어 생각을 하고 있던 구름은 소스라치게 놀랐다.

"아이고, 놀래라. 누꼬!"

홱 돌아보자 제 말 하는 걸 어찌 알았는지 리어가 위험한 기세로 들어오고 있었다. 우탄은 지금 선생님의 전화를 받고 교무실에 있었다. 그러니 우탄이에게 볼일이 있는 게 아니라면, 자기 반 놔두고 굳이 이 반으로 쳐들어온 목적은 한 가지뿐.

"나와."

리어가 다짜고짜 구름의 손목을 잡아끌고 나갔다.

"뭐, 뭐, 뭐꼬?"

리어의 긴 다리 보폭에 맞춰서 가려니 본의 아니게 총총 뛰게 된 구름은 인적이 드문 곳으로 끌려갔다.

"와? 뭔데?"

구름은 그의 표정에서 이미 소식을 듣고 왔음을 감지했다. 표정이 너무 살벌해서 시치미를 뗐을 뿐이었다.

"우탄이랑 사귀기로 한 거냐?"

"니도 알고 있었다 아이가."

"난?"

당당히 묻는 말에 구름은 자기가 엄청난 잘못을 저지른 것처럼 헷갈렸다.

"셋이 같이 사귈 수는 없는 노릇이재."

그런 세상이 온다 해도 리어라면 사양이었다. 왜냐? 연애가 아니라 허구한 날 두 녀석의 쌈박질을 봐야 할 테니까.

"농담 아니거든?"

"돌려 말하믄 좀 알아들어라. 어젯밤에 온몸으로 거절한 거 모르겠나?"

정강이를 그렇게 세게 걷어차고 와버렸는데 정작 본인은 그게 차인 건지 모르다니.

머리가 나쁜 거냐, 눈치가 없는 거냐? 아니면 눈치가 없기로 작정한 거냐?

도무지 모르겠는 구름이었다.

"그러지 마."

대뜸 그러지 말라고 하는 리어의 눈빛이 몹시 절박해 보였다. 예쁜 눈에 눈물까지 고인 걸 보자 구름은 가슴이 덜컥 내려앉았다. 총살을 시키겠다는 것도 아닌데 세상 끝날 것 같은 눈빛은 대체 뭐란 말이냐.

'인마 이거, 일부러 죄책감 느끼게 하려는 거 맞재?'

"나랑 안 사귀어도 좋아. 근데 우탄이하고도 사귀지 마."

이 무슨 억지란 말인가. 자기가 못 먹으니 남도 먹지 말라는 못돼먹은 심보 아닌가 말이다. 골 때리는 놈.

"이 초딩아. 그게 말이가, 방구가?"

똥 같은 놈이 방귀 뀌는 소리만 해댄다.

"우탄이는⋯⋯."

"고만해라이. 참는 데도 한계가 있다. 아무리 우탄이랑 사이가 나빠졌어도 그라모 쓰나?"

"돌겠네, 진짜."

"내 우탄이 좋아한다. 더 말이 필요하나?"

"그러니까 좋아하지 말라구, 기집애야!"

계속되는 억지에 구름도 화가 났다.

"용이 친구래가 귀엽게 봐줄라 캤는데 안 되겠네. 니 앞으로 내 알은체하지 마라, 알겠나?"

"뭐?"

"우탄이 내 거니까 건들지도 말고, 알겠재?"

"야!"

리어는 폭발 직전인데 구름은 그가 그럴수록 더욱 마음이 멀어졌다.

"니가 내를 진짜로 좋아한다면 이라는 거 아이다. 진짜로 좋아하면 그 사람의 행복을 빌어줘야 맞는 거다."

"그랬어, 나두."

"뭐라꼬?"

"미치게 좋아하는데도 행복 빌어주면서 포기했다구, 내가."

"뭔 소리고?"

구름은 감정을 삭이는 리어가 겁이 났다. 그의 입에서 나오는 말을 당최 이해할 수 없었기에, 더 무서웠다. 그가 하는 말들을 다 이해해버리면 안 될 것 같은 예감에 두려웠다.

"포기했더니, 결국 불행해지더라구. 빌어먹을 오우탄 때문에!"

7

악마로부터 널 구해준 천사한테

"정말 네 짓이야?"

담임선생님은 우려 섞인 질문을 던졌다.

"……."

"쌍방 폭행이래도, 그쪽이 더 많이 다쳤어. 콧대가 부러졌다구."

"……."

묵묵부답인 우탄을 물끄러미 바라보던 담임이 물었다.

"119 신고한 거 너였다면서?"

"……."

"콧대 부러뜨려 놓고 119에 신고를 했다는 건, 넌 정말 싸우기 싫었
는데 그쪽에서 먼저 시비를 걸어서 어쩔 수 없었다는 걸로 이해하면
되지?"

담임은 빠른 판단력으로 모든 상황을 한 문장으로 구사했다. 구구

절절 설명하지 않아서 좋긴 한데 담임의 표정에는 석연치 않은 기색이 역력했다.

"근데…… 맞은 놈 말로는 너 말고 한 명이 더 있었다면서? 너한테 물어보래. 네가 알려줄 거라구."

"……!"

"누구야, 그게?"

우탄의 눈동자가 흔들렸다. 팬더는 리어가 누군지 알면서 왜 직접 말하지 않은 걸까? 진짜 친구가 맞는지 아닌지 시험해 보고 싶었던 걸까? 친구든 아니든 그게 팬더와 무슨 상관이기에.

'내가 독박을 쓸지 물귀신처럼 리어를 끌고 들어갈지 시험하는 건 가?'

정말 그런 거라면, 팬더 그놈은 끝까지 리어와 우탄 자신을 두고 장난질을 치는 게 틀림없었다.

'이런 장난 정말 질색인데.'

"말 안 하면 너 혼자 다 덮어쓸 수 있어."

"……."

담임이 대답 없는 우탄을 빤히 쳐다보았다.

"혼자 덮어쓸 거야?"

우탄은 하는 수 없이 입을 열었다.

"저 때문에 생긴 일입니다."

"때린 건 네가 아닌데?"

팬더는 정황을 다 얘기한 다음 리어 이야기만 쏙 뺀 모양이었다.

"정당방위였어요."

"그럼 못 밝힐 이유가 없잖아."

끝까지 밝히지 않는다면 팬더는 자기 입으로 불 것이다. 그러니 우탄은 굳이 자기 입으로 고자질하는 우를 범하고 싶지 않았다. 그의 말마따나 자신 때문에 생긴 일이었고, 리어는 재수 없게 시비가 붙은 것뿐이었으니까.

우탄은 자신의 일에 리어를 끼워 넣고 싶지 않았다. 특히나 구름 때문에 리어와의 사이가 더욱 악화일로를 달리고 있는 지금에서는.

"그냥 저 혼자 한 일로 해주십시오."

❦

삽시간에 퍼진 소문은 구름의 귀에도 들어왔다.

"우탄이가 사람을 팼다꼬?"

등교할 때만 해도 평온하던 우탄이 밤사이 사람을 패서 콧대를 부러뜨렸단다. 오토바이를 탄 사람들에게 쫓기던 우탄이 생각나, 구름은 마음이 무거웠다. 그럼에도 일부러 사람이나 패고 다닐 녀석이 아니라는 확신은 대체 어디에서 기인한 것인지 알 수 없었다.

"지금 우탄이 아버지 오시고 난리도 아니야."

구름은 비어 있는 우탄의 자리를 돌아보았다. 옆자리의 용이와 눈이 마주쳤지만, 그도 암울한 얼굴이기는 매한가지였다.

"그럼 우탄인 우째 되노?"

"그냥은 못 넘어갈걸. 일단 합의할 테고, 학교에선 징계 때리겠지."

"징계?"

"정학 선에서 마무리 짓지 않을까? 어쨌든 쌍방폭행이잖아. 상대가 폭주족 대장이어서 경찰에서는 골칫덩어리 해결하는 셈 칠 테구."

"그때 그 폭주족들이 그놈들 맞나?"

폭주족들 때문에 버스 사고가 날 뻔했던 일이 떠올랐다. 그때 얼굴들을 봐놨으니, 직접 보면 알 수도 있을 것 같았다.

"구름이 너도 그 폭주족들 알아?"

"본 적 있다. 내가 그노마들 때문에 서울 길이 황천길 될 뻔했다 아이가. 근데 폭주족이마 인원도 많았을 긴데 우탄이 혼자 상대를 했단 말이가?"

"우탄이 혼자가 아니었다나 봐."

"그기 뭔 소리고? 혼자가 아니마 또 누가 있었다, 그 말이가?"

"어. 우탄이가 끝내 누군지 말을 안 했대."

잘난 놈, 우직한 놈, 의리 있는 놈.

'그런 놈이 내 남자라니.'

구름은 새삼 감격스러웠다.

'또 한 명은 누꼬? 우탄이가 꼭꼭 숨기는 걸 보마 억수로 친한 사이라는 긴데……. 설마, 용이?'

우탄의 절친 용이를 떠올린 구름은 금세 생각을 바꿨다.

'용이는 어제 집에 있었는데. 용이가 콧대를 부러뜨릴 만큼 싸움을 잘하지도 않고. 설사 그랬다 해도 입 다물고 있을 녀석도 아이지. 용이도 아니마 누꼬?'

우탄이 새벽에 리어와 함께 있었을 리 없으니 구름은 리어라고는 상상도 하지 못했다. 리어라면 폭주족의 콧대를 부러뜨릴 게 아니라, 우탄의 콧대가 부러져도 팔짱 끼고 구경만 할 놈 같았다.

그날 우탄은 수업에 들어오지 않았다. 용이 말로는 아버지와 함께 병원에 갔다고 했다. 합의 때문에 간 모양이어서 구름은 우탄이 독박

쓸 생각에 마음이 쓰라렸다. 학교에 소문이 파다한 마당에 함구하고 있는 우탄의 친구란 놈은 정말이지 양심도 없었다.

우탄이 의리를 지키는 동안 그 친구란 놈은 뭘 하는 걸까? 우탄은 용이 말고는 따로 친구도 없는 것 같던데, 그 친구란 놈은 대체 누구일까?

용이도 모르는 눈치라, 구름은 그놈이 누구일지 더욱 궁금했다.

☙

"얘기 좀 하자."

용이 밴드부실에 리어를 만나러 온 건 오랜만의 일이었다. 우탄과 리어가 사이가 나빠진 후로 나름 철저히 중립을 지키고자 한 용이의 배려였다.

리어는 용이와 함께 복도로 나왔다. 비는 줄기차게 내리고 있었다. 온 세상이 물속에 잠긴 것처럼 음울한 날씨였다. 리어는 비가 내리는 창밖을 무표정하게 바라보았다.

"너지? 우탄이랑 같이 있었던 사람."

용이는 처음부터 우탄이 기를 쓰고 감추려는 사람이 리어라고 생각하고 있었다. 우탄의 성격으로는 리어가 아니어도 감추려고 했겠지만 용이의 촉은 정확했다.

리어의 얼굴에 칼날 같은 비웃음이 스쳤다.

"그 새끼가 그래?"

"내 촉이 그래."

"그래서 지금이라도 나란 거 까발리라고?"

굵은 빗방울이 창문에 부딪히는 소리가 소란스러웠다. 비가 그치면 언제 그랬냐는 듯이 소란은 그칠 것이다.

용이는 우탄과 리어도 그러길 간절히 바랐다.

"그냥 옛 생각이 나서."

"……."

"초등학교 6학년 땐가 장난치다가 유리창 깨먹었던 거 기억나? 그때 선생님한테 네가 한 짓이라고 했잖아. 실은, 우탄이가 그랬는데 말이야."

리어는 또다시 비웃음으로 용이의 감상을 깨뜨렸다.

"빚 갚나 보지."

"리어야."

"충고는 사양한다. 너마저 잃고 싶지 않아. 진심으로."

그동안 우탄과 우정이 깨진 것만으로도 고통은 충분히 받았다. 구름이 사이에 낀 이상 우탄과 우정이 회복될 일도 없었다. 친구로서 우탄을 포기했을 때부터 우정이란 단어도 지웠다. 그러니 더 이상은 친구라는 이름으로 사랑에 양보 따위 하는 일도 없을 것이다.

용이 몸을 돌리는 리어의 발걸음을 붙잡았다.

"구름이 때문인 거 알아."

리어의 얼굴에 슬픈 기색이 스쳤다.

"알면, 새끼야. 나한테 이러면 안 되지."

"연주 일은 우탄이 잘못이 아니야."

몸을 홱 돌린 리어는 용이의 멱살을 잡아 벽에 밀어붙였다. 용은 서늘하게 와 닿는 벽보다 리어의 상처 입은 눈빛이 더 차갑게 느껴졌다.

"잘못이 아냐?"

"좋아하지도 않는 사람을 어떻게 좋아하냐? 넌 연주 마음만 중요하고 우탄이 마음은 안 중요해?"

"중요하니까! 부탁도 한 거야. 연주를 좋아해 달라고 강요한 게 아니라구. 그냥…… 상처받지 않게 그 마음만이라도 알아달라고 했어. 사정했다구, 내가."

"뭐……?"

"그 새끼, 그런 말까진 안 하지? 그래놓고 가증스럽게 저도 피해자인 척 구는 게 역겨워서 못 봐주겠다구, 난. 그 새끼는 자기밖에 몰라. 남의 마음 따윈 관심도 없는 놈이야. 용이 넌 구름이 걱정 안 돼? 그런 놈을 좋아하는 그 등신이 걱정 안 되냐구."

용이는 할 말을 잃었다. 우탄은 이제껏 연주에 대해 이렇다 저렇다 말한 적이 없었다. 말수가 없기도 했지만 리어 때문에 함구하고 있는 거라고 짐작했다. 그것이 우탄이처럼 속 깊은 놈이 할 수 있는 최선이라고 생각했다. 연주를 좋아한 리어의 질투려니 그렇게 믿었다.

그런데 그게 다가 아니었나 보다. 리어는 리어대로 속앓이를 하며 우탄에 대한 미움을 키웠고, 우탄은 우탄대로 한 최선의 침묵이 오해의 불씨를 키웠다.

용이는 깊은 한숨을 내쉬었다. 평행선을 긋기만 하는 두 녀석을 위해 자신이 할 수 있는 일이 아무것도 없다는 데 자괴감을 느꼈다. 지금까진 그저 중립적이고 객관적이고자 노력했는데, 그 역시 중재의 기회를 놓친 것은 아닌가 싶었다.

"너한테 묻고 싶은 게 있었는데 대답은 안 들어도 될 거 같다."

용이의 말이 꽤나 자조적으로 들렸다.

"묻고 싶은 게 뭐였는데?"

"진심으로 구름일 좋아하냐고 묻고 싶었어. 연주 때문에 구름일 이용하는 게 아닐까, 걱정했거든."

"그걸 말이라고……."

리어는 용이의 말이 이해가 가면서도 한편으로는 서운했다. 용이가 우탄인 믿으면서 자신은 못 믿는다는 뜻이나 같았으니까.

"구름이를 좋아하는 거 알겠어. 네가 구름일 얼마나 걱정하고 있는지 보여."

그래서 더 마음이 아프고 안타까워.

용이는 리어를 안타깝게 바라보았다.

"그럼 네 사촌 잘 챙겨. 우탄이 걱정만 하지 말구."

"우탄이와 구름인 서로 좋아해."

사실은 늘 아픈 법.

리어는 짜증을 냈다.

"하고 싶은 말이 뭐야?"

"네가 걱정된다구. 상처받을 거 뻔하잖아."

"씨발, 눈물겹네."

리어는 거칠게 자신의 머리를 쓸어 올렸다. 용이는 이미 상처받기로 작정을 한 놈 같은 그에게 말했다.

"난 누구 편도 안 들어."

"내 편 들어달라고도 안 해."

하긴, 우탄도 리어도 용이를 붙잡고 하소연한 적이 없었다. 그러면서도 서로가 만나면 주먹질을 해대며 으르렁댔다. 어릴 때도 곧잘 싸우고 화해하기를 거듭하던 우탄과 리어. 그 사이에서 늘 중재를 맡았던 용이였지만, 구름이 아무리 사촌이래도 사랑 앞에서는 적당히 선을 지키는 게 낫겠단 생각이었다. 억지로 화해시키고 양보하라고 할 문제가 아니었으니까.

"후후. 봐줘서 고맙다."

"할 말 끝났으면 꺼져, 새끼야."

"지금 꺼지려고 했다, 인마. 간다."

용이 돌아간 후 리어는 오래도록 창밖을 내다보았다. 좀처럼 그칠 줄 모르는 비에 그의 가슴도 자꾸만 시렸다.

❦

"그런 표정 지을 거 없어. 개값 물었다 생각해."

아빠, 중세의 시니컬한 말에 우탄은 어처구니가 없었다. 개값으로 오백만 원이면 너무 비싼 거 아닌가?

합의금은 오백만 원.

중세 입장에서는 폭행으로 경찰서에 들락거리는 것보다 그편이 훨씬 깔끔했다. 반항적이긴 하지만 경찰서에 드나들 정도로 망가진 녀석은 아니어서 안심했는데, 사내 녀석이라면 한 번쯤은 있을 법한 일이니 대수롭지 않게 생각했다.

학교에 한 번도 찾아가 본 적이 없을 정도로 무관심한 중세는 처음으로 찾아간 담임선생님 앞에서 창피하긴 했다. 찾아간 적은 없어도 꽤 많은 육성회비를 낸 것으로 이번 일도 적당히 때울 수 있을 것이다. 혹처럼 달린 아들 하나 건사하기가 이렇게 성가시고 힘들어서야. 이혼할 때 차라리 같이 보내 버리는 게 나았을까? 계속되는 가정

불화로 제정신이 아닌 우탄의 엄마에게 아이까지 보냈다가 괜히 돈만 더 뜯기는 게 아닐까 싶어 주지 않고 버틴 것이 후회스러웠다. 중세는 우탄이 고등학교만 졸업하면 독립시키리라 마음먹었다.

"내 잘못이란 생각은 안 들어?"

"경찰관 말 들으니까 그놈 잘못이 더 크던데, 뭘."

"근데 왜 합의했어?"

"성가신 것보다 낫잖아. 경찰서에 쫓아다닐 만큼 한가하지도 않구."

"여자들 만날 시간은 있구?"

아들에게 정곡을 찔리고도 중세는 얼굴빛 하나 변하지 않았다.

"경찰관보단 여자 만나는 게 더 낫지 않아?"

우탄은 대꾸하기도 싫어 팔짱을 낀 채 눈을 감았다. 그 시각에 왜 밖에 있었는지, 이유야 어찌 됐든 싸운 건 잘못이라고 야단조차 치지 않는 아빠가 너무 싫었다. 지나친 간섭도 폭력이지만 방치 또한 마찬가지라는 것을 아빠는 모르는 듯했다. 그게 얼마나 사람 마음을 무너지게 만드는지 정녕 모르고 있었다. 남보다 못한 가족이란 사실이 서럽고 아팠다.

"아빤 또 병원 들어가 봐야 해. 넌 어디 내려줄까?"

"아무 데나."

얼마 후 병원 앞에서 내린 우탄은 억수같이 쏟아지는 빗속에 서서 우산을 펼쳤다.

아침에 구름과 함께 썼던 우산.

문득 그녀가 보고 싶었다.

"날 갖고 장난쳤더라?"

팬더는 병실 침대에 걸터앉아 빙글거리는 리어를 보며 공포에 질렸다. 합의금까지 받은 마당에 그가 찾아올 줄은 꿈에도 몰랐다.

"합의금 얼마 받았냐?"

"오, 오백……."

"합의금 더 안 필요해? 난 더 줄 수 있는데. 어디 부러뜨려 줄까? 팔? 다리? 허리?"

웃으며 하는 말이 더욱 잔인하고 무섭다는 걸 팬더는 온몸으로 느끼고 있었다.

"저, 저기요. 가, 간호사 좀 불러주세요."

주저앉은 코뼈를 수술해서 팬더의 목소리가 앵앵거렸고, 폭주족 대장으로서의 개폼조차 찾아보기 어려웠다.

게다가 팬더는 이십대 초반, 리어는 열여덟 살.

누가 봐도 리어가 서너 살 위인 팬더를 협박하는 모양새였다.

6인실 병동에 있던 환자와 가족들이 걱정스러운 눈빛으로 리어와 팬더를 지켜보고 있었다.

"학생, 좋게 말로 해. 환자한테 협박하면 돼?"

건너편의 교통사고 환자가 리어를 타일렀다.

"아줌마. 아줌마는 아들이 폭주족한테 시달리다가 합의금까지 물어줘야 할 입장이라면 어떨 거 같으세요?"

"뭐어? 그럼 아까 왔던 학생이랑 아빠가 피해자란 말야?"

"폭행은 이놈이, 우린 정당방위. 근데 합의금은 정당방위를 한 놈이 물어줬다는 거 아니에요. 이게 말이 돼요?"

리어는 그렇게 말하며 기다란 손가락을 세워 앞머리를 쓸어 올렸다. 미역 줄기처럼 미끈한 그의 외모는 병실에 있는 모든 사람에게서 단숨에 호감을 이끌어냈다.

"안 되지, 그럼. 안 되고말고. 폭주족인지 뭔지 나도 밤마다 잠을 못 자서 아주 혼났는데, 낯짝도 두껍다. 멀쩡한 학생을 때려놓고 합의금까지 받아내다니, 양심도 없네."

순식간에 전세가 역전되어 팬더는 낯짝이 두꺼운 몹쓸 놈이 되었고, 의기양양해진 리어는 병실 사람들이 다 들리도록 목소리를 높였다.

"이, 이⋯⋯!"

"왜? 경찰 불러줘? 그전에 네 팔이든 다리든 뭐 하나는 더 부러뜨려야겠다, 난. 그래야 다시는 사람 골탕 먹이는 짓을 안 하지."

환자들과 가족들이 이구동성으로 리어를 거들었다.

"저런 놈은 본때를 보여줘야 해."

"맞아요. 정말 악질 중에 악질이야."

"학생, 차라리 경찰에 신고해 버려. 저런 놈 때려봤자 개값밖에 더 물어줘?"

궁지에 몰린 팬더는 별안간 리어의 손을 꼭 잡았다. 술수가 빤히 보여서 리어는 냉정하게 그의 손을 떨쳤다.

"사정해도 안 봐준다."

"하, 한 번만 봐줘. 다시는 안 그럴게."

"얼씨구. 난 우탄이랑 달라. 우탄이는 귀찮고 성가셔서 너희들하고 상대를 안 하는 거지만, 난 아니거든. 멋모르고 날 건드리잖아? 끝장을 봐야 직성이 풀리는 사람이거든, 내가."

어제 또라이란 걸 한눈에 알아봤기에 팬더는 더욱 주눅이 들었다.

"그, 그런 거 같네. 하, 합의금은 돌려줄게."

"합의금도 도로 내놓고, 우탄이한테도 집적대지 마. 같이 놀기 싫다는 애를 왜 자꾸 귀찮게 해? 그 자식은 누가 귀찮게 하는 거 엄청 싫어해."

"아, 알았어. 귀, 귀찮게 안 할게."

❦

"귀찮게 하지 말라 캤재!"

구름은 대문 앞에 찾아온 리어를 보자마자 소리를 빽 질렀다. 우탄이 때문에 심란해서 간식도 못 먹을 정도인데 이놈은 왜 또 사람을 불러내는 걸까?

"이거."

리어가 불쑥 봉투 하나를 내밀었다.

"뭐꼬, 이기?"

"용이한테 전해줘. 전화하니까 안 받아서. 문자 보내놨으니까 알 거야."

"뭔 소리고?"

뭔가 엄청난 짓을 벌여놓고 칭찬받으러 달려온 꼬마처럼 리어는 방글방글 웃기만 했다. 웃는 얼굴만 봐선 주위가 다 환해지는 것이 칭찬받아 마땅하나, 천진한 웃음 뒤에 감춰진 속내가 의심스러웠다.

"갈게."

리어는 뿌듯한 표정을 지으며 돌아섰다. 우산을 쓰고 빗속을 걸어가는 그의 발걸음이 경쾌했다.

"뭐가 저리 신나노? 돈이라도 줏었나?"

구름은 묵직한 봉투를 들고 2층으로 달려 올라갔다. 마침, 샤워를 마친 용이 상체 근육을 뽐내며 밖으로 나왔다. 샤워 중이라 리어의 전화를 못 받았나 보다. 어릴 땐 기가 허약하고 삐쩍 말라서, 기가 센 구름이에게 늘 못 당하던 용이었다. 그랬던 용이는 180도로 변해서 구름도 깜짝깜짝 놀랄 정도였다. 최강고 아이돌 타이틀은 괜히 붙은 게 아니었다.

"리어가 이거 갖다 주라 카드라."

"이게 뭔데?"

"모르지, 내는. 문자 보내놨다 카든데?"

용이 수건으로 젖은 머리를 닦으며 방으로 걸어갔다. 방으로 들어간 그는 봉투를 거꾸로 들어 침대 위에 쏟았다. 봉투 안에서 만 원짜리 뭉치 다섯 개가 굴러떨어졌다.

"돈이잖아."

멍하니 돈뭉치를 보던 용이는 얼른 문자를 확인했다.

"합의금이라는데? 우탄이한테 돌려주래."

돈을 본 구름도 놀라긴 매한가지였다.

"리어가 합의금을 다시 받아왔단 말이가?"

"그런가 봐."

리어가 합의금을 받아왔다는 건 우탄과 함께 있었던 친구가 바로 그놈이라는 뜻?

그제야 파악이 된 구름은 대문 앞에서 리어에게 매몰차게 굴었던 게 미안했다. 칭찬받고 싶어 죽을 지경인 얼굴이 왜 그러나 했다. 그래서 계좌로 보내도 될 돈을 굳이 찾아온 거다.

'어쩐지 멍뭉미가 넘친다 캤다.'

용이에게 연락을 받은 우탄은 곧장 집으로 왔다. 침대 위에 가지런히 놓여 있는 돈뭉치를 본 우탄은 아무 말이 없었다.

"리어 그 자식, 신경이 쓰이긴 했나 봐."

용이는 끝까지 모른 척할 줄 알았던 리어가 직접 합의금을 받아온 것에 마음이 놓였다. 두 녀석 사이가 최악으로 치닫진 않겠다는 믿음이 생겼던 것이다. 돈뭉치를 다시 봉투 안에 싹 쓸어 담은 우탄은 그대로 방을 나갔다. 구름이 후다닥 그를 쫓아 나갔다.

"우탄아."

우탄은 우두커니 서 있기만 했다.

"리어한테 돌려줄라는 거 아이재?"

"돌려줘야지."

"일부러 받아왔는데 돌려주마 우짜노? 리어는 니 생각해가⋯⋯."

우탄이 구름의 말을 잘랐다.

"비웃는 거야. 아빠가 어떤 사람인지 아니까. 뭐든 돈으로 해결하는 사람이거든."

"우탄아⋯⋯."

구름은 우탄이 괴로워하는 게 무엇인지 정확히 알 수 없었다.

리어가 비웃는 거? 아빠가 뭐든 돈으로 해결하는 사람인 거?

'아까 리어 표정으로는 비웃는 거 아이던데⋯⋯. 잘했다고 뿌듯해하는 표정이던데⋯⋯.'

자세한 사정은 둘이 만나면 알게 되리라.

"퍼뜩 가봐라. 싸우지는 말고."

"......"

우탄은 대꾸도 없이 계단을 내려갔다.

❦

툭!

리어의 집으로 찾아간 우탄은 그에게 돈 봉투를 던졌다. 얼결에 받
아 든 리어가 미간을 좁혔다.

'고맙다는 말은 못 할망정!'

리어는 아무 말 없이 돌아서는 우탄을 향해 봉투를 냅다 집어 던졌
다.

탁!

날아간 봉투는 정확히 우탄의 등에 맞고 떨어졌다.

"가져가, 새끼야! 그 양아치한테 다시 갖다 주든지, 아빠한테 드리
든지!"

우탄이 뒤로 휙 돌아보았다. 그의 눈빛에는 깊은 모멸감이 담겨 있
었다.

"날 비웃는 건 괜찮아. 근데 가족은 건드리지 말자."

"가족? 너한테 가족이 어디 있어?"

리어의 말이 비수가 되어 우탄의 가슴에 박혔다. 우탄의 몸이 튕겨
나감과 동시에 리어의 얼굴을 향해 주먹이 쭉 뻗어 나갔다.

퍼억!

우탄이 휘두른 주먹에 얻어맞은 리어는 벌러덩 나가떨어졌다. 하지
만 웬일인지 다른 때처럼 반격하지 않고 이죽거리만 했다.

"합의금을 줘도 내가 줘야지. 너 혼자 잘난 놈 만들 일 있냐? 내가 또 그 꼴은 못 보잖아."

"입 다물어. 귀찮고 성가신 거 딱 질색이니까."

툭툭, 엉덩이를 털고 일어난 리어가 말했다.

"팬더 그 새끼가 물고 늘어질 걱정하는 거면 안 그래도 돼. 계속 엉겨 붙을 일 없게 해놨다구."

"……."

"왜? 자존심 상하냐? 넌 아빠 돈으로 해결하고, 난 내 힘으로 해결해서? 뭐 어쩌겠어? 그게 너와 나의 차이인걸."

우탄은 거드름을 피우는 리어를 외면하고 현관 쪽으로 걸음을 옮겼다.

"돈 안 가져가면 내일 또 병실 찾아간다? 가서 팬더 그 새끼 몇 군데 더 부러뜨려 놓고 정정당당히 합의금 물어주려구. 그럼 공평하지?"

우탄은 눈을 질끈 감았다. 리어는 그러고도 남을 놈이었다. 조용히 끝낼 일도 부러 시끄럽게 만드는 놈.

'성가신 새끼.'

다시 돌아와 바닥에 떨어진 돈 봉투를 짜증스럽게 낚아챈 우탄은 뒤도 안 돌아보고 집을 나갔다.

"돌려줘도 지랄이야."

소파로 가서 두 다리를 길게 뻗고 앉은 리어의 얼굴에 서운함이 묻어 나왔다. 팬더에게 찾아갈 때까지 이건 단지 우탄이 아닌 용이의 걱정을 덜어주기 위해서라고 스스로에게 수도 없이 각인시켰고, 어려운 결정을 내린 자신에게도 뿌듯했었다.

하지만…….

"하아, 왜 이렇게 찝찝하지?"

❦

우탄은 퇴근 후 집에 온 중세에게 봉투를 건넸다. 봉투를 거꾸로 들어서 돈을 소파 테이블에 쏟아놓은 중세는 어리둥절한 표정이었다.

"무슨 돈이야?"

"합의금 다시 받아왔어."

"네가? 왜?"

"자세한 건 묻지 마. 합의금 안 줘도 돼."

"돌려줄 거면 계좌로 쏴주지. 귀찮게."

중세도 돈 봉투를 들고 제 방으로 가버린 후 우탄은 혼자 덩그러니 남았다. 헛웃음이 비어져 나왔다. 리어의 말이 맞았다. 우탄에게는 가족이 없었다. 리어가 비웃을 만도 했다.

'뭘 바란 거냐?'

집을 나온 우탄은 빌라 입구에 서서 비가 내리는 거리를 바라보았다. 아무 생각 없이 나오는 바람에 우산을 미처 챙기지 못했다. 다시 집으로 올라가고 싶지도 않았다. 그는 무작정 빌라를 나섰다. 빗줄기는 많이 약해졌지만 그의 머리와 어깨를 적시기에는 충분했다.

문자 소리에 점퍼 주머니에서 핸드폰을 꺼냈다.

〈어데고?〉

우탄은 문자 대신 전화를 걸었다. 구름에게 처음 걸어보는 전화였다. 그만큼 마음이 힘들었고, 외로웠다.

[우탄아!]

"우산이 없어."

[어?]

"우산이 없다구. 우산, 필요한데."

그 말을 하는데 눈가가 뜨끈해졌다.

[오, 오야. 갖고 나가께. 쪼매만 기다려라.]

우탄이 용이네 대문 앞에서 비를 피하고 있을 때 구름이 밖으로 나왔다. 활이 부러진 노란 우산이 아니라 두 사람이 쓰기에도 커다란 파란 우산이었다.

"왔으마 들어오지."

"배고파."

우탄이 우산을 대신 들며 걸음을 옮겼다. 그의 옆으로 찰싹 달라붙은 구름이 슬쩍 우산을 잡은 그의 손 위에 자신의 손을 포갰다.

"손 차븐 거 봐라. 감기 걸리구로 비는 와 맞고 다니노?"

우탄은 다른 때처럼 손 치우라고 매몰차게 굴지 않았다. 따뜻해서, 너무 따뜻해서 영원히 놓지 말았으면 좋을 손이었다. 단 한 번도 느껴보지 못했던, 그래서 더욱 가슴 아픈 손이었다.

엄마와 함께 살았을 땐 비가 올 때면 엄마가 우산을 챙겨 교문 앞에서 기다리곤 했었다. 우탄의 손을 잡아주며 엄마가 그랬지.

"손 찬 것 좀 봐. 감기 걸리겠다. 엄마가 집에 가서 라면 끓여줄게."

자신을 사랑하는 줄로만 알았던 엄마는 떠났고, 우탄은 아빠 곁에 남았다. 엄마가 아빠와 왜 싸우는지, 왜 우는지, 왜 떠나야만 했는지

다 이해하지만, 그건 용서와는 또 다른 문제였다.

사랑했기에 용서가 되지 않았다.

편의점 옆에 있는 24시간 김밥집에 들어간 두 사람은 구석에 앉아 라면을 시켰다.

"돈은 아빠 드렸나?"

우탄은 가만히 고개를 끄덕였다.

"리어랑 싸운 거 아이재?"

"……"

"싸웠나?"

우탄은 또 고개만 끄덕였다. 싸우지 말라던 당부를 어긴 게 미안했다.

구름은 우탄의 얼굴이 어두워서 더 말을 붙이기가 어려웠다. 아직도 리어를 오해하고 있는 것 같아 안타까웠다.

라면이 나오자 구름이 살갑게 말했다.

"어서 무라."

구름은 아무 말 없이 고개를 숙인 채 라면을 먹는 우탄을 물끄러미 바라보았다. 매일 우유로 샤워를 할 것 같은 녀석의 피부가 꺼칠했다.

'얼마나 마음고생이 심했으마 피부가 다 상하노.'

짠하게 우탄을 바라보던 구름은 자신의 라면을 덜어주었다.

"내 거 더 무라. 내는 아까 저녁 묵었다."

우탄은 구름이 덜어준 라면까지 싹싹 긁어 먹었다. 뜨끈한 국물이 들어가자 추위가 좀 가셨다. 그녀에게 느껴지는 따뜻함이 허한 마음을 채워준다 싶었는데…….

"리어가 나쁜 뜻으로 돈 받아온 거 아일 기다."

"……."

"아까 돈 봉투 내가 받았거덩? 근데 리어는 좋은 일 했다고 생각하는 거 같드라. 가만히 있기가 지도 미안했겠재."

그런 게 아니라면 굳이 돈을 다시 찾아올 이유가 뭐란 말인가.

순간, 우탄의 얼굴이 더없이 싸늘했다. 그 싸늘함 뒤에 깊은 슬픔도 느껴졌다.

'리어를 옹호하는 소리나 들으려고 만나자고 한 게 아니야.'

우탄의 가슴속에서 뜨거운 무언가가 욱하고 치밀었다.

"너…… 무조건 내 편이라고 하지 않았어?"

"어?"

"말했지? 난 장난처럼 하는 사랑, 싫다구."

구름의 얼굴에도 서운한 기색이 내려앉았다.

"내도 분명히 말했는데. 장난 아이라고."

"이랬다저랬다 하는 거, 그게 장난이야. 실컷 믿게 해놓고 딴소리하는 거, 그게 장난이라구."

"사람 마음, 왜곡하는 건 니다."

"뭐?"

"그래, 리어의 본심은 모른다 치자. 하지만 내는 믿어줘야 되는 거아이가?"

"난 아무도 안 믿어."

아빠와 엄마도 못 믿는데 세상 누구를 믿는단 말인가. 자신이 무슨 짓을 해도 자기편이 되어줄 것 같았던 구름조차 결정적인 순간에는 리어의 마음을 헤아리기 바쁜데.

숱한 걱정과 고민 끝에 구름에게 마음을 열기로 한 우탄은 또다시 버림받고 내쳐진 기분이었다.

구름은 자신의 진심을 믿어주지 않는 우탄에게 화가 났다.

"그라모 와 내를 찾아왔는데?"

"믿고 싶었으니까. 너라면 믿어도 되겠다 싶었으니까. 근데…… 착각했나 봐."

따뜻함이 주는 안락에 속지 말았어야 했다. 상처받는 건 이제 신물이 날 정도였기에. 오죽하면 자폐아처럼 세상에 말문을 닫고 살았겠는가. 그런데 가족도 모자라서 구름에게마저 똑같은 상처를 받는다면 더는 견디기 힘들 터였다.

"착가악?"

구름은 속에서 참았던 무언가가 펑 터지는 것 같았다.

"니야말로 사람 갖고 장난하나? 리어 말이 맞았네. 악마가 맞았네, 이 머스마."

대체 어디부터 꼬여 버린 걸까, 이 녀석은?

대체 언제까지 꼬여 있을 건가, 이 녀석은!

말로 해도 될 걸 굳이 주먹으로 하고, 속이 배배 꼬여서 진심인지 거짓인지도 모르는 나쁜 녀석!

그동안 녀석의 미모에 홀려서 구름도 많이 참았다. 서울 머스마와 로맨스 한번 해보겠다고 용기 내어 고백하고 키스하고, 별짓 다 했다.

근데 뭐? 아무도 안 믿어? 지금까지 진심을 보여주기 위해 그렇게 애를 썼는데?

누군 서울 온 이틀 만에 남자애에게 고백하기가 쉬운 줄 아나? 먼저 키스하기가 쉬운 줄 아냐고!

"니는 내가 뭔 짓을 해도 안 믿을 거재?"

"……"

대답하지 않는 우탄의 얼굴에 고집스러움이 묻어났다. 다시 세상에 말문을 닫아버린 것 같은 표정에 구름도 낙담하고 말았다.

"내 진심을 알아주지 않은 남자애한테 내도 시간 낭비 안 하고 싶다."

구름은 너무 화가 나서 자기가 무슨 말을 하는지도 몰랐다. 라면 먹다가 할 말은 아닌 줄 알지만, 조금 지치는 것도 사실이었다. 단순한 리어보다 복잡한 우탄이 더 힘들다는 걸 절감했으니까.

열여덟의 사랑이 이토록 힘든 거라면, 그까짓 거 안 하고 말지.

"로맨스는 얼어 죽을! 됐다, 고마! 치아라!"

잔뜩 열이 받아서 씩씩대는 구름을 본 우탄은 허탈하게 웃었다.

"잘됐네."

"뭐라꼬?"

우탄이 냉정한 얼굴로 구름을 바라보았다.

애초에 사랑을 믿지 않았는데, 무슨 사랑을 하겠는가. 서로에게 상처 주고, 상처받아야 할 사랑이라면 안 하는 편이 낫다. 그게 구름을 위해서도 백번 나은 선택이었다. 사랑도 받아본 놈이나 줄 줄 아는 거다.

"가봐. 악마로부터 널 구해준 천사한테."

❦

"으허허헝. 나쁜 놈. 나쁜 노움!"

우탄과 헤어진 뒤 곧장 다락방으로 올라온 구름은 침대에 엎어져 펑펑 울었다. 사람 마음 다 흔들어놓고 리어 편 한 번 들었다고 매몰차게 아웃시키다니!

따지고 보면 편을 든 것도 아니다. 본 그대로, 느낌 그대로, 팩트를 말한 것뿐!

"이기적인 놈! 못된 놈! 악마아아아! 으허허허헝."

[부산 갈매기~ 부산 갈매기~ 너는 정녕 나를 잊었나~]

핸드폰이 눈치도 없이 부산 갈매기를 찾는 통에 울음을 그친 구름은 누구 전화인지 확인했다.

"이, 씨!"

'똥'이라고 쓰인 발신자를 보자마자 구름은 핸드폰을 침대에 패대기쳤다. 진짜 팩트는 우탄과 싸운 게 다 이 '똥' 같은 놈 때문이라는 거다. 파리가 꼬이다 죽을 놈!

우탄이와 간신히 사귀게 됐는데! 주말엔 영화도 같이 보러 가기로 했는데!

"으허허허허허헝!"

계속해서 '부산 갈매기'를 애타게 찾던 핸드폰이 잠잠해지더니, 다시 갈매기를 찾기 시작했다.

이 말미잘 같은 놈을 확 밟아버릴까?

전화를 받은 구름은 버럭 소리를 질렀다.

"와!"

[우냐?]

'헉!'

깜짝 놀란 구름은 딸꾹질을 했다.

"딸꾹!"

[왜 울어? 무슨 일이야?]

'와' 하는 외마디에 우는 걸 알아차릴 만큼 이놈은 소리에 관한 한 절대음감인 것일까? 이놈은 독심술에만 능한 게 아니었던 모양이다.

[내 말, 듣고 있냐?]

그만 기가 죽은 구름은 힘없이 물었다.

"와 전화했노?"

[잠깐 나와.]

"하아……."

이것들이 순서 정해서 사람을 괴롭히려고 작정했나 보다.

구름은 심통이 잔뜩 난 얼굴로 반항했다.

"싫다. 안 나갈 기다."

[잠깐이면 돼. 보고 싶기도 하구.]

"그래서 안 나간다고오. 니 때문에……!"

[알았어. 내가 가면 되지, 뭐.]

헐.

간단하게 제 말만 한 리어는 전화를 끊어버렸다. 구름은 후다닥 침대에서 내려와 방문부터 잠그려고 달려갔다.

벌컥!

"옴마야……."

이놈, 처음부터 문 앞에서 전화 건 거였잖아. 우는 걸 어떻게 알았나 했다.

안으로 들어온 리어는 방을 휘휘 둘러보았다. 키가 커서 그런지 다락방 천장이 몹시 낮아 보였다. 그는 방 구경을 하다 말고 어벙하게 서 있는 구름을 내려다봤다. 울어서 붉어진 구름의 두 눈이 안쓰러웠다.

'쯧쯧.'

리어의 시선이 따갑게 와 닿았기에 구름은 은근슬쩍 자리를 옮겨 침대로 가서 앉았다. 옆에 와서 앉은 그가 그녀를 빤히 쳐다보았다.

"우탄이랑 싸웠냐?"

"아이다."

"그게 아니면 울 일이 뭐가 있어?"

"할 말, 퍼뜩 하고 가그라. 피곤타."

리어가 커다란 손으로 구름의 머리를 쓱 쓰다듬었다.

"울지 마. 마음 아프게."

'말은 청산유수지.'

구름이 도끼눈을 뜨고 리어를 쫙 째렸다.

"니 때문에 싸운 거 다 알고 왔재?"

"후후. 몰랐어."

"근데 와 웃는데? 꼬방셔 죽겠재?"

"킥킥킥. 그 꼬방시단 소리 되게 듣고 싶었는데."

지금 방언 연구할 때가 아니란 말이다, 이 개똥아!

"훌쩍. 이기 뭐꼬? 니 때문에 내 꿈이 날아가삤다."

"꿈?"

"서울 머스마랑 로맨스."

공부에 뜻이 없는 고로 로맨스라도 꽃 피울까 하였으나, 그마저도 실패로구나.

리어는 얼굴을 팍 구겼다.

"나도 서울 머스마거든?"

"니 말고 우탄이."

"와아, 이 와중에 꿋꿋한 거 봐. 미련을 버려. 새로운 로맨스의 길은 활짝 열려 있어. 컴 온!"

리어는 양팔까지 활짝 벌리며 능청을 떨었다.

"니도 참 뻔뻔타이."

"킥킥."

하지만 새로운 로맨스가 있으면 뭐 하나. 우탄이 아닌 로맨스가 무슨 의미가 있다고.

또다시 눈물이 그렁해진 구름이 울먹였다.

"지조 없는 여자 되기 싫타."

"뭐야……. 그럼 난 기회도 없단 거야?"

"니는 니가 한 말도 잊어 묵나? 니랑 안 사귀어도 되니까 우탄이랑도 사귀지 말라매."

"그걸 곧이곧대로 믿다니. 순진하긴."

리어의 능글맞은 눈웃음에 구름은 기가 찰 노릇이었다.

"머스마가 뭐 이래 간사하노? 어림 택도 없다. 우탄이랑 좋 나마 니하고도 좋다, 이 머스마야!"

8

네가 처음이야, 내가 사랑한 여자는

다음 날 아침, 등교하기 위해 빌라를 나서던 우탄은 주위를 두리번 거렸다. 그러나 구름이 해맑게 웃으며 기다리고 있는 일 따위는 일어 나지 않았다.

"가봐. 악마로부터 널 구해준 천사한테."

'그렇게 모진 말을 지껄여 놓고 뭘 기대한 거냐?'
우탄은 쓸쓸하게 하늘을 올려다봤다. 어제와 다르게 화창하게 갠 날씨였다. 꽃샘추위 속에서 모처럼 따뜻한 기류가 느껴졌다. 무엇보다 비가 온 뒤여서 모든 사물이 깨끗하고 선명했다.
'더러운 건 내 마음뿐이로구나.'
화창한 날씨와 달리 우탄의 마음은 여전히 우중(雨中)인 것처럼 칙

칙했다.

"구름이 기다리냐?"

뒤에서 들리는 리어의 목소리에 우탄은 모른 척 걸어갔다. 금세 옆에 따라붙은 리어가 깐족거렸다.

"구름이랑 헤어졌다며? 초스피드 이별인가? 후후."

"……."

"어떡하냐? 내 뜻대로 돼서?"

"……."

"구름이가 너의 실체를 빨리 알아차린 게 얼마나 다행인지."

"그러게."

"……!"

리어는 무심히 대꾸한 뒤 앞서 걸어가는 우탄을 멍하니 바라보았다. 우탄이 자기 실체를 시인한 것은 처음 있는 일이었다.

"저 자식이 못 먹을 걸 먹었나."

이런들 어떠하리, 저런들 어떠하리.

"으아~ 날씨 조오타!"

청명한 하늘만큼 리어의 마음도 푸르렀다.

먼저 학교에 온 우탄은 운동장을 걸어가다 저만치 혼자 앞서가는 구름을 발견하고 주춤했다. 자전거 거치대에서는 용이 자전거에 자물쇠를 채우고 있었다.

용이 큰 소리로 우탄을 불렀다.

"우탄아!"

우탄의 이름을 들은 구름은 저도 모르게 우뚝 멈춰 섰다. 뒤통수에 따가운 눈총이 느껴졌다.

'우탄이?'

구름은 돌아보고 싶은 걸 꾹 참았다.

'으으, 돌아보지 마. 돌아보면 지는 거야.'

"구름아!"

이번엔 시안의 목소리였다. 구름은 옳다구나, 싶어 부러 생긋 웃으며 돌아섰다.

"시안아!"

구름은 우탄을 쳐다보지 않기 위해 안간힘을 썼다.

'쳐다보지 마. 쳐다보면 지는 거야.'

구름은 '돌아보면 지는 거야'에 이어 '쳐다보면 지는 거야'로 심적 갈등을 겪었다. 우탄을 외면하는 일은 치킨과 족발 중에 골라야 하는 심적 갈등에 버금가는 것이었다. 인생은 갈등의 연속이라지만, 단순한 그녀에겐 버겁게만 느껴졌다.

시안이 장승처럼 서 있는 우탄을 힐끗 보고는 곧장 구름에게 달려왔다. 시안의 팔짱을 낀 구름이 잰걸음으로 걸어갔다.

"우탄이랑 왜 알은체 안 해? 싸웠어?"

"그럴 일이 좀 있었다."

"진짜 싸웠구나? 아니, 사귀기로 한 지 얼마나 됐다구."

"안 사귀기로 했다."

그 말을 하는데 가슴 한복판이 찌르르하니 아팠다.

'발로 뻥 차준 건 낸데 왜 실연을 당한 거 같지?'

주객이 전도된 느낌에 마음이 찜찜했다. 시안이 호들갑스럽게 목소리를 높였다.

"뭐어? 왜에?"

"내가 감당이 안 될 머스마라 기라."

"우탄이가 좀 그렇긴 하지. 우탄이가 사귀기 싫대?"

구름이 겸연쩍게 웃었다.

"내를 몬 믿겠단다."

"어머. 그런 말을 해? 네가 뭘 어쨌다구."

굳이 뭘 했다고 한다면 라면 먹다가 리어 편을 한 번 들어줬다는 정도? 해서, 우탄이 녀석이 덩치는 산만 해서 밴댕이 소갈딱지란 걸 확인한 정도랄까.

"우짜겠노. 그노마 입맛에 내가 안 맞는 것을."

"내 입맛에는 네가 딱이야!"

리어가 기다란 팔을 구름의 목을 두르며 경쾌하게 외쳤다.

"커억!"

목 성애자, 강리어.

이놈은 또 언제 나타난 걸까? 동에 번쩍, 서에 번쩍. 꿈이 홍길동인가?

"시안아, 안녕?"

리어의 발랄한 인사에 시안이 못 볼 꼴을 본 것처럼 눈을 흘겼다.

"네가 언제부터 친절했다구."

"킥킥. 오늘부터."

"구름이한테나 친절해 보시지?"

"지금 되게 친절한 건데? 꽃샘추위에 감기 걸릴까 봐 늑대 가죽 목도리도 해주잖아."

리어의 팔에서 가까스로 빠져나온 구름이 그의 머리로 손을 뻗었다. 이놈에게는 머리채가 약이라는 듯이.

"어허, 어딜?"

뒤로 머리를 쭉 뺀 리어가 생글생글 웃었다. 눈웃음이 저렇게 얄밉기도 어려울 거다. 이런 놈을 편들다가 실연을 당한…… 아니, 우탄을 뻥 차버린 게 억울했다.

"아는 체하지 말라 캤재!"

"싫어. 할 거야. 야, 고시안."

"왜?"

"나랑 구름이랑 어울리지? 우탄이보다 휠 낫지, 내가?"

리어가 실실 웃으며 묻는 바람에 시안은 금세 상황을 파악했다.

"설마 리어 때문에 우탄이랑 헤어진 거야?"

"모르고 있었구나. 어제 둘이 좀 났어. 후후."

시안은 동네방네 자랑질이 하고 싶어 안달 난 리어를 어이없게 쳐다봤다. 우탄이한테 악마라더니, 이놈은 사탄의 우두머리 루시퍼도 울고 갈 악마 중의 악마였다. 두 악마 사이에 낀 구름이만 불쌍하게 됐다.

시안도 리어의 못돼먹은 심보를 나무랐다.

"하여간 못됐어. 멀쩡한 커플 찢어놓고 웃음이 나와?"

"모르는 소리. 내가 구름이를 구원해 준 거야. 그치, 구름아?"

싸우자, 사탄아!

구름이 리어의 멱살을 잡는데 그의 핸드폰이 울렸다. 리어는 구름에게 멱살을 잡힌 채로 전화를 받았다.

"여보세요?"

[강리어 학생이죠?]

"예, 그런데요. 누구세요?"

[강남경찰섭니다.]

❦

"합의금을 줬다구?"

그날 저녁, 귀가한 세련의 말을 듣고 리어는 펄쩍 뛰었다.

오전 내내 경찰서에서 사건 경위를 밝혔던 리어는 오후에는 학교에 와서 담임선생님께 같은 설명을 되풀이해야만 했다. 덕분에 학교에서는 우탄과 함께 있었다는 친구가 리어라는 걸 모르는 사람이 없었다. 서로 죽고 못 살았던 두 사람이 연주 때문에 사이가 틀어진 건 모두 아는 사실이었고, 폭주족 덕분에 화해한 모양이라고 생각했다. 아이들은 이제야 평화가 오려나 보다 안도했으나, 실상은 전혀 그렇지가 않았다.

리어가 더 억장이 무너지는 건 엄마가 팬더에게 합의금 오백만 원을 도로 주었다는 것이었다. 자존심 내려놓고 우탄에게 찾아다 준 보람도 없이 말이다.

'팬더 말을 믿는 게 아니었는데!'

리어는 자신을 완전히 속여 넘긴 팬더에게 분이 나 어쩔 줄 몰랐다.

"그걸 왜 줘?"

리어가 분통을 터뜨리든 말든 세련은 그 정도쯤 우습다는 태도였다.

"그런 애들 수법 뻔하잖아. 오 선생님이랑 통화했어. 반반씩 내기로."

오 선생님이라면 우탄의 아빠 중세를 말했다. 리어는 눈앞이 캄캄했다. 우탄에게는 기껏 자기가 해결한 것처럼 유세를 떨어놓고, 결국 부모가 돈으로 해결하기는 피장파장이었으니 말이다. 지금쯤 우탄의 귀에도 들어갔을 테고, 우탄은 또 얼마나 가소로워하고 있을 것인가.

우탄이 비웃고 있을 생각에 리어는 견딜 수가 없었다.

"코뼈는 내가 부러뜨렸는데, 왜?"

"원인 제공은 우탄이가 했잖아. 친구끼리 책임 나눠서 지는 게 나빠?"

"친구 아니야!"

세련이 이죽대듯 말을 정정했다.

"친구였지. 어쨌든 학교에서도 일주일 정학 처분으로 결정 봤으니까 그렇게 알아."

일주일 정학 처분도 중세와 세련이 교장선생님과 얘기 끝에 내린 결정이었다.

"엄마!"

"그러게 합의금은 왜 찾아와? 조용히 끝날 일을 시끄럽게 만든 건 너야."

리어는 세련의 지적이 뼈아팠다. 절대 일을 이렇게 만들려고 그런 게 아니었다. 자신 때문에 생긴 일이었으니, 자신이 해결해야 한다고 생각했다.

그런데 그 모든 일이 허사가 되어버렸다.

눈물이 핑 돈 리어는 휙 집을 나갔다. 세련이 뭐라고 하는 소리가 들렸지만 무시했다. 가슴이 답답해 미칠 것 같았다.

집을 나와 팬더가 있는 병원으로 달려갔던 리어는 허탕을 치고 돌아왔다. 이미 퇴원한 팬더는 일하는 중국집에도 연락 없이 사라진 뒤였다. 거짓말쟁이 폭주족 놈에게 완전히 당한 것이다.

'감히 날 속여?'

"괜찮아?"

'더 스윗' 카페에 혼자 앉아 분노를 곱씹고 있는 리어에게 은혜가 다가와 물었다. 곧 문을 닫을 시각이어서 카페에는 리어뿐이었다.

시무룩하게 은혜를 쳐다본 리어는 한숨을 푹 내쉬었다.

"누나도 얘기 들었어요?"

리어는 은혜를 누나라고 불렀다. 까칠한 리어가 다정하게 대해주는 유일한 사람이 은혜였다. 그가 가끔 은혜의 카페에서 공연을 하는 이유도 있었지만, 그녀의 이해심 많은 성품이 그에게도 통했기 때문이기도 했다. 그래서인지 그녀도 리어를 무척 예뻐했다.

"응. 애들이 하는 소리 들었어. 합의금 받아올 생각을 다 하고, 너되게 용감하더라?"

"흐음, 칭찬해 주는 사람이 누나뿐이네. 서러워서, 진짜."

은혜는 입이 댓 발 나온 리어의 등을 툭툭 쳐 주었다.

"힘내."

"공연에는 지장 없게 할게요. 걱정 마세요."

리어는 이번 달에 카페에서 공연을 하기로 되어 있었다. 작년에 동급생끼리 밴드를 만든 뒤로 카페에선 벌써 여러 번 공연을 했다.

"걱정할 거나 뭐 있어? 실력 좋은 밴드인지 다 아는데."

그때 현관에 달아놓은 종소리가 들렸다. 은혜가 돌아보자 입구에 우탄이 서 있었다.

"어머, 우탄이구나."

우탄을 본 리어는 짜증스럽게 인상을 구겼다.

'도무지 조용하게 생각할 틈을 주지 않는군.'

무대 디자인 중간 점검을 받기 위해 왔던 우탄도 난처한 표정을 지었다. 사람들 눈에 띄지 않기 위해 일부러 문 닫을 시각에 왔는데 리어가 있을 줄은 몰랐다. 우탄은 아빠가 집에 와서 하는 얘기를 듣고 얼마나 황당했는지 모른다. 뮤지컬 감독으로 카리스마가 철철 넘치는 리어 엄마가 합의금을 반반씩 내자고 할 정도면 얼마나 화가 났을지 짐작하고도 남았다. 합의금을 반반씩 내기로 했다는 건 차라리 잘 되었다. 가뜩이나 구름과 헤어진 일로 리어는 한껏 고무된 상태였으니 말이다. 적어도 합의금 때문에 기가 살 일은 없을 것 같았다.

은혜는 손목시계를 보더니 리어에게 말했다.

"문 닫을 시간이야. 우탄이랑 할 얘기도 있구."

"우탄이랑요?"

리어는 의아하게 우탄을 쳐다보았다. 웬만해선 다른 사람과 말을 하지 않는 우탄이 은혜 누나와 무슨 할 얘기가 있을까 싶었다. 테이블 위에서 핸드폰을 챙긴 리어가 밖으로 나가면서 보니, 우탄의 손에 의문의 공책이 들려 있었다.

'뭐지?'

정학 첫날인 다음 날 오전, 우탄과 리어는 토요일임에도 불구하고 학교에 나와 실내 체육관을 청소하고 있었다. 맡은 구역은 반반이었는데, 묵묵히 청소하는 우탄과 달리 리어는 하기 싫어서 미칠 것 같은 얼굴이었다.

밀대로 바닥을 닦던 리어는 그 자리에 털썩 주저앉아 버렸다.

"어휴, 개새끼!"

리어는 팬더의 다른 신체 부위를 분질러 주지 못했다는 게 못내 분했다. 그것 때문에 밤새 잠도 설쳤다. 이렇게 먹튀를 할 줄 알았더라면 병원에 찾아갔을 때 끝장을 내주는 건데 잘못했다.

우탄은 못마땅하게 리어를 쳐다봤다. 이렇게 될 걸 뻔히 알기에 혼자 덮어쓰고 말려고 했는데 리어가 나서는 바람에 혼자 끝내고 말 일을 굳이 둘 다 정학을 맞은 것이다.

'멍청한 새끼.'

우탄은 팬더에게 속은 리어가 한심했고, 팬더의 약은 꾀에 부아가 치밀었다. 폭주족에 들어오라고 집적대는 일은 더 이상 없을 테지만, 맥없이 당한 게 생각할수록 어이가 없었다.

그사이 리어는 강당으로 기어 올라가더니 아예 드러누워 버렸다.

"청소 안 해?"

우탄의 목소리가 체육관을 쩌렁쩌렁 울렸다.

"몰라, 새끼야. 너나 해."

리어는 성질을 부리며 일어날 생각을 하지 않았다. 우탄이 맡은 구역은 거의 청소가 끝나 가는데, 리어가 담당한 반대편 구역은 반의반의 반도 안 한 상태였다.

낮게 한숨을 쉰 우탄은 하는 수 없이 리어의 구역까지 청소를 하기 시작했다. 예민한 리어가 체육관 바닥에 드러누워 잠을 잘 리 없었다. 그런데도 그는 우탄이 청소를 다 할 때까지 꼼짝도 하지 않았다.

청소를 끝낸 우탄이 청소 도구를 들고 체육관을 나간 뒤 리어는 훌쩍 일어나 앉았다. 강당 아래 긴 다리를 드리우고 깔끔하게 청소가 되어 있는 체육관을 둘러보았다.

"음. 완벽해! 이럴 땐 좀 쓸 만하군. 우후후."

자기 잔꾀에 흡족해하며 어슬렁어슬렁 밖으로 나온 리어는 화장실로 갔다. 그곳에서 우탄이 걸레를 빨고 있었다. 소변기에 가서 시원하게 오줌을 눈 그는 우탄을 따라 복도로 나왔다.

"따라와."

"어디 가는데?"

"복도에 껌 떼러. 체육관 내가 거의 다 했으니까 껌은 네가 떼라."

리어는 혼자 적진에 들어가 인질범을 구해오라는 소리라도 들은 것처럼 기함했다.

"에이씨, 안 해!"

"제대로 안 하면 정학 기간 늘린대. 난 쌤한테 사실대로 말하면 그뿐이야."

"쳇. 쌤이 네가 했는지 내가 했는지 어떻게 알아?"

우탄은 태연히 대답했다.

"쌤이 너 감시하랬어. 체육관 청소 제대로 안 하면 복도 청소는 너 혼자 시킨다더라구."

리어는 그게 더 기분 나빴다. 지각 대장인 우탄은 모범생과 거리가 멀었기 때문이다. 그에 비하면 리어는 지각도 하지 않고 수업도 꼬박꼬박 들었다. 그럼에도 불구하고 우탄은 성적이 상위권이었고, 리어는 하위권이라는 게 불가사의였지만.

시대가 변했어도 선생님의 모범생 기준은 성적이었나 보다. 젠장.

"아놔. ……진짜 너 혼자 가려구?"

"네가 체육관 청소한 만큼만 할 거야."

"치사한 새끼."

"합의금도 공평하게 나눠서 낸 마당에 뭘 그 정도 가지구."

우탄이 빈정댔고, 이래저래 손해가 막심한 리어는 복도의 껌을 뗄 생각에 암울했다.

'이럴 줄 알았으면 합의금 찾아다 주지 말걸. 그럼 우탄이 혼자 청소 다 하는 건데. 아, 짜증 나!'

본관으로 건너와 한참 복도에 있는 껌을 떼다 보니 2시간이 훌쩍 지나갔다. 점심도 안 먹고 껌 떼는 데에만 몰두해 있던 리어는 1층으로 내려왔다. 하지만 어디에도 우탄의 모습은 보이지 않았다.

"정말 간 거야? 와, 의리 없는 새끼."

저도 모르게 의리를 찾던 리어는 머쓱했다. 친구가 아니라고 펄펄 뛰던 사람은 자신이었으므로.

"다 했냐?"

별안간 뒤에서 들려오는 소리에 리어는 화들짝 놀랐다.

"어휴, 깜짝이야."

간 줄 알았던 우탄의 양손에 음료수가 들려 있었다. 우탄은 차디찬 캔 하나를 리어에게 휙 던지더니 자기 몫의 음료수를 마셨다. 리어도 마침 목이 말랐던 참이었기에 음료수를 단숨에 꿀꺽꿀꺽 마셨다.

"으아, 살 거 같아."

"가자."

"다 안 했는데?"

"쌤이 그만하고 가래."

"앗싸!"

금세 기분이 좋아진 리어는 손을 씻기 위해 화장실로 달려갔다. 잠시 후 밖으로 나왔을 때는 우탄이 먼저 가버린 후였다. 음료수는 사다줄지언정 같이 하교하는 일은 도저히 못 하겠던 모양이다.

"근데 왜 지금까지 있었던 거지?"

고개를 갸웃한 리어는 나중에야 알았다. 리어가 2층과 3층을 할 동안, 우탄이 1층을 끝내놓고 4층까지 해놓았다는 것을.

❦

"제법인데."

우탄의 공책을 뒤적이던 해는 진심으로 감탄했다. 최강고 학생 솜씨라니 더욱 흥미가 갔다. 고등학생 솜씨라기엔 감각이 탁월했다.

"어떤 녀석인지 궁금하네. 정말 안 가르쳐 줄 거예요?"

건축 회사에서 무대 디자이너 일을 하는 해는 공책의 주인에게 관심이 증폭됐다. 작년 가을, 해와 은혜는 용이의 소개로 카페 무대 공사를 한 게 인연이 되어, 종종 만나 이야기를 나누는 사이로 발전하였다.

주로 큰 무대를 담당하는 해였기에 용이 소개가 아니었다면 이런 작은 카페의 무대 공사는 관심도 없었을 터였다. 더군다나 학생이 디자인한 곳을 검토만 하고 공사를 진행하는 건 전에 없던 일이었다. 그만큼 디자인이 마음에 들었고, 디자인을 한 학생에게 관심이 갔다.

해는 관심사도 비슷하고 성격도 시원시원한 은혜에게 끌렸다. 하지만 은혜에겐 애인이 있었고, 은혜도 해를 용이 큰형 정도로만 대하며 친분을 유지했다.

"미안해요. 절대 누군지 말 안 하겠다고 약속했거든요. 정식 업체에 맡기면 가격이 너무 비싸고, 학생들한테 더 기회를 주고 싶어서요."

"누군지 알면 미리 찜해놓으려고 그러죠."

"후후. 아직 고등학생인걸요. 미대를 권해봤는데 생각이 없는지 싫다고 하더라구요."

"왜 그러지? 취미로 썩히기엔 아까운 실력인데."

그때 리어가 카페에 들어왔다. 해를 본 그는 꾸벅 인사했다.

"안녕하세요?"

"어, 리어. 오랜만이다."

"형님 신수는 갈수록 훤해지시네요. 연애하시나?"

리어가 느물거리자 해가 하하 웃었다.

"짜식, 여전하네."

리어는 해가 들고 있는 공책에 관심을 두었다.

"뭐 보시는 거예요?"

"무대 디자인."

"아. 무대 또 바꾸시게요?"

은혜가 슬그머니 공책을 덮으며 대답했다.

"응. 공사는 진해 씨 회사에서 하려구."

리어는 공책에서 시선을 떼지 못했다.

'저건 우탄이가 들고 있던 거잖아. 우탄이가 무대 디자인을?'

리어는 중학교 때까지 그림을 제법 잘 그리던 우탄을 떠올렸다. 음악은 잘해도 미술에 있어서는 똥손이었던 리어는 금손인 우탄을 무척이나 신기해했었다.

"그 공책, 누구 거예요?"

"비밀이야. 주인이 밝히기 싫어하거든."

'우탄이 맞네.'

리어의 얼굴에 장난기가 둥실 떠올랐다.

'이젠 그림 안 그리는 줄 알았는데, 무슨 바람이 분 거야?'

❦

토요일이라 꽤 늦은 시각인데도 영화관은 관객들로 북적였다. 연인들이 대다수였고, 혼자 온 사람은 우탄뿐이었다.

'혼자 이 무슨 청승이냐.'

우탄은 구름과 영화를 보러 가기로 약속한 그날, 당장 표를 예매했다. 취소할까도 생각했으나 혹시나 하는 마음에 놔두었던 것이다. 용이에게 같이 가자고 하기에는 구름이 금방 알아챌 것 같았다.

그다지 즐겨 보지 않아서 관심 밖이었던 로맨틱 코미디 영화. 구름을 위해 일부러 선택한 영화를 혼자 보는 기분이 씁쓸했다. 베스트셀러가 원작이고 초호화 캐스팅으로 입소문이 자자한 영화는 기대 이상으로 재미있었다. 우탄도 어느새 영화에 빠져 웃고는 했으니까.

그러나 순간순간 밀려드는 외로움과 자괴감에 영화가 끝나자 금방 공허감이 찾아들었다.

어둡던 영화관에 불이 켜지고 사람들이 거의 빠져나갈 때까지 기다리던 우탄은 뒤늦게 몸을 일으켰다.

'어!'

우탄은 저도 모르게 몸이 굳어졌다. 중간쯤의 좌석에서 일어나는 사람이 구름이었던 것이다. 아직 우탄을 못 본 구름은 천천히 영화관을 나섰다. 우탄도 거리를 두고 그녀의 뒤를 따라갔다.

버스 정류장까지 온 우탄은 이제 막 도착한 버스에 올라타는 구름을 보았다. 무작정 뛰어 버스에 올랐다. 구름은 창밖을 보느라 우탄이 버스에 탄 줄 모르고 있었다. 그는 구름과는 반대쪽 의자에 가서 앉았다.

'지금이라도 알은체를 할까?'

우탄은 계속 구름을 흘끔거렸으나 적절한 타이밍을 찾지 못했다. 구름이 생각에 푹 빠져 있었기 때문이다. 지금 알은체하면 오히려 그녀를 방해할 것 같은 분위기였다. 늘 생기발랄하던 구름과는 완전히 다른 모습에 우탄은 초조했다.

'어휴, 내가 죽일 놈이지.'

자괴감에 빠진 우탄은 영화관에서 구름을 만난 건 천우신조란 생각이 들었다. 오늘 이 매듭을 풀지 않으면 더는 기회가 없을지도 몰랐다.

'이걸 어떻게 풀어야 하나.'

고심하는 사이, 내려야 할 버스 정류장 안내가 나왔다. 구름이 일어나 문 쪽으로 가서 섰다. 그녀에 뒤이어 버스에서 내린 우탄은 앞서가는 구름을 따라갔다.

'혼자 다니지 말라니까.'

우탄은 구름이 혼자 영화를 보러 간 이유를 알고 있었지만, 밤늦게 혼자 다니는 게 마뜩지 않았다. 수시로 순찰차가 다닌다고 해도 범인을 잡기 전엔 안심하기 일렀다.

집으로 가는 큰 골목으로 접어들었을 때였다.

'어!'

구름이 사라지고 없었다. 우탄은 가슴이 철렁 내려앉았다.

"구름아……."

얼굴이 새파랗게 질린 그는 핸드폰으로 급히 전화를 걸어봤다. 신호는 가는데 전화를 받지 않았다.

"젠장할!"

집으로 가는 큰 골목을 따라 작은 골목들이 있어서 우탄은 골목마다 구름을 부르며 뛰어다녔다.

"구름아! ……구름아!"

진작 알은체를 할걸. 그랬더라면 이런 일도 없었을 텐데.

우탄은 깊은 후회와 괴로움으로 심장이 터질 것 같았다.

🍎

"쉬잇."

구름의 입을 틀어막은 범인은 야비한 웃음을 흘렸다. 어두운 골목. 어디선가 우탄이 애타게 부르는 목소리가 들렸다. 처음엔 잘못 들었나 했으나 우탄의 목소리가 확실했다. 언제부터 따라왔는지 알 수 없으나, 그의 눈에 띄었다는 건 정말이지 천우신조였다.

'우탄아! 내 여깄다. 빨리 좀 온나.'

구름은 목에 들이밀어진 칼 때문에 꼼짝을 할 수가 없었다. 안타깝게도 우탄의 목소리가 점점 멀어지고 있었다. 구름은 벌벌 떨리는 가슴을 진정시키느라 두 눈에 힘을 꽉 주었다.

'정신 차려야 된다이. 표구름, 정신 챙기라이.'

호랑이 굴에 들어가도 정신만 차리면 산댔다. 구름은 능글맞게 웃고 있는 범인의 눈을 똑바로 노려보았다. 경멸과 분노에 휩싸인 그녀의 눈빛에 범인의 얼굴에서 서서히 웃음이 사라졌다.

"넌 내가 안 무서워?"

범인은 무시무시한 칼이 목을 노리고 있는데도 당돌하게 노려보는 패기에 움찔했다. 기차 안에서 보였던 대찬 행동이 지금도 여전했다.

"목이 칼에 들어와도 굴하지 않겠다는 건가? 장군감이네. 끝까지 그럴 수 있는지 두고 보겠어."

범인은 구름의 입을 틀어막은 채 골목 안쪽으로 질질 끌고 갔다.

"읍읍! 으읍, 읍!"

구름은 끌려가지 않으려고 버텨봤으나 목에서 느껴지는 차가운 칼날에 크게 반항하지는 못했다. 자칫 우탄이 발견하기도 전에 죽을 수도 있었다.

'제발, 우탄아. 빨리 좀 온나. 내, 여깄다꼬!'

구름이 범인에게 끌려가고 얼마 안 있어, 골목 안으로 땀에 흠뻑 젖은 우탄이 뛰어 들어왔다. 그는 다시 한 번 구름에게 전화를 걸었다.

[부산 갈매기~ 부산 갈매기~]

골목 안쪽에서 들리는 익숙한 벨소리!

'찾았다!'

우탄은 핸드폰 벨소리가 울리는 골목 안쪽으로 뛰었다. 벨소리가 끊긴 것은 불과 십여 초가 지나서였다. 구름이 범인에게 잡혀 있으리라고 확신이 들자 피가 거꾸로 솟았다.

'개자식! 죽었어!'

우탄은 미친 듯이 뛰었다. 땀방울이 그의 얼굴에서 뚝뚝 떨어졌고,

피가 몰린 얼굴이 붉게 달아올라 있었다. 마음이 급해 몇 번이고 넘어질 뻔하였지만, 오로지 구름을 구해야겠단 생각에 이를 악물었다.

'제발…… 제발……'

골목을 완전히 빠져나갔을 때 공터에 있는 놀이터가 눈에 들어왔다. 그곳에 구름을 끌고 가는 범인이 보였다.

"구름아!"

우탄이 서 있는 길과 공터는 높이 차이가 꽤 났다. 그는 지체 없이 공터로 뛰어내렸고, 가볍게 바닥에 착지한 뒤 구름을 부르며 달려갔다.

"구름아!"

탁, 탁, 탁, 탁…….

우탄이 너무나 빠른 속력으로 달려오고 있었기에 범인도 당황했다.

"저, 저 새끼 뭐야?"

범인이 당황한 틈을 타 구름은 그의 손을 세게 물어버렸다.

"아아아아악!"

살점이 뜯기는 고통에 비명을 지른 범인은 칼을 놓쳤고, 그사이 구름은 범인을 밀치고 우탄에게로 뛰었다.

"으아아아아!"

괴성을 지르며 달려온 구름이 우탄의 가슴에 뛰어들었다. 범인이 달아나고 있었지만, 우탄은 더 이상 쫓아갈 수 없었다. 사시나무 떨듯 떨고 있는 구름을 보자 비로소 안도감이 몰려왔다. 맥이 풀린 우탄도 덜덜 떨리는 손으로 구름을 끌어안았다.

"으어어어……"

다리에 힘이 풀려 주저앉는 구름을 안은 채 우탄도 그 자리에 같이 무너져 내렸다. 그렇게 한참 숨을 고르며 앉아 있었다.

"괜찮아?"

구름은 대답도 못 하고 고개만 끄덕였다.

"다행이다. 찾아서."

구름을 찾아다니는 내내 별별 생각에 사로잡혔던 우탄은 그녀의 머리칼을 곱게 쓰다듬었다.

"못 찾으면 어쩌나…… 미쳐 버리는 줄 알았어."

정말 그랬다. 구름이 조금이라도 상처를 입는다면 자신을 용서하지 못할 것 같았다. 그녀를 혼자 둔 것이 미안했고, 무사해서 고마웠다.

"내는…… 니가 찾을 줄 알았다……."

그 말을 듣는 순간, 우탄은 가슴이 뭉클했다.

"……미안해."

우탄의 가슴에 파묻혀 안도의 숨을 고르며 구름이 말했다.

"아이다. 내가 미안타. 무슨 일이 있어도 끝내자는 말은 하지 말아야 되는 긴데. 주둥이가 방정이라."

우탄이 피식 웃었다.

"어디 그 주둥이 좀 보자."

우탄은 구름의 양쪽 볼을 감싸서 자신을 보게 했다. 눈물이 그렁한 그녀의 눈을 보자 마음이 아팠다. 다른 여자애들 같으면 놀라서 울기부터 했을 텐데 구름은 눈물을 꾹 참고 있었다.

"울어도 돼, 구름아."

우탄의 말이 떨어지기가 무섭게 구름의 입이 벌어졌고 눈에서는 참았던 눈물이 팍 터져 나왔다.

"으허허허헝."

우는 것도 너무나 귀여운 구름이.

우탄은 울고 있는 구름의 입술에 살짝 입맞춤했다.

"헙!"

울다가 놀란 구름은 눈이 동그래져 우탄을 쳐다보았다. 그가 웃고 있었다. 그게 얼마나 감동적인지 그녀는 또 울어버렸다.

"우어어어엉."

우탄은 어린애처럼 울고 있는 구름을 품 안으로 세게 끌어당겼다.

토닥토닥.

그녀가 울음을 그칠 때까지.

토닥토닥. 토닥토닥.

우탄의 품에서 실컷 울고 난 구름이 거의 진정이 되었을 즈음, 그녀를 위기에서 구해주었던 핸드폰이 울렸다.

[부산 갈매기~ 부산 갈매기~ 너는 정녕 나를 잊었나~]

주저앉아 있던 몸을 일으킨 구름이 전화를 받았다.

"어, 용아."

[어디야?]

"우탄이랑 있다."

[우탄이랑? 또 싸운 거야?]

"아이다. 화해했다."

구름은 일어나 바지에 묻은 흙을 툭툭 털고 있는 우탄을 향해 수줍게 미소를 지었다.

'화해를 키스로 하는 기분이 이런 거였구마. 헤에.'

[그래? 잘됐네.]

"우탄이랑 좀 있다가 드가께."

전화를 끊은 구름은 눈가에 맺힌 눈물을 닦기 위해 손을 가져갔다. 우탄이 그 손을 잡았다.

'응?'

촉촉한 우탄의 입술이 눈가에 닿았다.

'아!'

짜릿한 전율이 흘러 구름은 그대로 굳어버렸다. 기분이 너무 이상했다. 눈물로 얼룩진 뺨으로 내려온 우탄의 입술은 곧 그녀의 입술을 머금었다. 눈물 때문인지 짠맛이 나는 그의 입술. 그럼에도 가슴에 스며드는 건 달콤함 그 자체.

구름은 눈을 꼭 감았다. 말랑하고 부드러운 우탄의 입술이 살결에 닿을 때마다 가슴은 꿈틀꿈틀, 손끝은 저릿저릿했다.

'우탄아, 내는 니가 너무 좋아가 미쳐 뿌게다.'

심장이 터져 버릴 것 같기는 우탄도 매한가지였다. 수줍은 듯 움츠러들던 구름이 어느새 적극적으로 키스를 하고 있었기 때문이다.

'네가 좋아, 구름아. 너 때문에 내 마음이 텅 빈다고 해도 괜찮아. 사랑이 내게 상처를 준다고 해도 다 참을 수 있을 것 같아. 그러니까 우리, 사랑하자.'

우탄은 구름의 입술에 열렬한 키스의 흔적을 남겼다. 마음 같아선 밤새 구름과 키스하고 싶었다. 그래서 얼마나 그녀를 좋아하는지 알려주고 싶었다. 전에 한 얘기는 질투가 나서였다고, 정말 미안했다고 말해주고 싶었다.

입 맞추고, 입 맞추고, 또 입 맞추고……

우탄은 구름의 작은 입술이 너무나 예쁘고 사랑스러워서 자꾸만 입 맞추고 싶었다. 잠시 후 아쉬운 마음을 달래며 그녀의 입술을 놓아준 우탄의 얼굴에 환한 웃음이 드리워졌다.

"집에 가자."

우탄은 구름의 손을 잡고 놀이터를 벗어났다. 좀 전에 뛰어왔던 골목을 지나 집으로 올라가는 큰 골목으로 나왔을 때 그가 말했다.

"앞으론 나한테서 떨어지지 마."

"오야."

"리어 편들지도 말구."

구름의 입이 씨익 벌어졌다.

"그날도 질투 나가 그런 기가?"

"네가 리어랑 같이 있는 것만 봐도 화나."

오구오구, 그래쪄염.

구름은 생긋 웃으며 애교를 부렸다.

"내는 니가 질투하는지도 모르고 오해했다 아이가. 많이 섭섭했재?"

"처음엔 그랬는데 나중엔 어이가 없더라구."

"와?"

"나도 내가 질투하는 건지 몰랐거든. 여자애를 사귀어본 적이 있어야지."

"오, 그라모 내가 처음이란 말이가?"

우탄이 싱긋 웃으며 구름과 눈을 맞췄다.

"어. 네가 처음이야, 내가 좋아한 여자는."

그 희귀하다는 모태솔로?

"우히히."

"너도 내가 처음이야?"

"어? 그, 그건 아니……."

우탄의 얼굴에서 웃음기가 싹 사라졌다.

"내가 첫사랑이 아니라구? 누군데, 그 자식이?"

구름은 우탄의 두 눈에서 질투의 불꽃이 튀는 걸 보고 화들짝 놀랐다. 늘 무표정과 무관심 일색이어서 몰랐다. 우탄이 질투의 화신이라는 것을.

"끝난 지가 언젠데 그라노. 내는 벌써 잊어묵었다. 그 머스마 이름도 까묵었는데, 뭘."

우탄은 슬금슬금 멀어지는 구름을 제 쪽으로 확 끌어당겼다.

"히이익!"

"네가 그랬지? 내가 이제 네 거라구."

"그, 그랬지."

우탄은 구름의 눈을 꿰뚫듯이 바라보았다. 선명한 눈동자에 강한 의지가 담겨 있었다.

"너도 이제 내 거야. 그러니까 딴 남자 생각 같은 거 일절 하지 마. 넌 내 생각만 해. 나도 그럴 테니까."

심쿵!

구름은 하마터면 '꺄악!' 소리를 지를 뻔했다.

'옴마나. 우탄이한테 이런 면이 있었드나? 하모, 하모. 내는 니한테 구속받는 기 꿈인 기라.'

"대답해."

구름은 대답할 생각은 않고 우탄을 경이로운 눈빛으로 바라보며 물었다.

"니, 이래 박력 있는 남자였드나?"

우탄이 머쓱하게 웃었다.

"후후. 나도 오늘 처음 알았다. 내가 이런 놈인 거."

사랑이란 이런 것일까? 새로운 자신을 발견하는 것. 그리하여 이전과는 다른 새로운 세상에서 사는 것. 새로운 세상에 대한 기대로 우탄은 마음이 부풀었다.

"헤헷. 우리 진짜 사귀는 거재?"

"사귀고 있는 거 아니었어?"

구름은 우탄의 팔짱을 끼며 찰싹 달라붙었다.

"드디어 소원 풀이 했네. 서울 머스마랑 로맨스."

엄마의 말대로라면 공부와 로맨스의 순서가 뒤바뀌어야 맞겠으나, 인생에 정한 순서가 어디 있으랴. 뭐라도 시작했으면 된 것 아닌가.

9
오디션

"야, 연습에 집중 좀 하자. 강리어, 계속 틀리잖아!"

좀처럼 연습에 집중하지 못하는 리어 때문에 베이스가 신경질을 냈다. '더 스윗' 카페에서의 공연이 얼마 남지 않았는데 연습이 제대로 이루어지지 않으니 답답했다.

"그만하자."

리어의 말에 베이스가 얼굴을 구겼다.

"공연 망치고 싶어?"

"안 망쳐."

"네 입으로 분명히 안 망친다고 했다?"

"알았다구."

리어는 성가신 듯 대꾸하고는 기타를 내려놓았다. 연습에 집중하지 못하는 이유를 아는 시안이 베이스와 드럼에게 말했다.

"너희들 먼저 가. 난 리어랑 얘기 좀 하고 갈게."

"얘기만 하지 말고 반성도 좀 해."

베이스가 비아냥대자 드럼이 그를 억지로 끌고 나갔다.

두 사람이 나가고 나자 리어가 심드렁하게 물었다.

"뭔 얘기가 하고 싶은데?"

"너의 실연이 공연에 미치는 영향에 대해서."

며칠 전 우탄과 구름이 다시 화해했다는 소식을 접한 후로 리어의 심경은 곤두박질을 친 상태였다. 불쌍한 어린양이 또다시 악마의 유혹에 넘어가 버린 것이다.

"쳇. 잔소리할 거면 가라."

시안은 시큰둥해하는 리어를 보다가 문득 화제를 바꿨다.

"우리 오디션 나갈래?"

"오디션?"

"오디션 프로그램 말이야. 너, 예전부터 나가고 싶어 했잖아."

"그랬지."

리어의 표정이 쏠쏠했다. 엄마에게 오디션 얘기를 꺼냈다가 혼쭐만 났던 그에게는 금기 사항이었다. 가수가 되겠다는 말에 기타를 때려 부수던 엄마 모습이 지금도 선연했다. 엄마의 극심한 반대에 부딪힌 그는 취미로 밴드만 하는 걸로 타협했고, 다시는 가수가 되겠다는 말을 하지 못했다.

'엄마가 오디션 출전을 허락해 줄 리 없지.'

가수가 되려면 모자간의 인연을 끊자고까지 하던 엄마. 가수가 되기 위한 가장 큰 장벽은 바로 강세련 여사였다. 그런데 오디션 프로그램에 나가자는 시안의 말을 듣자 리어는 가슴이 두근거렸다.

"붙을까?"

"그거야 해보면 아는 거구. 그냥 재미로 나가보는 거지, 뭐. 우리 실력도 테스트해 볼 겸."

시안은 리어가 오디션에 관심을 두면 적적한 마음이 좀 덜어질까 싶었다. 이렇게라도 구름에게서 관심을 끊게 만들 수만 있다면!

사실 시안도 오디션에 붙을 거라고는 크게 기대하지 않았다. 아무리 실력이 뛰어나다고 해도 고등학생 밴드부일 뿐이고, 전국에서 실력자들이 몰려들 게 뻔했다.

잠시 뜸을 들이던 리어는 느릿느릿 대답했다.

"생각해 볼게."

"헐. 재미로 하는 건데 생각해 봐야 해? 너, 되게 즉흥적인 애 아니었니? 왜 갑자기 신중 떨고 난리야? 낯설게."

"나만 오케이 해서 될 일이냐, 이게?"

"우리 밴드에선 너만 오케이 하면 돼."

시안이 너무 강경하게 나와서 리어는 차마 못 하겠단 말을 꺼낼 수가 없었다. 솔직한 마음으로는 가수가 되고 싶은 마음이 컸다. 그게 진짜 꿈이었으니까.

리어가 생각해 보겠다고 하는 것도 그 때문이었다. 오디션 출전은 엄마와의 전쟁을 선포하는 것이나 다름없었다.

"정말 생각할 시간이 필요해서 그래."

"……"

시안도 리어의 사정을 모르는 바 아니었다. 그가 가수가 되기 위해선 넘어야 할 가장 큰 산이 엄마였으니까. 오디션에 붙을 일은 없었지만, 오디션에 출전하는 것만으로도 리어에게는 크나큰 도전이었다. 그래도 설마 오디션에 출전한다고 하나뿐인 아들을 죽이기야 할까.

"공연 끝나면 오디션 예선이야. 그때까진 결정해서 얘기해 줘."

❦

'열받아!'

리어는 학교 식당에서 다정히 마주 앉아 식사 중인 우탄과 구름을 노려보았다. 두 사람의 화해로 가뜩이나 심기가 불편해 있던 차에 눈꼴시어서 못 봐줄 지경이었다. 지금도 다 함께 둘러앉아도 될 것을 굳이 둘이만 따로 떨어져 앉아 있었다.

'드럽게 티내고 있네.'

그의 옆에 앉은 용이 눈에서 레이저를 쏘고 있는 리어의 식판을 숟가락으로 탕탕 두드렸다.

"밥 안 먹냐?"

"에이씨, 안 먹어."

윤희는 잔뜩 심통이 나서 식음도 전폐하는 리어가 안쓰러웠다.

"그래도 밥은 먹어. 자꾸 굶으면 속 버려."

"그건 그래."

리어는 던지듯 내려놓았던 젓가락을 다시 들었다. 윤희의 옆에 앉은 시안이 시크하게 말했다.

"사랑이란 원래 방해물이 많을수록 더 불타오르는 법이지. 네가 그 땔감 역할을 톡톡히 해낸 거구."

"쳇!"

리어는 밥을 우적우적 씹으며 생각했다.

'저것들이 활활 타오르도록 내버려 둘 순 없어. 난 소중하니까!'

식판을 들고 벌떡 일어난 리어는 개선장군처럼 우탄과 구름이 있는 자리로 걸어갔다. 식당 안에 있던 모든 아이들의 시선이 그를 따라붙었다. 잘나고 또 잘나신 리어님의 일거수일투족이 궁금한 아이들−특히, 여학생들−은 그의 발걸음이 우탄과 구름 앞에서 멈추자 흥미진진해했다.

다들 우탄과 리어의 러브 스캔들에 대해 알고 있었고, 그 주인공이 연주가 아닌 구름으로 바뀌었을 뿐 달라진 건 없었다. 굳이 다른 게 있다면, 우탄은 연주를 좋아하지 않았다는 것 정도?

연주는 여신이라고 불렸으니 이해가 간다 치지만, 우탄과 리어가 부산 가시내인 구름에게 빠졌다는 사실은 도저히 이해 불가였다. 그래서 연주에게는 감히 도전장조차 내밀지 못했지만, 구름이라면 적극적으로 대시를 해볼까 의욕이 넘치는 여학생들도 있었다.

인기로 치자면 아웃사이더인 우탄보다는 리어가 훨씬 높았다. 하지만 구름처럼 특이한 취향을 가진 아이들에게는 우탄의 인기도 만만치 않았다. 용이 남녀노소 상관없이 보편적인 인기를 끄는 아이돌이라면, 우탄과 리어는 마니아 성격이 강하다고 할까.

"비켜."

리어는 다짜고짜 구름의 옆에 앉은 여학생에게 눈치를 주었다. 여학생은 구름이 부러웠는지 입을 삐죽이며 자리를 비켜주었다.

구름은 옆자리에 털썩 주저앉는 리어를 못마땅하게 쳐다보았다. 리어를 피해서 일부러 떨어져 앉았는데 소용이 없었다. 이놈은 진드기가 천성이었나 보다.

리어 때문에 불안한 구름은 짜증을 냈다.

"와, 또?"

그런데 리어는 태연했다.

"밥 같이 먹자구."

한마디 하려던 구름은 우탄이 아무 말 말라는 눈짓을 하자 입을 다물었다.

"카페에 공사 시작했던데……."

리어가 불쑥 꺼낸 말에 우탄은 멈칫했다. 리어는 속으로 회심의 미소를 지었다.

'걸려들었구나!'

속으로 쾌재를 부른 리어는 씩 웃으며 우탄을 건너다봤다.

"뭘 그렇게 놀라?"

우탄은 못 들은 척 구름에게 말했다.

"난 다 먹었어."

"내도 다 묵었다."

구름은 식판을 챙겨 일어났고, 리어가 그녀의 손목을 잡았다.

"난 다 안 먹었어."

우탄은 구름의 손목을 휘감고 있는 리어의 손을 보자 눈에서 불꽃이 튀었다.

"놔."

리어는 빙긋이 웃으며 도발했다.

"싫은데?"

우탄이 들고 있던 식판이 리어의 면상으로 날아왔다. 먹다 남은 음식들이 리어의 얼굴에 흘러내렸고, 사방으로 튄 음식물로 아이들이 비명을 질렀다.

"씨팔놈이!"

열이 확 받은 리어도 단숨에 테이블을 건너뛰었다.

우당탕!

리어가 우탄의 멱살을 잡아 밀치며 앞 테이블로 함께 나뒹굴었다. 식사 중이던 아이들이 죄다 흩어졌고, 우탄과 리어의 거친 몸싸움에 식판들이 바닥에 떨어지며 요란한 소리를 냈다.

"고마해라!"

이것들이 정학이 끝난 지 얼마나 됐다고 또 이러나!

구름이 급히 다가가 말리려 했으나, 접근하기가 무서울 정도였다. 하는 수 없이 용이 우탄에게서 리어를 뜯어냈다. 어쩐지 조용하더라니, 결국 이 사달을 낸다.

구름이 서로를 노려보며 씩씩대는 두 사람을 향해 버럭 소리를 질렀다.

"느그 계속 이럴 기가! 민폐 끼치지 말고 차라리 한판 씨게 붙고 치아라!"

구름의 말에 용이 깜짝 놀랐다.

"구름아, 싸움을 말려야지……."

팔짱을 끼고 구경하던 시안이 구름의 말에 동의한다는 듯 냉정하게 말했다.

"난 찬성. 너희들 하는 꼴을 계속 봐야 하는 우리 생각도 좀 해줬으면 좋겠어. 당최 시끄럽고 불안해서 학교 다니겠니? 이건 뭐 만났다 하면 주먹질부터 하니, 원."

윤희는 음식물로 엉망이 된 리어의 모습이 안쓰러웠다.

"리어야, 일단 화장실 가서 씻기부터 하는 건 어떨까? 교복도 엉망이야."

우탄도 리어에게서 묻은 음식물로 교복이 군데군데 얼룩져 있었다.

"아이고야."

탄식을 쏟아낸 구름이 윤희에게 말했다.

"윤희야, 미안한데 리어 반에 가서 체육복 좀 챙겨 온나."

"어, 어. 알았어. 리어야, 열쇠……."

"없어. 그냥 갖고 오면 돼."

"어, 그래."

윤희는 대단한 임무라도 맡은 양 기쁜 얼굴로 식당을 뛰어 나갔다.

"둘 다 얌전히 따라온나."

구름이 앞장서자 우탄과 리어가 시무룩한 얼굴로 따라 나갔다. 그 모습을 지켜보던 아이들이 웅성거렸다.

"쟤가 뭔데 우탄이랑 리어가 꼼짝을 못 하는 거야?"

"도저히 말이 안 돼, 말이. 어떻게 저런 애한테 홀리냐구. 나 같은 미모를 놔두고."

"오우탄 취향이 저런 애였다니, 쇼크다."

"리어는 어떻구. 어떻게 1년 만에 여신에서 무수리로 취향이 바뀔 수가 있냐. 어휴, 기막혀."

아이들이 하는 얘기를 가만히 듣고 있던 시안과 용이는 심란했다.

"전학 갈까 봐."

졸업할 때까지 구름을 사이에 두고 싸우는 꼴을 봐야 할 생각에 시안은 지레 몸서리가 쳐졌다. 용이 시안의 어깨에 팔을 두르며 다정한 목소리로 그녀를 달랬다.

"난 어쩌구?"

"응?"

무심코 고개를 돌린 시안은 용의 얼굴이 너무 가까이 있는 바람에 흠칫 놀랐다.

쿵, 쿵, 쿵.

"......!"

쿵. 쿵. 쿵.

'뭐, 뭐, 뭐야. 시, 심장아, 왜 나대는 거니? 어머머머머.'

몹시 당황한 시안은 허둥거리며 용이에게서 뚝 떨어졌다. 그녀가 이상해 보였는지 용이 물었다.

"왜 그래?"

시안은 아무렇지도 않은 척 새침하게 반문했다.

"뭐가?"

"얼굴이 빨간데? 어디 아파?"

용이 시안의 이마를 짚었다. 시안은 또다시 쿵쾅거리는 가슴 때문에 그의 손을 홱 치워 버렸다.

"아니, 안 아파. 괜찮아. 멀쩡해. 아무 일 없어."

시안은 로봇 연기를 하듯 어색하게 말하고는 식당 밖으로 내뺐다. 총총걸음으로 사라지는 그녀를 보며 용은 얼떨떨했다.

"왜 저래?"

❦

"야, 고시안."

베이스의 부름을 못 들었는지 시안은 무심히 건반을 두드리고 있었다. 완전히 넋 나간 모습이 평소 그녀가 아니었다.

모두 연주를 멈추고 나서야 시안은 퍼뜩 정신을 차렸다.

"너희들 둘이 약속했냐? 번갈아 연습에 집중 안 하기로?"

베이스의 지적에 시안은 자아분열을 일으킨 사람처럼 건반을 세게 꽝꽝 내려쳤다.

"히익!"

"어이쿠, 놀래라."

베이스와 드럼이 동시에 놀란 가슴을 부여잡았고, 시안의 과격한 행동에 리어는 영문 모를 표정을 지었다.

"아니야, 아니야, 아니야!"

난데없이 '아니야'를 외치던 시안은 그대로 연습실을 나가 버렸고, 남은 세 남자는 황당할 따름이었다.

"왜 저래?"

"나도 모르지. 리어 넌 아냐?"

"……."

리어는 혹시 자기 때문인가 싶어 곰곰이 생각해 봤으나, 점심시간에 있었던 일 말고는 딱히 분란을 일으킨 적이 없었다. 게다가 그 일은 시안과 직접적인 연관이 없었고, 만약 있다고 해도 그녀의 성격에 저런 식으로 표출하지는 않을 터였다.

"오늘은 여기까지 하자."

리어의 말에 베이스가 불만을 드러냈다.

"대체 연습을 하겠다는 거야, 말겠다는 거야? 이래서 못 하고, 저래서 못 하고. 이래서 공연이나 제대로 하겠어?"

리어가 기타를 챙기며 살짝 감정이 섞인 투로 말했다.

"실력은 제일 없는 놈이 불만은 더럽게 많네."

"뭐?"

"솔직히 제일 많이 틀리는 사람, 너잖아. 작년에 연습 제일 많이 빠진 것도 너구."

베이스는 할 말이 없었는지 아무런 대꾸도 못 한 채 연습실을 나갔다. 드럼도 베이스를 따라 나간 뒤 혼자 남은 리어는 기타를 케이스에 넣었다. 죄다 엉망진창이었다.

❦

"넌 우탄이가 어디가 얼마나 어떻게 좋아진 건데?"

시안은 심문이라도 하듯 눈을 번뜩이며 질문을 쏟아냈다. 집에 있다가 갑자기 연락을 받고 시안의 집으로 온 구름은 허탈했다. 뭔가 대단히 신나는 일이라도 있을 줄 알았더니.

"그거 물어볼라꼬 오라 캤드나?"

"대답해 봐. 첫눈에 반한 거야?"

구름은 서울역에서 처음 우탄을 만났을 때를 떠올리며 배시시 웃었다.

"첫눈에 반했다기보다는 끌렸다고 하는 기 맞을 기라. 우린 만났어야만 했던 운명이었다고나 할까. 근데 갑자기 그기 와 궁금하노? 첫눈에 반한 남자 생깄나?"

"아, 아, 아니야."

시안이 펄쩍 뛰기에 구름은 더욱 수상했다.

"니 몹시 수상타이. 좋아하는 남자 생긴 거 맞재?"

"너무 좋아하는 남자가 안 생겨서 어떤 감정인지 궁금해서 그래. 첫눈에 확 반하는 그런 사랑이 하고 싶은데 그럴 만한 인재가 눈에 안 띄어도 너무 안 띈다."

갑자기 남자 타령인 시안의 외로움이 느껴져 구름은 진심으로 안타까웠다.

"니가 눈이 너무 높아가 그란다. 니 좋다 카는 남자애들도 많드마는. 객관식이든 주관식이든 그중에서 하나만 골라라."

"걔들이 날 좋아하면 뭐 하냐구. 내 가슴을 쿵쿵 뛰게 하는 남자가 없는데."

그러면서 시안은 용이 때문에 가슴이 뛰었던 기억을 더듬었다. 그때 생각이 불시에 떠올라 연습에 제대로 집중할 수도 없었다. 생각해보니 열여덟 해를 살면서 용이 외에는 단 한 번도 가슴 뛰는 남자를 본 적이 없었다는 걸 깨달았다. 오죽했으면 심장이 다 오작동을 일으킬까.

불알친구나 다름없는 용이 잠시나마 남자로 보였다는 사실에 시안은 진심으로 황당했다.

"한 번도 좋아하는 남자가 없었단 말이가?"

"어."

초등학교, 중학교, 고등학교 때까지 좋아하는 남자친구가 늘 있었던 구름에게는 이해가 안 되는 이야기였다. 뜨거운 피를 가진 인간으로 태어나 사랑하며 사는 건 사명이거늘!

우탄도 그렇고 이 구역은 모태솔로 천지로구나. 잘난 놈과 잘난 년이 모태솔로라니 어째 사기를 당하는 기분이었다.

"그기 가능하나? 난 TV에 멋진 연예인만 봐도 가슴이 벌렁벌렁거리더구마는. 니 심장은 뭐 쇳덩이로 맹글었나?"

"TV랑 실사랑 같니? 연예인 보고 가슴 뛰는 건 판타지야. 실제로 내가 느껴보고 싶은 감정이 강렬할수록 나타나는 일종의 환각 증세."

구름이 혀를 끌끌 찼다.

"니가 와 남자를 보고 가슴이 안 뛰는지 이제 알겠다."

"왜 안 뛰는데?"

"사랑을 감정이 아닌 이성으로 할라 카이 문젠 기라. 가슴이 뛸라고 폼 잡았다가도 김이 팍 새가 사랑하고 싶겠나?"

"그런 거야?"

시안은 고매한 스승에게 깊은 깨달음을 얻은 것 같은 경건한 표정이었다.

"심장이 차가운 사람은 연애 몬 한다. 니는 그런 심장으로 우째 곡을 쓰노?"

"온갖 상상? 말 그대로 연예인과 사랑에 빠지는 판타지 같은 거."

"쯧쯧. 남자도 음악이랑 똑같은 기라. 듣기만 해도 좋은 음악은, 보기만 해도 좋은 남자랑 똑같다. 그기 판타지든 실사든 사랑이란 감정은 하나다 아이가."

구름과 시안이 사랑에 관해 진지하게 고민을 나누는 그 시각.

"요즘 연애하는 재미가 어떠신가?"

용이 자신의 침대에 길게 누워 있는 우탄에게 물었다. 우탄의 입매가 절로 씩 올라갔다.

"처음으로 사는 게 사는 거 같다."

늘 텅 빈 것 같던 가슴이 무언가로 꽉꽉 찬 느낌이었고, 허한 기분이 사라져서 행복했다. 너무 행복해서, 그 행복이 사라질까 봐 두려울 만큼.

책상 의자에서 일어난 용이 우탄의 옆에 홀쩍 드러누웠다.

"좋냐?"

"응."

"구름이 어디가 좋은데?"

"다."

무슨 생각이 났는지 용이 피식 웃었다.

"예전에 내가 연주에 대해 물었던 거 기억나?"

"아니."

"연주가 왜 그렇게 싫은데? 그러니까 네가 그랬어. 다."

"그랬나?"

우탄은 전혀 기억에 없었다. 하지만 용이 말을 듣고 보니 그러고도 남았을 것 같았다. 그에게 연주는 정말 어느 한구석 좋은 게 없었으니까. 전혀 여자로 보이지 않았고, 리어를 힘들게 하는 것뿐만 아니라 우탄 자신도 너무 힘들게 했고, 무엇보다 사랑에 이기적인 게 싫었다.

그러고 보니 연주 이야기를 아무렇지 않게 해본 적이 처음이었다. 연주만 생각하면 마음이 불편해서 피하고 싶었는데 말이다. 연주 이야기를 해도 마음이 편안한 건 아마도 구름이 때문이리라. 연주는 우탄에게 더 이상 금기어가 아니었다.

이번엔 우탄이 용이에게 물었다.

"넌 좋아하는 애 없냐?"

"너한테 그런 질문을 다 받아보다니, 천지가 개벽할 노릇이네."

"그래서 좋아하는 애 있어, 없어?"

"없어, 인마. 있으면 벌써 소문 다 났지."

소문 때문에 일부러 감정을 억누르는 것일까? 아니면 여자에 대해 정말 관심이 없는 것일까?

우탄 생각엔 용이 종종 여자 얘기를 하는 걸로 봐선 후자는 아닌 것 같았다. 그럼에도 특기와 취미가 오로지 공부인 용이의 삶은 정말 재미가 없어 보였다.

"사는 거 재밌냐?"

"재밌겠냐? 공부 하나로 버티는 거지."

그 말을 하는 용이의 표정이 씁쓸했다.

"부모님 소원대로 의사 쌤 되고 나면 진짜 네 꿈도 이룰 수 있긴 한 거야?"

"그래야지. 내 꿈을 이루기엔 의사만 한 직업이 없더라구. 그러는 넌 진짜 미대 안 갈 거야? 지금이라도 안 늦었어."

우탄이 유일하게 털어놓는 사람이 용이었다.

"대학 가려고 미술학원 다니는 거 싫어."

"무대 디자인한 사람이 너라는 걸 숨긴 이유가 그거야?"

우탄의 대답은 의외로 단순했다.

"사람들이 알면 학원 다녀라 어째라 간섭할 거 뻔하잖아. 귀찮고 짜증 나."

사실 아빠에게 미술학원 다니겠다며 학원비를 달라고 하기가 더 고역이었다. 아빤 우탄의 일이라면 만사 귀찮아했고, 그저 유령처럼 있는 듯 없는 듯 살아주는 게 아들에게 바라는 일이었다.

"그래도 구름이한텐 얘기하는 게 나을 텐데? 나중에 알면 섭섭해할걸. 며칠 전에도 큰형이 우리한테, 무대 디자인 맡은 애 누군지 좀 알아봐 달라고 하더라구. 큰형이 너한테 엄청 관심 많아. 당장 회사로 스카우트해 갈 기세야."

해가 다니는 건축 회사는 꽤 유명한 곳이었기에 우탄은 신기했다.

"나도 좀 놀랍긴 해. 난 그냥 취미 삼아 하는 건데."

용이는 우탄이 자신에 대해 몰라도 너무 모른다 싶었다.

"취미 수준이 아니니 미대 가는 거 재고해 보라구, 인마. 너 원래 그림 잘 그렸어. 중학교 때도 선생님이 미대 가라고 하셨잖아. 넌 공부도 잘하는데 그림 실력까지 있으면 어느 대학이든 갈 수 있어. 너만 좋다면 유학도 문제없잖아. 아빠가 반대하실까 봐 그래?"

차라리 아들의 장래에 대해 관심이 넘쳐서 싸워라도 봤으면.

부모의 간섭으로 투정을 부리는 아이들조차 우탄에게는 꿈 같은 이야기였다.

"아빠가 나한테 관심이나 있는 사람이냐? 내가 아프리카어를 배우겠다고 해도 그러라고 할 걸, 뭐."

"나야말로 아프리카어 배웠으면 좋겠네. 그거 나중에 엄청 유용하게 써먹을 수 있을 거 같아."

우탄이 고개를 절레절레 저었다.

"너나 나나 잘하는 짓이다. 한 놈은 다른 꿍꿍이가 있어서 의사 쌤이 되겠다고 하고, 한 놈은 재능이 있어도 숨기느라 바쁘고."

"킥킥. 이래서 너랑 나랑 천생연분이라고 하는 거야. 구름이랑 사귀지 말고 나랑 사귀자."

용이 우탄을 꼭 껴안으며 얼굴을 비볐다. 질색한 우탄이 인상을 쓰며 커다란 손으로 그의 얼굴을 밀어냈다.

"떨어져, 새끼야. 징그럽게."

용이 더욱 찰싹 달라붙으며 아양을 부렸다.

"우우웅. 시저, 시저. 나랑 사귀자, 우탄아. 제바알. 난 네가 좋단 말이야."

"내 사전에 바람피우는 건 없어. 양다리는 더더욱 없구."

바람둥이 아빠 때문이라도 우탄은 그것만큼은 철저히 지킬 생각이었다.

"내가 구름이한테 진 거야? 나, 진용인데? 최강고 인기 짱 진용."

"그러니까 네가 또라이지, 새끼야. 난 네가 여자 좋아하는 걸 한 번도 본 적이 없어. 너, 고자냐?"

용이는 능청스레 대답했다.

"너무 정력이 넘쳐서 공부로 죽이고 있는 거 모르지?"

"지랄한다. 공부 좀 그만하고 연애해. 인류애를 생각하기 전에 한 여자를 사랑하는 것부터 배우라고."

"와, 연애하더니 사람이 이렇게 달라지나? 우리 얼마 전까지만 해도 같은 콘셉트 아니었냐? 여자 보기를 돌같이 하자."

"콘셉트는 바꾸면 그만이야. 너도 바꿔. 허구한 날 방구석에 틀어박혀서 공부만 하지 말구. 난 네가 공부만 하다가 미칠까 봐 무서워."

매사 시큰둥하던 우탄의 변모한 모습은 용이도 놀라울 정도였다. 사랑이 괜히 위대한 게 아니었다.

"참. 근데 넌 공부하는 꼴을 못 보는데 성적이 좋은 비결이 뭐냐?"

우탄에 대해 모르는 게 없다고 자부했던 용이도 그것만은 몰랐던 모양이다. 우탄은 별거 없다는 듯 덤덤하게 대답했다.

"통으로 외우면 돼."

"그니까 그걸 어떻게 외우냐구. 방법이 있을 거 아냐."

"그림 보듯이."

책을 그림처럼 기억한다?

'그림만 잘 그리는 줄 알았더니, 역시!'

용이는 진심으로 감탄했다.

"와, 너 진짜 대단하다. 그림을 잘 그리니까 그게 가능하구나?"

"몰라. 난 그냥 그게 편하더라구."

"야, 인마. 그런 건 이 형님이랑 진작 공유를 했어야지. 의리 없게 혼자만 알고 있냐?"

"나보다 공부 잘하는 놈한테 공부에 대해 아는 척을 하라구?"

우탄의 말에도 일리가 있었기에 용이는 금방 수긍했다.

"그건 그래. 차라리 너, 나랑 의대 갈래?"

우탄은 내일 당장 군대에 가잔 얘기를 듣는 양 정색했다.

"싫어."

"왜?"

"사람들 아픈 거 보기 싫어. 환자들한테 시달리는 것도 싫구."

이건 또 웬 뜬금포 아가페 사랑인가. 다른 사람이면 몰라도 우탄이 그런 말을 하니 정말 어울리지 않았다.

"얼씨구. 그 정신으로 리어랑 화해할 마음은 없는 거냐?"

장난 반, 진심 반으로 물었더니.

"전혀."

앞으로도 그럴 일은 없을 모양이었다.

"차라리 용이랑 사귀는 건 어떻노?"

구름의 갑작스러운 제안에 시안은 기겁했다.

"미쳤니? 용이는 내 불알친구야. 그런 애랑 사귄다는 게 말이 돼?"

시안은, 용이 때문에 잠깐 가슴이 떨렸던 것도 기함할 노릇인데 사귄다는 상상을 하자 소름이 돋았다.

"그러니까 더 죽이 잘 맞을 거 아이가."

죽이 잘 맞는다고 다 연애로 성공하리란 보장은 없었다.

"너, 용이한테도 이런 얘기 하는 건 아니지?"

"안 한다."

"하지 마! 절대 하지 마! 용이한테 이런 얘기 했다가는 너나 나나 둘 다 또라이 취급할 거야. 걔가 날 여자로 취급이나 하는 줄 아니? 나도 걔를 불알친구로 알듯이 걔도 나를 불알친구 그 이상으로 안 봐."

너무 칠색 팔색을 해서 둘이 연애할 일은 절대 없을 것 같았다.

구름은 흥, 콧방귀를 뀌며 조언했다.

"그거야 뭐 니가 하기 나름 아이가."

"야, 생각만 해도 소름 끼쳐. 우린 그냥 피만 안 섞인 남매다 생각하면 돼."

"내는 느그 둘이 사귀마 진짜 괘안을 거 같은데. 둘이 진짜 잘 어울리는데 아깝다."

"차라리 리어랑 사귀는 게 더 어울리겠어."

듣던 중 반가운 소리.

"그러든가."

"야! 내가 뭐 실연한 남자 구제해 주는 사람이야?"

"답답해가 함 해본 소리다. 리어 금마도 참 웃기는 놈이재. 니처럼 이쁜 아를 놔두고 와 내한테 그러는지 이해를 몬 하겠다."

"리어 걔가 원래 독특해. 예전에 연······."

저도 모르게 연주 얘기를 툭 내뱉은 시안은 입술을 쏙 오므렸다.

"연, 뭐?"

"아냐, 아무것도."

"뭘 말하다가 마노. 궁금하구로. 뭔 말 할라 캤는데?"

"리어 걔가 여자 취향도 독특해서 널 좋아하는 거라구. 우탄이도 마찬가지구."

리어 얘기가 나오자 구름은 별안간 그가 궁금해졌다.

"공연 얼마 안 남았다믄서 아직도 연습 잘 몬 하나?"

"그래서 오디션 프로그램 나가자고 했어. 정신 차리고 연습 좀 하자구."

"오디션?"

시안이 굉장한 비밀을 얘기하듯이 목소리를 낮췄다.

"딴사람한텐 얘기하면 안 된다. 사실, 리어 엄마가 아시면 리어가 곤란해지거든."

"와?"

"리어 엄마는 리어가 가수 되는 거 반대하셔."

구름으로서는 당최 이해가 안 가는 이야기였다. 그냥 척 봐도 가수 하게 생긴 놈이 가수를 안 하면 뭘 해야 한단 건지······. 그거야말로 재능 낭비, 인력 낭비가 아니겠는가.

"리어 엄마가 뮤지컬 감독이라 안 캤나? 엄마 끼를 고스란히 받았는데 반대하모 우짜노?"

"내 말이. 엄마 끼만 받았니. 아빠도 한때 뮤지컬 배우셨어."

"오오, 글나?"

엄마와 단둘이 사는 건 알고 있었지만, 아빠도 뮤지컬 배우였는지는 몰랐다. 유전자를 몰빵당한 리어는 가수가 될 수밖에 없는 운명이었다.

"리어 엄마, 되게 무서우신 분이야. 리어가 그나마 밴드 할 수 있는 것도 가수 안 하겠다고 약속해서였대."

"리어는 가수 하고 싶어 하나?"

"말은 안 하는데, 음악에 대한 열정을 보면 그런 거 같아. 그날도 봐. 자기 기타 좀 만졌다고 지랄하는 거. 평상시에는 초딩인데 음악할 땐 애가 완전 딴판이야."

구름은 리어가 연주하던 모습을 떠올리며 고개를 끄덕였다. 그때처럼 리어가 멋있어 보인 적이 없었다. 아마 우탄을 좋아하지 않았다면 리어에게 가슴이 설렜을지도 모른다. 물론, 지랄 맞은 성격은 질색이지만.

"근데 오디션 나가도 되나? TV에서 하는 거면 다 알게 될 긴데."

"난 솔직히 리어가 가수 됐음 좋겠어. 실력은 정말 있거든. 아빠도 그렇게 말씀하셨구."

유명한 작곡가이자 프로듀서인 시안의 아빠가 그렇게 말씀하셨다면 리어는 재능이 있는 게 확실했다.

"그러다가 밴드도 몬 하게 되모 우짜노?"

"어차피 한 번은 부딪힐 일이야. 리어도 빨리 진로를 결정해야지. 내년에 고3이잖아."

고3.

그 무게가 주는 압박감은 구름도 피해갈 수 없었다. 서울에 있는 대학에 가기 위해 유배까지 온 신세인 그녀는 지금 남 걱정할 때가 아니었다. 서울 머스마와 로맨스를 이뤘으니 이젠 공부를 시작할 때도 되지 않았을까?

"시안이 니는 음대 갈 거재?"

"글쎄."

당연히 음대에 갈 거라고 생각했던 구름은 뜨악했다.

"음대 안 가모 어데 갈라꼬?"

"난 음악만 하면서 살지는 않을 거야."

"뭐라꼬?"

"나야말로 음악은 그냥 취미야. 세상에 할 게 얼마나 많은데 미친 년처럼 음악에만 목매고 사니?"

이런 당당함은 시안이기에 가능하리라.

"맞는 말이기는 한데, 아빠가 작곡가이자 프로듀서고, 엄마는 방송국 피디인 니 같은 아가 음악을 안 하모 누가 하노?"

"아빠, 엄마가 뭘 하시든 그게 나랑 무슨 상관인데? 내 인생은 내가 결정하는 거야."

멋있는 가스나.

"그것도 맞는 말인데, 아까운 재능을 취미로만 한다는 기 말이 되나? 니는 인류애도 모르나? 음악으로 사람도 살릴 수 있다."

"인류애는 얼어 죽을. 왜 굳이 내 재능을 인류애에 써야 하는데? 난 그런 거 안 해. 난 그냥 내가 즐겁고 행복한 걸 찾아서 살 거야. 자유롭게."

와아, 인생의 참맛을 아는 가스나!

구름은 시안이 더 좋아져 버렸다.

"그러는 넌 꿈이 뭐야?"

"횟집 사장."

"뭐? 푸하하하!"

"무시하지 마라, 가시나야. 우리 부모님도 횟집 하신다."

"쿡쿡. 알아, 나두. 너랑 너무 잘 어울려서 그래."

조금 위로가 된 구름이 생긋 웃었다.

"글채? 근데 부모님은 목숨 걸고 안 된단다. 부산에도 오지 말고 횟집 근처에도 가지 말란다."

"너희 부모님도 만만치 않으시구나. 아유, 왜 우리 인생을 부모님이 결정하는 건지 모르겠어."

생각해 보면 시대를 막론하고 부모님의 갑질이야말로 자라나는 청춘들에게 가장 큰 상처였다.

"부산에서도 안 했던 공부가 서울에 온다꼬 되나."

공부로 화제가 바뀌자 구름은 시무룩해졌다.

"용이 있잖아. 좀 가르쳐 달라고 해."

"너무 수준 차이가 나가 쪽팔린다. 성적 좀 올리자고, 전교 1등 하는 머스마 시간을 뺏는 기 꼭 죄짓는 거 같아서 몬 하겠드라."

구름에게 공부 좀 가르친다고 전교 1등을 빼앗길 용이는 아니지만, 구름의 입장도 이해가 갔다.

"우탄이한테 배우든가."

"우탄이?"

학교에 오우탄이 두 명일 리도 없고.

구름은 우탄의 이름을 듣자 얼떨떨했다.

"너 몰랐어? 우탄이 반에서 3등이야."

"뭐, 뭣이라꼬!"

구름은 정말 놀랐다. 지각을 밥 먹듯이 해서 공부하고는 담을 쌓은 줄 알았는데, 3드응?!

"용이가 1등, 내가 2등, 우탄이가 3등."

무슨 기인 열전도 아니고.

"헐. 느그가 사람이가? 너무 불공평한 거 아니가?"

용이는 집에서 공부만 해서 그렇지 학교에서는 은근히 할 거 다 하고 다닌다. 시안이도 여유롭게 밴드 활동까지 하는 걸 보면 공부에 목숨 거는 쪽이 아니었다.

"알아, 정상 아닌 거."

그러나저러나 가장 경악할 사람은 우탄이었다. 구름은 용이나 시안 이는 용서가 된다 쳐도, 우탄이는 정말 용서가 안 됐다.

"뭐 그런 사기캐가 다 있노?"

천만다행인 사실은 옆 반 리어의 성적은 바닥을 친다는 거였다. 리어만큼은 아니었지만, 중하위권인 구름은 몹시 안심이 되었다. 리어까지 공부를 잘했다면 자괴감이 더욱 커졌으리라.

"니 진짜 3등이가?"

집에 오자마자 용이 방에 쳐들어온 구름이 느닷없이 묻는 말에 우탄은 어안이 벙벙했다. 하긴, 다들 놀랄 일을 구름이 혼자 안 놀라는 것도 이상했다.

"그게 왜?"

3등이 대수롭지 않다는 투여서 구름은 더욱 기가 막혔다.

"내는 3등이 지각한다는 말은 첨 들었거덩? 3등이 주먹질하고 학교 뒷동산에서 잠이나 퍼잔다는 소리는 들어본 적이 없다꼬."

"그게 뭐?"

"공부하는 꼴을 못 봤는데 3등이란 기 말이 되나?"

꼭 남들 눈에 보여야 공부하는 건 아닐 텐데.

"내가 3등이어서 화난 거야?"

"니가 3등이라서 화난 기 아이고, 3등인 놈이 지각하고 주먹질하고 학교 뒷동산에서 잠이나 퍼자서 그기 화가 나는 기다."

우탄은 구름의 말이 이해가 가지 않았다.

"그래서 나 같은 놈은 3등 하면 안 된다, 그 논리야?"

"3등답게 살아라 그 말이다. 지각하지 말고 학교 와가 잠 퍼자지 말고 주먹질하지 말고."

"결국 잔소리였군."

말은 그렇게 하면서도 우탄의 눈에는 잔소리하느라 쫑쫑거리는 구름의 입술이 꽤 귀여웠다.

'용이만 없었다면 뽀뽀를 확 해줬을 텐데.'

눈에서 꿀이 떨어지는 우탄을 보고 있던 용이 두 사람을 밖으로 내쫓았다.

"사랑싸움은 나가서 해."

"니는 이기 사랑싸움으로 보이나?"

"사랑싸움이든 개싸움이든 나가서 하라구. 2등은 밴드부에, 3등은 날라리에. 나라도 1등 해야. 이런 놈한테 1등 뺏기면 죽어라 공부하는 애들이 얼마나 힘 빠지겠냐."

용이는 마치 자신이 죽어라 공부하는 애들의 대변인이라도 되는 양 굴었다.

방에서 쫓겨난 우탄과 구름은 하는 수 없이 구름의 다락방으로 올라왔다. 구름의 방은 처음인 우탄은 달콤한 향내에 피부가 간질거리는 느낌이었다.

"흐음. 여자애 방이라 다르구나."

구름이 머쓱하게 서 있는 우탄의 손을 잡아 침대에 주저앉혔다.

"여기 좀 앉아봐라."

우탄의 옆에 앉은 구름은 용이 방에서 다하지 못한 잔소리를 해대기 시작했다.

"지각할 기가 안 할 기가?"

"요즘은 너 때문에 안 하잖아."

지각을 할 수가 없었다. 왜냐하면 조금이라도 더 구름이와 같이 있어야 하니까.

"글치. 학교 와가 잠 퍼잘 기가 안 잘 기가?"

"그것도 안 해. 너 때문에."

애 얼굴 볼 시간도 모자라는데 잠이 올 리가.

"글쿠나. 주먹질은 또 할 기가 안 할 기가?"

이번만큼은 빠져나갈 길이 없다고 생각한 구름은 야무지게 눈을 부릅떴다.

"날 자꾸 먼저 건드리니까……."

옳거니!

"그래서 또 싸우겠다꼬?"

"……"

"와 대답이 없……?"

우탄이 강렬한 눈빛으로 보고 있었기에 구름은 말끝을 흐렸다. 그의 손이 그녀의 머리칼을 곱게 쓰다듬었다. 강렬한 눈빛과 달리 나른한 손짓에, 구름은 동공 지진이 인 눈으로 서서히 다가오는 그의 입술을 보며 침을 꼴깍 삼켰다.

'이노마가 뽀뽀로 입막음을……'

감사합니당.

이윽고 촉촉한 입술이 와 닿는 느낌에 구름은 눈을 꼭 감았다.

'옴마야, 내 심장……'

가만히 맞물려 있던 우탄의 입술이 조심스럽게 움직이기 시작했다. 머리카락을 파고들었던 손가락에도 점점 힘이 들어갔다. 가벼운 입맞춤이 섬세한 키스로 바뀌어가더니 급기야……

입술 사이로 밀고 들어오는 말캉한 혀에 구름은 몸이 뻣뻣하게 굳어버렸다.

'우, 우, 우야꼬……!'

"……"

이상한 느낌에 얼굴을 뒤로 뺀 우탄이 눈을 꼭 감고 있는 구름을 바라보았다. 잔뜩 긴장해서 석상처럼 굳어진 그녀의 모습이 귀여웠다.

"쿡!"

웃음을 참지 못한 우탄이 손으로 자신의 입을 틀어막았다. 슬며시 눈을 뜬 구름은 얼굴이 화끈했다.

"야아……"

"푸후후후후."

"웃지 마라, 머스마야."

얼굴이 빨개진 구름은 주먹으로 우탄의 가슴팍을 탁탁 때렸다. 그런데도 우탄의 얼굴에서는 웃음이 떠날 줄 몰랐다. 구름이 처음엔 너무 저돌적이어서 감쪽같이 속았는데, 알고 봤더니.

"완전 애기네, 애기."

우탄이 구름의 맑은 눈을 가만히 응시했다. 그녀도 동그래진 눈으로 그를 빤히 쳐다봤다.

"왜에?"

"예뻐서."

그리고 네가 너무너무 좋아서.

우탄의 기다란 손가락이 구름의 손가락 사이를 파고들었다. 꼬옥 깍지를 낀 우탄은 그녀의 손등에 가만히 입을 맞췄다.

'이 손, 절대 놓지 말자, 우리.'

10
아프락사스

새는 힘겹게 투쟁하여 알에서 나온다.

알은 세계다.

태어나려는 자는 한 세계를 깨뜨려야 한다.

새는 신에게로 날아간다.

그 신의 이름은 아프락사스다.

-헤르만 헤세 '데미안' 중에서

3월 마지막 주 토요일 저녁 6시.

'더 스윗' 카페에서 최강고등학교 밴드 '아프락사스'의 공연이 있었다. 밴드부원들 중에서 단연코 눈에 띄는 사람은 보컬인 리어였다. 비록 고등학생이었지만, 무대 위에서의 그는 나이답지 않게 능수능란했다.

한마디로, 아름다웠고 멋있었다.

카페 안은 관람객으로 꽉 찼고, 늘 그랬듯이 공연은 성공적으로 끝났다. 관람객 중에는 시안의 아빠, 고원도 있었다. 딸 시안의 초대로 온 그는 공연 도중 리어에게 시선을 떼지 못했다. 고원의 오랜 음악적 소견으로도 리어는 타고난 보컬리스트였다. 문제는 그와도 잘 아는 사이인 리어의 엄마 강세련이 리어가 가수가 되는 걸 강력히 반대한다는 것이었다.

고원은 아직 시안이 TV 오디션 프로그램에 밴드 이름으로 참가 신청을 한 사실도 모르고 있었다. 시안이, 아빠가 유명 프로듀서라는 게 알려지는 것과 리어 엄마의 귀에 들어가는 것, 두 가지 다 견제하기 위해서 비밀로 했기 때문이다.

고원은 기획사 '문 the moon'의 대표인 김석문과 함께였는데 둘 다 리어를 눈독 들이는 게 표가 날 정도였다.

공연을 마치고 무대를 내려온 시안이 김 대표에게 리어와 밴드 친구들을 소개했다.

"여어, 놀랐는걸. 고 이사한테 얘긴 들었는데 이 정도 실력일 줄은 몰랐어."

"감사합니다, 대표님."

김 대표가 멀뚱하게 서 있는 리어를 바라보았다.

"근데 가수는 안 할 거라고 했다면서?"

"아, 예. 그게……."

"엄마가 반대하신다구?"

"예……."

김 대표가 의미심장한 미소를 지었다.

"연예인들 중에 그런 애들 많아. 결국 선택은 본인이 하는 거니까 잘 생각해서 결정해."

"가수 하겠다고 하면 받아주실 의향은 있으세요?"

리어의 단도직입적인 질문에 김 대표가 너털웃음을 터뜨렸다.

"오늘 공연만 봐선 자질은 충분하지만, 더 중요한 건 너희들이 미성년자라는 거지. 부모님 허락 없인 안 돼."

"……."

리어가 조금 풀이 죽은 모습이자 고원이 용기를 북돋웠다.

"난 늘 네 편이란 걸 잊지 마."

"작곡가님이 제 아빠라면 아무 문제 없었을 텐데요. 시안이가 부럽네요."

"시안이는 내가 하라고 해도 가수 싫대. 음악은 취미 생활이래. 너희 둘이 바뀌었으면 정말 아무 문제 없을 텐데 말이야."

"아빠가 강 감독님을 설득해 주면 안 돼?"

"아들인 리어도 설득을 못 하는데 그 고집쟁이 강 감독을 설득하라구? 어림없어."

세련의 고집을 잘 아는 고원은 엄두가 나지 않았다.

"공연 잘 봤어. 꼭 다시 보자."

김 대표가 먼저 자리에서 일어났고, 리어와 시안이 동시에 고개를 숙였다.

"안녕히 가세요."

"아빠 이 친구랑 술이나 한잔해야겠다."

고원도 따라 일어나며 재킷 안주머니에서 봉투를 꺼내 시안에게 건넸다.

"이건 아빠가 주는 용돈. 친구들이랑 맛있는 거 사 먹어. 오늘 멋졌어, 다들."

"아빠, 최고!"

시안이 엄지를 척 들어 보이자 고원이 가볍게 윙크를 해주고는 카페를 나갔다. 리어는 친구 같은 아빠가 있는 시안이 무척이나 부러웠다. 언젠가 엄마의 기사에서 아빠와의 사연을 본 적이 있었다. 엄마가 무명이었을 때 만난 뮤지컬 배우. 엄마의 임신을 알고 프랑스인가 독일인가로 도망갔다는 비겁쟁이. 엄마는 버림받았고, 미혼모로 리어를 길렀으며, 리어가 연예인이 되는 걸 끔찍이 싫어하게 됐다.

리어는 엄마를 이해했다. 아니, 이해하려고 애썼다. 그러나 가수가 되고 싶다는 꿈은 억누르면 억누를수록 커져만 가고 있었다.

영업이 끝난 카페에서 이루어진 뒤풀이에는 은혜를 비롯하여 밴드부와 친구들이 모였다. 고원이 주고 간 용돈으로 치킨이며 피자며 먹거리를 잔뜩 준비한 아이들은 흥분을 가라앉히지 못했다. 처음 한 공연도 아닌데 김 대표의 칭찬 덕분인지 한껏 고무된 상태였다.

시안이 설레는 얼굴로 말했다.

"우리 이러다가 진짜 오디션에서 1등 하는 거 아냐?"

"1등 할 거야. 무슨 수를 쓰든."

그 말을 하면서 리어의 시선은 옆 테이블에 나란히 앉아 있는 우탄과 구름에게 향해 있었다.

'그래서 보여줄 거야. 내가 어떤 놈인지.'

리어는 구름 앞에서 자신의 존재를 뽐내고 싶었다. 구름의 마음을 돌릴 수만 있다면 그보다 더한 짓도 할 수 있을 것 같았다. 보여줄 사람이 어디 구름이뿐이던가. 우탄도 있었고, 엄마도 있었다. 오디션 1등이라도 하면 엄마가 조금은 마음을 바꾸지 않을까 내심 기대했다.

"우리 오디션 나가려면 의상 준비도 해야지?"

"의상?"

의상에 그다지 신경을 쓰지 않았는데 시안이 얘길 듣고 보니 일리가 있었다. 밴드 실력도 실력이지만 의상에도 콘셉트가 필요했다. 평소 과감한 패션을 소화해 내는 리어는 이참에 밴드 의상도 통일해야겠다 싶었다.

"내일 회의해 보자."

"내가 생각을 해봤거든? 앞으로 할 일이 많을 거 같아서 그러는데 우리도 매니저 두는 거 어때?"

"매니저? 하겠다고 달려들 애들은 많을걸?"

"알지. 그렇다고 아무나 쓸 순 없잖아. 그냥 윤희가 매니저 하면 어떨까?"

"그 멍충이가 무슨 매니저를……."

순간, 윤희가 듣고 있다는 걸 까마득하게 잊었던 리어는 뒷말을 잇지 못했다. 윤희의 얼굴이 토마토처럼 붉어졌던 것이다.

"리어, 너!"

시안이 주먹으로 리어의 옆구리를 쿡 쥐어박았다. 하지만 리어는 말이 나온 김에 확실히 해두자 싶었는지 거침이 없었다.

"제 앞가림도 못 하는 애한테 어떻게 매니저를 맡겨?"

"말 다 했어? 싫으면 그냥 싫다고 하면 될 것이지, 앞가림을 하니 못 하니……. 윤희만큼 우리 밴드에 대해서 아는 사람 있어? 윤희만큼 우리 밴드 연습할 때 지켜본 애 있냐구? 학교에서 공연할 때마다 윤희가 얼마나 애써줬는지 알고나 말해."

보이지 않는 곳에서 늘 궂은일을 해주던 윤희였다. 그런 윤희를 무시하다니, 시안은 참을 수가 없었다. 리어도 윤희만큼은 연습실에 들어오는 걸 뭐라고 하지 않아서 괜찮을 줄 알았다. 그런데 그 역시 다른 아이들처럼 윤희를 무시하고 있었던 거다.

"시안아, 난 괜찮아. 리어한테 그러지 마. 매니저 안 해도 돼."

"내가 필요하다고, 내가. 그래서 지금까지 너한테 부탁했던 거잖아. 네가 나서서 우리 일 도와준 거 아니잖아. 근데 고맙다고는 못 할망정 앞가림도 못 하는 애라구?"

리어는 윤희가 밴드를 위해 궂은일을 하는 건 알고 있었기에 조금 미안해졌다.

"윤희한테 일은 네가 시키고선 왜 나한테만 뭐라 그래?"

"리어야, 미, 미안해. 나는 그냥 돕고 싶어서 그런 건데, 정말 미안해······."

윤희가 중간에서 어쩔 줄 몰라 했고, 리어는 그런 윤희가 속 터지는지 소리를 버럭 질렀다.

"넌 뭐가 그렇게 미안한데! 일을 하려면 티를 내. 찌질하게 숨어서 시키는 대로 하지만 말구! 네가 그러니까 내가 억울하게 욕먹는 거 아냐."

성질이 난 리어는 벌떡 일어나 카페를 나가 버렸고, 윤희는 입술을 깨문 채 눈물을 글썽였다. 리어가 창피를 주어서가 아니었다. 이 좋은 날, 리어의 기분을 망쳐 버린 게 마음 아파서였다.

리어 말대로 미안하다고 할 게 아니라, 차라리 매니저 시켜달라고, 잘할 수 있다고 자신 있게 말할 걸 그랬다. 아니, 처음부터 시안이가 시켜서가 아니라 당당하게 매니저처럼 굴었더라면 이런 일도 생기지 않았을 거다. 리어가 속이 터질 만도 했다. 억울할 만도 했다.

윤희는 민폐나 끼치는 자신이 너무 싫었다.

"하여간 머스마, 성질머리 드럽다 카이. 윤희야, 신경 쓰지 마라. 니 때문에 화난 거 아이다."

윤희의 옆으로 자리를 옮긴 구름이 그녀의 어깨를 토닥였다. 구름의 위로에 윤희는 눈물을 후드득 떨어뜨렸다. 윤희가 울자 시안도 너무 미안했다.

"내가 잘못했어. 리어가 기분이 좋아 보일 때 말하는 게 낫겠다 싶어서 한 건데."

매니저 하나 뽑는데도 이렇게 마음이 안 맞으니 오디션 1등은커녕 예선이나 통과할 수 있을지 걱정이었다.

"리어 금마, 조울증 있는 거 아이가? 성격이 롤러코스터를 타니까 어데다 장단을 맞춰야 할지 몰겄다."

옆 테이블에서야 그러든지 말든지 우탄과 용이는 치킨과 피자에 정신이 팔려서 관심도 없었다. 보다 못한 시안이 투덜댔다.

"저것들은 리어보다 치킨이랑 피자가 더 중요하지? 용이 저 쉐키는 누가 봐도 우탄이 편인데, 중립? 웃기고 자빠졌어."

손등으로 눈물을 훔치던 윤희가 울먹거렸다.

"그러니까 너희들이라도 리어한테 잘해줘. 리어가 너무 불쌍하잖아."

구름이 토닥이던 손으로 윤희 머리를 쿡 쥐어박았다.

"니는 그딴 말이 하고 싶나? 지금 니가 누구 땜에 처울고 있는데?"

"훌쩍. 리어 때문에 우는 거 아니야."

"그라모 와 우노?"

"나 때문에 리어가 기분을 망쳤잖아."

"으이그!"

시안은 속은 터지지만 리어를 짝사랑하는 윤희의 마음을 백분 이해하고 있었다.

"군소리 말고 매니저 해. 알았지?"

"리어가 안 된다고……."

"리어가 밴드 리더이긴 하지만, 모두의 의견이 더 중요해. 다른 애들은 좋다고 했어. 이미 다수결로 결정 났다구."

"그래도 리어가……."

시안이 이를 악물었다.

"할 거야, 말 거야!"

❧

"기어이 매니저를 하겠다고?"

월요일 오후, 밴드부 연습실에 온 윤희에게 리어가 타박조로 물었다. 시안과 구름이 용기를 북돋아준 덕분에 굳은 결심을 하고 연습실에 왔던 윤희는 그 한마디에 그만 얼어붙었다.

"네, 네가 하지 말라면……."

"넌 내가 죽으라면 죽을 거냐?"

"엉?"

"네가 강아지야? 주인이 시키는 대로 하게. 다른 사람들은 네 주인이 아니야. 네가 강아지가 아니듯이."

리어는 그 말이 곧 자신에게 하는 말 같아서 마음이 아팠다. 자신의 인생에서 주인이 아니기는 그도 마찬가지였던 것이다. 좋아하는 여자애와 사랑도 하고 싶고, 가수의 꿈도 이루고 싶은데 마음대로 되는 일이 없었다.

"네 인생이니까 네가 결정해. 대신, 밴드 매니저면 매니저답게 굴어. 다들 한 성격, 한 개성 하는 거 알지?"

"응…….."

"우리처럼 극성맞은 애들 매니저 하는 거 쉽지 않아. 네가 지금부터 해야 할 일은 학교나 카페 공연이 아니라 TV 오디션이야. 그래도 하고 싶어?"

TV 오디션이면 학교와 카페 공연과는 비교도 안 될 만큼 힘들 것이다. 윤희는 잘할 수 있을지 자신이 없었다. 밴드에 아무 도움이 안되면 어쩌나.

"……."

"생각할 시간 없어. 빨리 대답해."

리어의 재촉에 윤희는 우물쭈물 대답했다.

"해…… 볼게."

"해볼게가 아니라, 무조건 해내야 해. 그래야 오디션에서 1등을 하든지 말든지 할 거 아냐!"

리어가 윽박지르듯 소리를 지르는 통에 윤희는 얼결에 대답했다.

"하, 할게. 할 거야."

"오디션 도중에 힘드니 어쩌니 하기만 해라."

리어의 싸늘한 눈빛에 윤희는 급히 고개를 저었다.

"아, 안 해. 절대 안 할게."

"울기만 해라. 매니저가 울면 우리도 힘 빠져."

"아, 안 울어. 절대 안 울 거야."

리어는 마음 약한 윤희가 걱정스러웠지만 더 이상 매니저 일로 왈가왈부하고 싶지 않았다.

"약속 어기면 잘라 버릴 거야."

"응…… 고마워."

"고맙다는 말, 미안하단 말, 네 잘못이란 말, 하지 마."

"알았어……."

리어의 입에서 허락이 떨어지자 시안도 비로소 안도가 되었다.

'어차피 허락할 거면서 꼭 사람을 힘들게 해.'

할 말 끝났다는 듯 리어는 무심히 악보를 뒤적거렸다. 리어를 흘긴 시안은 배시시 웃는 윤희를 향해 잘했다고 엄지를 들어 보였다.

"야, 소 매."

리어는 '소윤희 매니저'를 줄여서 '소 매'라고 불렀다. 깜짝 놀란 윤희가 그를 돌아보았다.

"어?"

"가서 물 좀 떠와."

시안의 얼굴이 팍 일그러졌다.

'야비하게 나온다 이거지?'

시안은 리어가 윤희 스스로 못 견디고 매니저를 관두게 만들 작정이라고 생각했다. 한마디 하려는 시안을 말린 윤희가 서둘러 말했다.

"잠깐만 기다려."

연습실을 나가는 윤희를 지켜보던 리어는 답답한 표정을 지었다.

"동작 굼뜬 거 봐라. 저래서 매니저 하겠냐?"

"이제는 구름이한테 못 하니까 윤희한테 욕구불만을 풀려는 모양인데……."

"닥쳐라."

리어가 차갑게 말을 끊었다. 더 말했다간 싸움으로 이어질 게 뻔해서 시안도 분노를 꾹 눌렀다. 리어와 싸우는 걸 보면 윤희는 또 자기 때문이라고 자책할 것이다.

"그래, 관두자. 예선에서 부를 노래는 정했구?"

시안이 애써 화제를 오디션으로 돌렸다.

"자작곡으로 할 거야. 각자 부르고 싶은 거 정해봐."

모두 곡을 고르고 있을 때였다. 윤희가 종이컵에 물을 떠서 헐레벌떡 들어왔다.

"여, 여기…… 아이코!"

허둥대다 발이 꼬인 윤희가 넘어지면서 의자에 앉아 있던 리어의 얼굴로 종이컵이 날아갔다.

'아, 아, 안 돼에에에!'

윤희의 절규는 통하지 않았고, 리어가 미처 피할 틈도 없이 종이컵은 그의 이마를 때렸다.

주르륵.

물을 뒤집어쓴 리어를 본 시안은 저도 모르게 '풉' 웃음이 터졌다. 후다닥 일어난 윤희도 물을 질질 흘리고 있는 리어를 보더니 얼굴이 창백해졌다.

"어, 어, 어떡해……."

교복 소매로 리어의 얼굴을 꾹꾹 눌러 닦으며 윤희는 울상이 되고 말았다. 시작부터 실수를 하다니, 눈앞이 캄캄했다.

윤희의 손목을 잡아 밀어낸 리어는 분노의 시선을 담아 그녀를 노려보았다.

물 하나 제대로 못 갖다 주는 매니저라니!

당장에 잘라 버리고 싶은 마음이 용솟음쳤다.

창피해서 얼굴이 빨개진 윤희는 습관적으로 '미안하다'는 말을 하려다가 슬며시 말을 바꿨다.

"미…… 안하다고 하지 말랬지."

"……."

"내 잘못…… 이라고도 하지 말랬지."

"으으!"

"아, 안 자를 거지?"

"나가!"

"헉!"

도망치듯 연습실을 뛰어나간 윤희는 벽에 쭈그리고 기대앉았다.

"난 몰라."

무릎에 얼굴을 묻은 윤희는 또 눈물이 나오려고 했다.

"울기만 해라. 매니저가 울면 우리도 힘 빠져."

"아, 안 울어. 절대 안 울 거야."

입술을 깨문 윤희는 후들거리는 다리를 억지로 일으켰다.

"이, 이대로 허무하게 끝낼 순 없어."

윤희는 방금 닫고 나온 문고리를 꽉 잡고 바들바들 떨리는 가슴을 억지로 진정시켰다. 그리고 마침내 문을 벌컥 열어젖혔다.

휴지로 젖은 얼굴을 닦고 있던 리어는 비장한 표정으로 걸어오는 윤희를 바라보았다.

'저거 왜 저래?'

시안을 비롯한 베이스와 드럼도 무슨 일인가 싶어 윤희를 주목했다. 리어 앞에 다다른 윤희는 덜덜 떨리는 목소리로 말을 꺼냈다.

"매, 매, 매니저…… 하, 하, 할 거야."

"뭐?"

"네, 네가 뭐, 뭐라든 하, 할 거라구. 매, 매니저."

"꺼져."

리어의 냉정한 한마디에 윤희는 찔끔했지만 가까스로 용기를 끌어모았다.

"시, 싫어."

리어에게 싫다며 반항한 적은 처음이었다.

리어도 약간 놀란 듯 윤희를 물끄러미 응시했다. 끝내 그의 눈을 똑바로 보진 못했지만, 윤희는 지금이 아니면 다시는 매니저를 할 수 없을 것 같았다. 매니저가 될 수 있도록 도와준 시안을 실망시키고 싶지도 않았고, 그보다 더 큰 이유는 늘 자신 없고 소심한 자신에게서 벗어나기 위해서였다. 밴드가 오디션에 합격하는 일만큼이나 윤희에게도 밴드 매니저는 자신의 한계를 넘어서는 중대한 일이었던 것이다.

윤희는 리어의 말을 되새겼다.

"네 인생이니까 네가 결정해."

"네가 그랬잖아. 내 인생은 내가 결정하는 거라구."

"하……. 그럼 그 책임도 네가 져야 하는 거 알지?"

윤희는 가만히 고개를 끄덕였다. 자기 인생에서의 결정과 책임. 무섭고 두렵지만, 다른 아이들처럼 자신도 그렇게 살아보고 싶었다.

"한 번만 더 기회 준다."

고개를 홱 든 윤희의 얼굴에 미소가 번졌다.

"고마…… 아니, 노력할게."

윤희가 노력하는 게 보여서 리어도 결국 피식 웃고 말았다.

"내가 매니전지 네가 매니전지 모르겠다."

❦

4월 첫째 주에 있었던 예선전까지 일사천리로 합격한 다음 날이었다. 카페에서 만난 리어와 시안은 자축하기에 바빴다. 그 자리에는 우탄과 구름도 함께였다. 밴드 연습에 가기 전 잠깐 만난 것이었다.

"어제 우리 완전 잘하지 않았냐?"

리어의 말에 시안이 흡족한 듯 맞장구를 쳤다.

"너희들이 심사위원 표정을 봤었어야 해. 요거 요거 물건이네, 그런 표정이었다구."

시안은 오디션 본선까진 기대하지 않았지만 예선전 정도는 가볍게 통과하리라 생각했었다. 그런데 그 이상의 호평을 받으니 얼떨떨했다.

"2차 예선이 다음 달이라 캤재? 본방은 그다음 달 맞나?"

2차 예선이 5월 초, 본방은 6월 초.

구름이 헷갈리는 날짜를 계산해 보고 있는데 리어가 씩 웃으며 말했다.

"우리 본방 할 때 엄만 유럽 공연 간대."

"뭐라꼬? 니는 와 그걸 이제사 말하노? 그런 줄도 모르고 우리끼리 얼마나 걱정했는지 아나?"

"나도 어제 알았어. 엄마가 바빠서 말하는 걸 깜박했대. 타이밍, 굿이지?"

사실 강하게 밀어붙이긴 했으나 오디션 얘기를 꺼내놓고 가장 불안했던 건 시안이었다. 리어 엄마에게 들키면 그 원망이 고스란히 자신에게 올 것이기에. 그런데 오디션과 뮤지컬 공연 시기가 겹친다니, 시안도 흥분했다.

"와아, 이거 하늘이 돕고 있는 거 맞지? 느낌이 좋아!"

그때까지 아무 말 없이 듣고만 있던 우탄은 묘한 기분에 휩싸였다. 마녀의 마법에 걸린 것 같은 불길함이랄까.

'이러다 진짜로 1등 하는 건 아니겠지? 에이, 설마.'

하늘이 돕더라도 리어가 무사히 가수가 되는 것까지만 허락하시길. 1등이라도 된다면 잘난 척하는 꼴을 어찌 보나.

"우린 또 연습하러 가봐야 해."

시안이 갈 채비를 하자 구름이 신이 나서 자랑했다.

"우린 영화 보러 갈 기다. 지난번에 같이 영화 보러 가기로 했었는데 못 봤거덩."

구름은 우탄과 싸우고 혼자 영화를 보고 오는 길에 KTX 그놈을 만났던 기억을 떠올렸다. 그날 이후로 그놈을 볼 수 없었지만, 잡기 전까진 안심할 수 없었다.

"나도 영화 볼래."

갑작스러운 리어 말에 시안이 짜증을 냈다.

"연습은 어쩌구?"

"영화 보고 하면 되잖아. 나도 영화 보고 싶어."

구름이 심통을 부리는 리어를 시큰둥하게 쳐다봤다.

"오늘 일요일이래가 예매 안 하모 자리 없을 긴데?"

"일단 찾아보구."

리어가 급히 핸드폰으로 알아보려는데, 시안이 초를 쳤다.

"딴 애들한텐 뭐라 그러니? 리더나 돼서 연습 제치고 영화 본다 그래?"

"그럼 내일 연습해. 오늘은 쉬구."

리어는 포기하지 않고 구름에게 물었다.

"영화관 어디야?"

집요의 끝판왕 강리어 님께서 아이스크림에 이어 영화에 꽂히셨습니다.

구름이 황당한 표정으로 그를 타일렀다.

"고마 연습이나 하세요. 니는 1등 할 기라면서 영화 볼 정신이 있나?"

"나도 영화 볼래! 영화 보고 싶다구!"

리어는 어린애처럼 떼를 썼다.

"이럴 땐 '맴매'가 진리재. 어데를 맞을래? 궁디를 맞을래, 주디를 맞을래? 말만 해라."

구름이 손바닥을 펴 때리는 시늉을 하는데, 우탄이 말리는 척 늦겠다며 그녀의 손을 잡고 자리를 떠버렸다.

때리는 시어머니보다 말리는 시누이가 더 얄밉다더니!

"야!"

쫓아 나가려는 리어를 붙잡은 시안이 억지로 그를 자리에 주저앉혔다.

"너 이러는 거 정말 못 봐주겠거든? 엔간히 해라."

시안은, 엄마를 따라 시장에 가겠다 떼쓰는 남동생을 말리는 누나가 된 기분이었다. 하긴, 어려서부터 늘 해오던 짓이라 새삼스러울 것도 없었다. 어쩌다 이런 불한당 같은 놈들과 불알친구가 되어서 이 고생인지.

시안의 속내도 모르고 리어는 분통을 터뜨렸다.

"내가 우탄이보다 못한 게 뭐야? 키도 내가 2cm 더 크고, 얼굴도 내가 더 잘생겼고, 성격도 내가 훨씬 좋고……."

"좋다구?"

"우탄이보다!"

그놈이나 이놈이나.

"도토리 키 재기 하니?"

"너도 나 무시하냐?"

"네가 무시당할 놈이긴 하구?"

"우쒸. 나도 영화 보고 싶은데……."

입이 댓 발 나온 리어를 보며 시안이 핀잔을 주었다.

"구름이랑 같이 있고 싶은 거겠지."

"암튼!"

"나한테 투정 부리지 마. 못 도와줘."

"쳇. 너도 우탄이 편이라 이거지?"

"난 구름이 편이야."

시안의 냉정한 말에 리어는 세상을 잃은 표정이었다.

"용이도 그렇고 너도 그렇고, 나보다 우탄이를 더 생각하는 건 맞잖아……."

"이 초딩아, 편 가르기 좀 그만해. 용이는 몰라도 난 우탄이 편도, 네 편도 든 적 없어. 나야말로 중립이야. 철저히."

"그럼 이제부터 내 편 들어주면 안 되냐? 나 혼자 서럽다구."

시안이 징징거리는 리어를 쥐어박고 싶은 생각을 억누르며 말했다.

"초딩 때부터 너희들을 친구로 둔 난 뭔 죄니?"

"우리가 보디가드 해줬잖아."

"용이는 아니었지."

초등학교 때만 해도 허약 체질이었던 용이는 친구들의 보호를 받아야 할 입장이었다. 부산 사투리 때문에 아이들의 놀림감이었던 용이를 생각하면, 지금은 그야말로 서울 와서 용 됐다고 할 수밖에.

"그나저나 용이 얘는 우리가 오디션 나가는 건 알고 있니? 어떻게 축하 전화 한 통이 없어?"

서운한 마음에 시안이 구시렁댔다.

"난 전화 받았지롱."

"뭐?"

"어젯밤에 통화했어. 구름이한테 합격 소식 듣고 전화하는 거라구."

시안은 기가 찼다.

이 자식이 진짜 보자 보자 하니까!

"난 안중에도 없는 거야? 솔직히 나한테 제일 먼저 축하해 줘야 하는 거 아냐?"

"왜?"

왜라니!

"솔직히 내가 너희들보다 용이를 더 많이 챙겨줬어. 생일 파티를 해도 내가 다 주선해서 했고, 무슨 일만 있으면 알뜰살뜰 챙겨준 건 나야. 배은망덕한 쉐키!"

화가 난 시안은 급히 용이에게 영상 전화를 걸었다. 그런데 전화를 끊어버리는 게 아닌가!

"내 전화를 감히 끊어?"

시안이 이번에는 일반 전화를 걸었다. 잠시 후 용이의 짜증스러운 목소리가 들렸다.

[왜?]

축하를 해도 시원찮을 판에 기껏 한다는 말이, 왜?

"야, 진용. 넌 이 누나한테 이따구로밖에 못 하겠니?"

[왜 또 시비야? 샤워 중인데 영상으로 받으리?]

"샤, 샤워?"

당황한 시안이 새치름하게 말을 돌렸다.

"암튼, 나한테 할 말 없어?"

[뭐래? 끊어.]

전화는 끊겼고, 시안은 솟구치는 분노를 느끼며 핸드폰을 쥔 손을 부들부들 떨었다.

"이 쉐키가 요즘 날 아주 들었다 놨다……."

"샤워 중이라잖아."

샤워…….

자연스럽게 용이의 벌거벗은 몸이 떠올라 시안은 얼굴이 빨갛게 달아올랐다.

"그, 그게 뭐……?"

눈을 가늘게 늘인 리어가 시안을 미심쩍게 바라보았다.

"뭔 상상을 하는 거야?"

"사, 상상은 누가! 내가? 아닌데? 그럴 리 없는데?"

"엄청 당황하는 걸 보니 수상한데?"

뜨끔.

지레 찔린 시안은 얼른 표정 관리를 했다.

"징그러워서 그래. 꼬맹이들이 산만 한 남자애들이 됐는데 안 징그럽겠니, 그럼? 몸만 컸지 너처럼 정신 연령은 그대로인 놈은 더 징그럽구."

"순수한 거지."

뻔뻔하긴.

"순수와 집착을 착각하는 건 아니구?"

"집착이라니⋯⋯. 너도 알잖아, 우탄이가 어떤 놈인지. 구름이한테도 안 그런단 보장 있어?"

시안의 안색이 착 가라앉았다.

"그건 구름이가 결정할 문제야. 네가 나서서 어떻게 해줄 수 있는게 아니라구. 네가 걱정하고 불안해하는 게 뭔지 알아. 구름이가 마음 다치는 거 나도 싫은데⋯⋯ 지금은 그때랑 사정이 달라. 우탄이가 구름일 좋아하잖아. 난 우탄이를 믿고 싶어."

"용이처럼 너도 우탄일 늘 믿었지."

"⋯⋯."

"너희들 속에서 내가 느끼는 소외감 같은 건 생각해 본 적 없지?"

"뭐어⋯⋯?"

시안은, 리어가 외로움을 잘 타는 성격이란 걸 알았지만 소외감을 느끼고 있을 줄은 몰랐기에 깜짝 놀랐다. 눈시울이 붉어진 리어의 목소리가 저음으로 착 깔렸다.

"그냥 누군가는 내 마음을 알아줬으면 좋겠어."

"리어야⋯⋯."

시안은 왠지 가슴이 무너지는 느낌이었다.

❧

"영화 재밌었어?"

영화관 건물 2층에 있는 고깃집에 온 우탄이 다 익은 삼겹살을 구름의 앞접시에 놓아주며 물었다. 삼겹살을 입에 쏙 넣으며 구름이 고개를 까딱거렸다.

"니는?"

"재밌었어."

혼자 영화를 볼 때보다 훨씬. 영화 내용은 재미있었어도 혼자 보는 시간은 지루했던 그때에 비하면 오늘은 시간이 어떻게 가는지도 모르게 지나가 버렸다. 설레고 즐겁고 행복하다는 건 이런 상황을 두고 하는 말인가 보다. 처음 느껴보는 행복감이 그래서 더욱 소중했다. 이렇게 행복해도 되나 싶을 정도로 불안이 칼날처럼 가슴을 스칠 때도 있었다. 그럴 때마다 우탄은 자신을 버리고 떠나는 엄마의 치맛자락을 붙잡고 울던 그때가 생각났다.

"우탄아. 엄마가 꼭 데리러 올게. 그때까지만⋯⋯ 조금만⋯⋯ 우탄아, 미안해."

엄마는 거짓말쟁이였다. 5년이 지나도록 소식 한 자 없었으니까.

행복, 희망, 기대, 사랑, 그런 단어들은 거짓말과 동의어가 되어버린 지 오래였다. 구름이 아니었다면 그 단어들은 영영 거짓말로 남아버렸을 것이다.

"니도 얼른 무라."

구름은 고기를 굽고만 있는 우탄을 재촉했다.

"어제 오디션 치르느라 다들 고생했는데 같이 먹을 걸 그랬나?"

남들 일에 통 관심이 없어 보이던 우탄이 하는 말에 구름은 고기를 먹다 말고 눈을 동그랗게 떴다. 무심한 듯 내뱉는 말 속에 따뜻함이 배어 있었다.

우탄이 머쓱해서 물었다.

"왜?"

"내는 가끔 니가 어떤 머스만지 헷갈린다."

"뭐가?"

"어떨 때는 디게 차갑고, 어떨 때는 디게 따뜻하구."

갭이 엄청난 냉미남과 온미남의 매력에 흠뻑 빠진 구름을 보며 우탄이 피식 웃었다.

"둘 다 나야. 용이한테 전화해 볼까? 공부에 미친 놈부터 구제해주자."

"내가 해보께."

구름이 용이에게 전화를 걸었다. 용이는 약간 지친 음성이었다.

[영화 다 봤어?]

"오야. 아직도 공부하나?"

[이제 좀 쉬려구.]

"고깃집인데 올래?"

집과 영화관의 거리는 겨우 지하철 한 정거장 차이였다.

[남의 데이트에 끼는 몰상식한 친구로 만들고 싶냐?]

"오늘만 봐주꼬마. 퍼뜩 온나. 올 때 시안이도 델꼬 온나."

[시안이 연습 중인 거 아냐?]

"전화 함 해봐라. 밥은 무야지."

[리어도 따라오려고 할 텐데, 괜찮아?]

아! 리어가 있었지.

영화관도 따라오겠다는 놈인데 고깃집이라면 더 환장할지 모른다.

"잠깐만."

구름이 우탄에게 의견을 물었다.

"리어는 우짜노?"

우탄은 마뜩지 않았으나 혼자만 빼놓기도 애매했다. 실연당한 놈에게 이 정도 아량은 약일 테지.

"밴드부 다 데리고 오라 그래."

이왕 이렇게 된 거 확실하게 쏜다!

구름이 냉큼 핸드폰에 대고 말했다.

"밴드부 다 부르란다."

그리고 얼마 후 우탄과 구름은 무서운 속도로 고기를 먹고 있는 밴드부원들과 용이를 멍하니 쳐다보았다.

'괜히 불렀어.'

'고기 첨 보나? 게걸스럽게도 처묵는다.'

게걸스럽게 먹는 아이들을 챙기느라 정작 자신은 먹는 둥 마는 둥하던 윤희가 우탄과 구름의 눈치를 보았다.

"너희들은 왜 안 먹어?"

"묵고 있다."

구름이 팔꿈치로 우탄의 팔을 툭 치자 우탄도 불판으로 젓가락을 가져갔다. 우탄이 집기 전 하나 남은 고기를 쏙 가져간 리어가 아귀아귀 먹어댔다. 기름기로 반들반들한 입술이 어찌나 얄미운지 우탄은 손에 들고 있던 젓가락을 던질 뻔했다.

"아웅, 맛있어. 이모, 불판 좀 갈아주세요! 삼겹살 2인분 더 주시구요!"

'저놈을 빼놓고 불렀어야 하는 건데.'

우탄이 뒤늦은 후회를 하며 리어를 쏘아보았다. 약 올리듯 눈웃음을 살살 치던 리어가 물었다.

"영화 뭐 봤는데?"

구름이 자랑하듯 주머니에 넣어두었던 영화표를 꺼내 보여주었다.

"……."

리어도 무척 보고 싶어 하던 영화였다. 구름과 함께 영화를 보고, 맛있는 음식점에 가서 밥도 먹고, 분위기 좋은 카페에 가서 차도 마시고 손잡고 거리를 걷고 싶었는데…….

구름의 옆자리는 우탄의 차지였고, 자신은 남의 데이트에 끼어 걸신들린 놈처럼 고기나 축내고 있었다. 고기는 맛있었지만, 입안은 썼다. 웃음은 그저 허한 마음을 달래기 위한 가면일 뿐.

약이 오른 리어는 냅다 소리를 질렀다.

"이모! 한우 주세요. 꽃등심으로."

벚꽃이 흐드러진 여의도 공원. 밤이 되자 벚꽃이 마치 불빛처럼 환하게 거리를 비췄다. 꽃불이 켜진 그 아래를 천천히 걸어가며 아이들은 모처럼 여유를 즐겼다.

맨 앞에 우탄과 구름이, 그다음에 리어와 윤희가, 그 뒤를 베이스와 드럼이, 마지막에 용이와 시안이 걸어갔다.

리어는 다정히 손을 잡고 가는 우탄과 구름 때문에 속이 뒤틀렸다. 마음 같아선 두 사람을 떨어뜨려 놓고 싶었지만, 여기까지 와서 다른 아이들에게 민폐가 될 수는 없었다.

'후우— 내가 지금 뭘 하고 있는 거지?'

연습도 중단하고 쫓아왔던 리어는 구름과 아무것도 할 수 없다는 것이 속상했다. 어딜 가나 주인공이던 강리어가 조연으로 추락한 기분이었다.

"여의도 공원에 오랜만이다."

집과 학교가 전부인 용이는 벚꽃을 보자 기분이 좋았다. 마침 기분전환이 필요하던 차였는데, 간만에 친구들과 함께 보내는 시간이 즐거웠다.

연신 미소를 띤 용의 모습이 보기 좋아서 시안도 싱긋 웃었다.

"그러게 공부만 하지 말고 좀 돌아다녀. 넌 청춘이 아깝지도 않니?"

"내가 너처럼 놀면서 공부했다간 성적 훅 떨어질걸?"

엄살은.

"좀 떨어지면 어때? 어차피 가고 싶은 대학 가게 될 텐데."

"그걸 어떻게 장담해?"

"에그, 불쌍한 놈. 자신을 그렇게 못 믿어서야."

"응. 나, 소심하다."

조신하게 대꾸하는 용이 때문에 시안은 크게 웃음을 터뜨렸다.

"오호호호호."

"왜 웃냐?"

"어렸을 때 생각나서. 그땐 너 되게 소심했지. 저것들이 다 버려놨지만."

용이에 비하면 남자답고 과격한 편이었던 우탄과 별스럽기로 유명한 리어의 등쌀에 소심하던 그의 성격이 완전히 바뀌었던 것이다. 그때부터 삼총사로 불렸던 세 녀석과 어울리다 보니 어느덧 시안도 죽마고우가 되어 있었다.

"어렸을 때 생각나네. 그때 되게 재밌었는데."

시안의 말에 용이도 옛 추억에 잠겼다.

"그러게. 오랜만에 너랑 나오니까 좋다."

"진짜?"

"중학교 때까진 우리도 같이 영화 보러 다녔었잖아."

우탄과 리어의 사이가 나빠진 후로 용이와 시안도 함께하는 시간이 드물어졌다. 시안은 용이 공부만 하게 된 이유 중 하나가 그 때문이라는 생각도 들었다. 우탄과 리어 사이에서 곤란한 건 시안뿐 아니라 용이도 같았을 테니까. 그러다 보니 자연스럽게 이전처럼 한데 어울리는 일도 없어졌다.

그런데 오늘, 고깃집에 이어 여의도 벚꽃 구경까지 함께하게 되니 감회가 새로웠다. 다시 예전으로 돌아갈 수 있다면 얼마나 좋을까.

한껏 기분에 취해 있는 시안에게 용이 불쑥 말을 건넸다.

"너도 영화 보고 싶음 얘기해."

"응?"

"나랑 같이 보면 되잖아. 어려운 일도 아니구."

두근두근.

좋아하는 남자애에게 데이트 신청을 받은 것도 아닌데 심장이 왜 뛰지?

'심장아, 나대지 마. 지금 뛸 타이밍 아니거든?'

시안은 몹시 당황했다. 그런데 용이 아무렇지도 않게 시안의 어깨에 손을 얹었고, 이전과 비슷한 상황에 처한 그녀는 속으로 기겁했다.

'아, 안 돼! 이러지 마!'

모, 몸이 굳어가고 있어.

뻣뻣하게 굳어버린 몸을 삐걱대며 시안이 억지로 걸음을 옮겼다. 시안의 어색한 걸음걸이가 이상했는지 용이 그녀의 얼굴을 들여다봤다.

"왜? 다리 아파?"

이, 이렇게 가까이 보면!

"아, 아, 아니, 그게 아니라⋯⋯."

"다리 아프면 얘기하지. 업어줄까?"

'뭐, 뭐라곳!'

시안은 펄쩍 놀라며 손사래를 쳤다.

"괘, 괜찮아."

시안의 행동이 과장되게 느껴졌는지 용이 피식 웃었다.

"너답지 않게 뭘 부끄럼 타고 그래? 너, 어렸을 때 나 많이 업어줬잖아."

'그, 그랬지. 업고 가다가 넘어져서 무릎 다 깨져서 같이 울고……. 그럼 우탄이랑 리어가 또 우리 업어주고…….'

하지만 우린 더 이상 꼬맹이가 아니잖니…….

"업혀. 간만에 이 오빠가 업어준다."

시안이 말릴 새도 없이 용이 그녀를 달랑 들어서 업었다.

"어머낫!"

"간다!"

다다다다.

달리기에 일가견이 있는 용이는 소매치기를 잡던 솜씨로 시안을 업고도 가뿐하게 뛰어갔다.

11
벚꽃 흩날릴 때

"뛰지 마, 넘어져."

"안 넘어져, 인마."

"그래도……."

"예전의 내가 아냐. 너 업고 지구 한 바퀴 돌아도 끄떡없어."

이 자식이 점점!

"그런 말은 여친한테나 하는 거거든!"

여사친과 여친을 구분 좀 해주련!

"그러냐? 뭐, 어쨌든."

'휴우. 날 좋아하는 건 아니네. 다행이다.'

혹시나 했던 시안은 안도했다. 걸음을 늦춘 용이 문득 그녀의 이름
을 다정하게 불렀다.

"시안아."

"어?"

"좀 나가는데?"

"에라이!"

시안이 용이의 뒤통수를 가볍게 내려쳤다. 장난스럽게 낄낄거리던 용이의 손은 그녀의 엉덩이를 받치지 못하고 다리만 붙잡은 채였다. 업는 자세가 불편했을 텐데도 용이 티를 내지 않아서 몰랐기도 했지만, 너무 긴장한 탓에 시안은 그의 배려를 눈치채지 못했다.

"내려!"

무안해진 시안이 앙탈을 부렸다.

"킥킥킥. 저기까지만 업어줄게. 오빠, 힘세다."

"내가 너보다 생일 빠르거든?"

"겨우 하루?"

그랬다. 시안과 용이는 하루 차이로 태어났던 것이다.

"야, 젖을 먹어도 내가 너보단 하루치를 더 먹었어."

"난 젖 못 먹었어. 형아들이 다 먹어서 엄마 젖이 말랐대."

그래서 애가 빌빌거렸던 거였군. 가엾은 것.

"지금은 형들보다 훨씬 많이 먹잖아."

"응. 그래서 너도 업어주잖아. 튼튼해져서."

왠지 자랑스러운 투여서 시안은 입술을 삐죽였다.

"그러게나 말이다. 언제 우리 용이가 이렇게나 컸나 싶다. 네가 큰 것의 2할은 나의 공이란 것만 알아다오."

"아, 뿌듯해. 어렸을 때만 생각하면 무지 쪽팔렸는데."

"너 그때 되게 귀여웠어."

친구인 시안이 남동생처럼 엄청 귀여워했을 정도니. 시안은 그 귀요미가 훈남으로 자란 게 진심으로 흐뭇했다.

"알지. 나가면 사람들이 다 나만 쳐다보고 그랬지. 리어는 예쁘장했고, 난 귀여웠구. 우탄이는 그때도 무서웠다."

시안이 '푸하하' 웃음을 터뜨렸다.

"우리가 우탄이한테 '대장님'이라고 불렀던 거 기억나? 우탄이 덕분에 애들도 우린 안 건드렸잖아."

또래 애들에 비해 키도 크고 덩치도 컸던 우탄은 친구들에게 든든한 방패막이였다. 깡다구만 있었지 힘이 모자라긴 리어도 마찬가지여서 우탄이 친구들을 잘 챙겨줬던 것이다.

"우리가 다시 예전처럼 돌아갈 수 있을까?"

시안은 그동안 내색하지 않았다 뿐, 우탄과 리어 때문에 용이 또한 가슴 아파하고 있다는 걸 알고 있었다. 용이 착잡하게 대답했다.

"그러길 바라야지."

"용아, 너랑 난 무슨 일이 있어도 싸우지 말자."

"우리가 싸울 일이 뭐가 있어? 쟤들처럼 사랑싸움을 할 것도 아니구."

"……"

용이 말마따나 사랑싸움을 할 일은 없을 터였다. 새삼 그 사실을 깨달은 시안은 좀 전과 달리 이상하게 마음 한구석이 쓸쓸했다.

꼴뚜기가 뛰니까 망둥이도 뛴다더니.

리어는 시안과 용이를 보며 몹시 거슬리는 듯 투덜댔다.

"왜 저것들까지 연인 코스프레를 하고 난리지?"

뒤에서 베이스와 드럼이 키득거렸다.

"저게 어딜 봐서 연인 같냐?"

"그럼그럼. 시안이가 콧대가 얼마나 높은데, 용이를 남자로 보겠어?"

"근데 왜 갑자기 업고 지랄이야. 볼썽사납게스리."

리어의 말에 토를 달듯이 우탄이 다정히 구름에게 물었다.

"너도 업어줄까?"

"앙!"

애교 있게 대답한 구름이 우탄의 널따란 등 위로 폴짝 뛰어올랐다.

"으차! 엄청 가볍네. 살 좀 쪄야겠다."

달달하게 꿀 떨어지는 목소리에 리어는 속에서 무언가 울컥하고 치밀어 오르는 걸 느꼈다.

일부러 그러는 거 다 알거든!

"아오, 짜증 나."

"넌 내가 업어줄까?"

베이스의 장난에 리어는 부아를 삭히며 저벅저벅 앞서 걸어갔다. 골이 잔뜩 난 리어의 모습에 드럼이 웃음을 참지 못했다.

"천하의 강리어도 오우탄에게는 못 당하는구나."

외로운 리어를 이해하는 사람은 오직 윤희뿐이었다. 그녀는 다들 리어에게 너무한다는 생각에 마음이 아팠다. 리어의 단단한 등만 봐도 활화산처럼 부글부글 끓어오르는 게 느껴지는데…….

'저러다 터지는 거 아냐?'

끓는 물엔 찬물이 명약.

슈퍼를 발견한 윤희는 후다닥 뛰어가 아이들이 먹을 음료수를 사왔다. 그중에서 리어가 좋아하는 캔을 꺼내어 그에게 내밀었다.

"리어야, 이거 마셔."

속이 타던 참이어서 리어는 단숨에 음료를 들이켰다. 윤희는 베이스와 드럼에게도 캔을 하나씩 나눠주었다.

"역시 우리 소 매밖에 없구나."

"잘 마실게."

베이스와 드럼이 음료수를 마시며 리어와 윤희를 따라왔다. 윤희는 남은 음료가 담겨 있는 비닐봉지를 손에 달랑달랑 든 채 리어 옆을 걸었다.

"넌 안 마셔?"

"어?"

"우리 것만 산 거야?"

"아냐. 딴 애들도 주고 나서 마시려구."

리어가 윤희의 손에서 비닐봉지를 빼앗았다.

"넌 뭐 마실 건데?"

"우유……."

우유를 꺼낸 리어는 뚜껑을 따서 윤희에게 건넸다.

"애들만 챙길 생각하지 말고 너부터 챙겨."

"……."

리어가 건넨 우유를 받아 든 윤희는 가슴이 먹먹했다. 리어의 무심한 행동에서 자신을 챙겨주는 마음이 엿보였기 때문이다. 정말 매니저로 인정받은 기분이었다.

"고마……."

"하지 말랬지?"

"어, 그래."

윤희는 말을 삼키듯 얼른 우유를 한 모금 마셨다. 입가에 묻은 우유 잔여물을 살짝 닦으며 그녀가 리어를 위로했다.

"너무 속상해하지 마. 구름이도 언젠가 네 마음 알아줄 거야."

주제넘은 짓인 줄 알지만, 윤희는 가끔은 그런 생각이 들었다. 구름이 우탄이 아닌 리어를 사랑해 줬으면 좋겠다고 말이다. 그래서 리어가 늘 웃기만 했으면 정말 좋겠다.

"내 편이 다 있고, 눈물 나네."

"난 원래부터 네 편이었어. 너한테 별 도움은 못 되지만."

"말만이라도 고맙다구."

고맙다는 말, 리어에게는 처음 듣는 것이었다. 윤희는 그 말을 몇 번이고 곱씹었다.

"나한텐 고맙다는 말, 하지 말라면서……."

윤희의 혼잣말을 들은 리어가 어이없게 그녀를 쳐다봤다.

"내가 누구한테 고맙다는 말 하는 거 봤냐?"

"아니."

"그러니까 멍충아!"

리어가 버럭 소리를 질렀기에 움찔한 윤희의 목이 쏙 들어갔다.

"네가 고맙다고 하는 말이랑 내가 고맙다고 하는 말은 차원이 다른 거라구. You know?"

"미안……."

저도 모르게 미안하단 말이 뱉어버린 윤희는 아차 싶어 입술을 꼭 앙다물었다.

"어휴, 말을 말아야지."

답답함을 못 이긴 리어는 휙 가버렸다. 멀어져 가는 그를 보며 윤희는 제 머리통을 쿡 쥐어박았다.

"멍충이."

"고마 둘이 사귀마 좋을 긴데."

구름이 장난을 치며 걸어가는 용이와 시안을 향해 중얼거렸다. 보기 드문 선남선녀가 불알친구라니, 그보다 안타까운 일이 어디 있을까.

"절대 안 사귈걸. 못 볼 꼴 다 보고 컸는데 연애가 되겠어?"

시안과 마찬가지로 우탄도 두 사람 관계에 진전은 없으리라고 판단했다. 솔직히 용이와 시안이 사귄다는 것 자체가 상상이 안 갔다. 남매가 연인이 되는 것만큼 어색한 느낌이었으니까.

"하기사. 사귀다 좋나마 사이가 애매해질 기라, 그자?"

"서로 절친 하나 잃는 거지. 둘 다 똑똑해서 그런 무모한 짓을 하진 않을 거야."

우탄의 말을 가만히 듣고 있던 구름은 갑자기 현실적이 되었다.

"우리도 헤어지마 사이가 애매해지겠다이."

우탄이 잡고 있던 구름의 손에 힘을 꾹 주었다.

"우리가 헤어지긴 왜 헤어져? 나한테 첫사랑은 끝사랑이랑 같아."

오, 그대는 진정한 로맨티스트!

"와아, 감동. 니 처음에 내가 알던 그 오우탄 맞나? 갈수록 스윗해

진다이."

"후후. 그냥 너한텐 다 해주고 싶어. 내가 해줄 수 있는 건 다."

처음 만났을 때 우탄은 너무 차갑고 무뚝뚝해서 가까이 다가가기 어려운 사람이었다. 하지만 지금의 그는 믿기지 않을 만큼 따뜻하고 다정해서 같은 사람이 맞는지 의심스러울 정도였다.

첫사랑이 끝사랑이라는 우탄이.

사랑이란, 언어장애다 싶을 정도로 말이 없고 무뚝뚝한 녀석이 '달콤하게' 변해 가는 마법과도 같은 것.

구름은 그런 우탄이 사랑스러웠다.

❦

"아이고, 허리야."

업어주겠다던 목적지에 당도한 용이 시안을 내려주자마자 앓는 소리를 냈다. 시안이 쌩한 얼굴로 따졌다.

"지구 한 바퀴도 끄떡없다며?"

"생각보다 무겁······."

"흥. 힘세다는 거 다 구라였어."

시안이 비웃으며 용이를 지나쳤다. 하지만 몇 걸음 못 가 그녀는 비명을 삼켜야 했다. 용이 그녀를 번쩍 안아 들었기 때문이다.

"어머머머, 뭐 하는 짓이야?"

업는 것과 다르게 '공주님' 자세가 되어버리는 바람에 시안은 창피해서 얼굴이 빨개지고 말았다. 지나가던 사람들의 시선이 한꺼번에 몰리는 게 느껴졌다.

"봐, 힘세잖아."

시안이 창피하든 말든 용이는 자기 힘자랑하기에 여념이 없었다. 그녀가 두 다리를 버둥거렸다.

"미쳤나 봐. 안 내려놔!"

"힘세, 안 세?"

아놔.

"세! 세!"

"헤헷."

시안을 바닥에 내려놓은 용이 한마디 덧붙였다.

"그래도 살은 좀 빼."

퍽!

기어이 옆구리를 주먹으로 맞고서야 용이 허리를 비틀며 아픈 시늉을 했다.

"어우, 주먹에 힘 실린 거 봐."

"어휴!"

분을 참지 못한 시안이 또다시 주먹을 들자 용이 잽싸게 도망쳤다.

"또라이 쉐키, 잡히기만 해봐!"

시안이 용이를 잡기 위해 우사인 볼트처럼 달려갔고, 두 사람을 구경하며 따라가던 친구들은 못 볼꼴을 본 듯 하나같이 인상을 쓰고 있었다.

"야, 우리 쟤들 알은체하지 말자. 창피하다, 진짜."

"그냥 둘 다 버리고 갈까? 쪽팔려서 같이 다니기 싫어."

베이스와 드럼이 진저리를 치자 구름도 민망한 투였다.

"우탄아, 우리는 고마 자중하는 기 낫겠다. 저거는 조금 아닌 거 같다.”

“용이가 간만에 코에 바람이 들어가더니 정신을 못 차리네.”

망둥이 커플을 보며 우탄이 탄식했고, 리어도 말세라는 듯 깊은 한숨을 내쉬었다.

“저거 안 본 눈 사고 싶다.”

윤희만 부러운 눈초리로 한창 잡기 놀이 중인 용이와 시안을 바라보았다.

‘난 부럽다, 너희들이.’

벚꽃 구경을 마치고 햄버거집에 온 아이들은 주문한 햄버거 세트를 먹기 시작했다.

“자아, 예쁜 시안이는 오빠가 먹여줄게.”

용이 애교를 부리며 감자튀김을 케첩에 콕 찍어 맞은편에 앉은 시안의 입으로 가져갔다. 하지만 돌아오는 건 그의 옆에 앉은 리어의 나직한 한마디.

“작작해라.”

리어가 타박을 하든지 말든지 시안이 놀리기에 재미를 붙인 용이는 실실 웃으며 감자튀김을 흔들었다.

“자, 아 해.”

부아를 꾹 내리누르며 시안이 감자튀김을 먹는 척, 용이의 손가락을 세게 깨물었다.

“아얏!”

감자튀김을 내던진 용이 울상을 지었다.

“이 씨, 아파.”

시안의 옆에 앉은 구름이 한심한 눈초리로 용이를 쳐다봤다.

"까불다가 씨게 혼꾸멍날 줄 알았다. 책상이랑 물아일체가 되는 기 불쌍해가 오라 캤드마는 아주 신났다, 신났어."

시안에게 손가락을 깨물리고 구름에게 잔소리까지 들은 용이는 시무룩해져 햄버거를 먹었다. 시안도 용이 얌전해지고서야 햄버거를 먹을 수 있었다.

용이의 오른쪽에 앉은 우탄이 말없이 그의 어깨를 툭툭 쳐 주었다. 동정 가득한 위로에 용이 햄버거를 먹다 말고 우탄을 향해 씩 웃었다.

"그래, 많이 먹어."

네 마음 다 안다는 듯 우탄이 억지로 마주 웃었다.

'애가 얼마나 이런 자리가 그리웠으면……'

용이는 누구보다 예전의 삼총사로 돌아가고 싶었으리라. 우탄은 그날이 올 때까지 묵묵히 기다려 주고 있는 그가 진심으로 고맙고 짠했다.

❤

친구들과 헤어져 집에 온 우탄은 현관에 있는 여자 구두를 보고 우뚝 멈췄다. 굳게 닫힌 중문 안으로 여자 웃음소리가 들렸다. 보나마나 아빠의 새로운 여자일 것이다. 이미 여러 번 경험한 일이었고, 낯선 여자와 인사를 나눠야 하는 자리가 불편한 그는 조용히 집을 나왔다.

'문자라도 좀 주든가.'

유령 취급, 짐짝 취급당하는 게 어제오늘 일도 아닌데 유난히 마음이 썼다. 아마도 좀 전까지 친구들과 유쾌한 시간을 보낸 탓이리라. 행복과 불행의 갭이 크면 클수록 느껴지는 상실감 같은 거 말이다. 성인이 되면 독립해야 한다는 걸 은연중에 알고 있었다. 그땐 정말 아빠와도 끝일 것이다. 그날이 오기만을 학수고대하면서도 우탄은 매번 현관의 낯선 여자 구두를 볼 때마다 상처를 받았다. 저도 모르게 그 구두가 엄마의 것이라면 좋겠다는 생각이 들었기 때문이다. 부질없는 희망과 기대 앞에서 언제나 마음은 무너졌고, 텅 빈 마음은 또 그렇게 아팠다.

빌라를 나와 터벅터벅 걸어가고 있을 때였다. 낯선 번호로 전화가 걸려왔다.

"여보세요?"

[…….]

"말씀하세요."

우탄이 채근하였으나, 전화는 그대로 끊겨 버렸다.

"뭐야……."

잘못 걸려온 전화겠거니 우탄은 무심히 핸드폰을 주머니에 넣었다.

결국 우탄이 그 밤에 찾아간 곳은 용이네 집이었다. 방금 헤어진 우탄을 보자 용이는 어리둥절했다.

"집에 간 거 아니었어?"

"여기서 자려구."

침대에 드러누운 우탄의 안색이 좋지 않았다. 그의 옆으로 온 용이 슬쩍 물었다.

"리어랑 싸웠냐?"

그새 싸웠다고 한들 놀라울 것도 없었다. 눈만 마주쳐도 으르렁대던 녀석들이었으니까. 오늘은 용케 조용하게 넘어간다 싶어 웬일인가 했다.

"싸운 거 아냐."

리어와 싸운 게 아니라면 아빠?

아빠와 사이가 나쁘다는 걸 알기에 용이는 더 이상 묻지 않았다. 물어봐야 우탄만 속이 상할 테니 말이다.

"씻어. 내 옷 아무거나 갈아입고."

"넌 또 공부하게?"

우탄의 말이 투정처럼 들렸다.

"심심하냐? 놀아주랴?"

"농구나 한 게임 하자."

"농구?"

그 길로 놀이터에 온 우탄과 용이는 진지하게 게임에 임했다. 평소 실력대로였다면 우탄이 용이보다 우세였지만, 오늘따라 우탄이 계속 밀렸다. 용이 20번째 숏을 성공했을 때 우탄은 그 자리에 벌러덩 드러누웠다. 숨이 찼고, 땀이 흘렀다.

우탄의 옆으로 와서 대자로 누운 용이 키득키득 웃었다.

"농구로 너한테 이기는 날이 오다니. 장하다, 진용!"

아무도 없는 놀이터에서 크게 소리를 지른 용이 가쁜 숨을 가다듬었다. 농구도 우탄에게는 별 도움이 안 되는 모양이었다. 경기 중에도 계속 딴생각에 빠져 있던 우탄이 울적한 얼굴을 했다.

"기분이 안 풀리나 보구나?"

우탄이 이마로 흐르는 땀을 닦을 생각도 않은 채 밤하늘에 드문드문 빛나는 별을 바라보았다. 여의도 공원에서 봤던 벚꽃이 밤하늘에 곱게 펼쳐졌다. 화려한 벚꽃 아래서 구름을 업고 걸었던 일도 떠올랐다.

바람이 불 때마다 흩날리던 벚꽃잎. 벚꽃처럼 화사하던 구름이.

용이 대답 없는 우탄을 채근했다.

"무슨 일인데?"

"별일 아냐."

"기껏 잘 놀고 와서 별일도 아닌 일에 왜 심란해해?"

"넌 그럴 때 없냐? 아무도 모르는 곳으로 훌쩍 떠나 버리고 싶을 때."

용이 고개를 돌려 우탄의 옆얼굴을 쳐다봤다. 하늘을 올려다보는 우탄의 눈동자가 공허했다. 구름과 사귀고 난 후 공허함이 사라졌나 했는데, 지금의 우탄은 예전으로 돌아와 있었다.

세계를 돌아다니며 NGO 활동을 하는 미래를 꿈꾸는 용이는 우탄의 마음을 알 것 같았다.

"나야 늘 떠날 생각만 하는 놈이잖아."

"근데 난 네가 팔자 좋은 놈처럼 보여."

우탄의 말에 용이 정색했다.

"내 인생을 건 결단이야. 호적에서 삭제를 당하느냐 마느냐라구."

의사가 되려는 이유가 사실은 NGO 활동 때문이란 걸 안다면 용이의 부모님이 노발대발하실 게 뻔했다. 늘 하시는 말씀이 강남에 번듯한 병원 차려주겠다는 거였으니까.

"그래도 넌 네가 원하는 일을 하는 거잖아. 인생을 걸 만한 가치 있는 일이구."

"그러니까 너도 가치 있는 일에 목숨 걸어, 인마. 난 의술로, 넌 미술로. 멋있잖아."

"미술로 가치 있는 일이라……."

미래에 대해 진지하게 생각해 본 적도 있었다. 하지만 화가를 꿈꿨던 적은 없었다. 장래에 대해서 누군가와 상의를 해본 적도 없고, 그런 건 혼자 알아서 해야 할 일이라고 생각했다.

"어머, 우리 아들, 나중에 화가 시켜야 되려나?"

어렸을 때 그림을 그리는 우탄을 보며 엄마가 한 말이었다. 엄마의 칭찬이 좋아서 더 열심히 그림을 그렸던 기억이 났다. 그러나 엄마가 떠나면서 그의 꿈도 같이 가져가 버렸다. 그림을 그린다는 건 우탄에게 부질없는 꿈같은 거였다.

"네까짓 게 매니저?"

10시가 넘은 시각이었다.

미정과 불량소녀들에게 둘러싸인 윤희는 겁에 질려 벌벌 떨었다. 구름에게 호되게 당한 후로 줄곧 벼르고 있던 미정은 윤희가 밴드부 매니저가 되었다는 소리를 듣자 더 이상은 참을 수가 없었다.

탁, 탁!

손바닥으로 윤희의 머리통을 때리며 미정이 살벌한 표정으로 윽박질렀다.

"뭣도 아닌 게 어디서 나대? 눈에 봬는 게 없냐?"

미정의 전화를 여러 번 무시했던 윤희는 집에 찾아오겠다는 말에 하는 수 없이 몰래 밖으로 나왔던 것이었다. 부모님이 아시면 일이 커질 거란 생각에 두려웠다. 중학교 때부터 자신을 괴롭혀 온 미정이 너무나 미웠지만, 어떻게 해야 할지 알 수 없었다. 중학교 때도 선생님들은 방관자에 가까웠고, 아이들은 미정이 무서워서 윤희를 도와주지 않았다.

　윤희가 가장 두려운 것은 일이 커져서 전학을 가게 되는 것이었다. 친구들을 생각하면 미정에게 맞아도 좋으니 학교에 다니고 싶었다. 매니저가 아니라도 괜찮으니 리어를 매일 보는 게 소원이었다. 그러니 미정이 화가 풀릴 때까지 조금만 참으면 될 일이었다.

　윤희는 입술을 꼭 깨문 채 미정이 때리는 대로 맞고만 있었다.

　"잘못……."

　습관처럼 잘못했단 말을 하려던 윤희의 머릿속에 번뜩 리어가 한 말이 떠올랐다.

　"잘못했단 말 하지 마."

　다른 때 같으면 무섭고 속상해서 눈물부터 쏟았을 터인데, 오늘은 이상하게 눈물이 나지 않았다. 윤희는 그 이유가 리어가 한 말 때문이라고 생각했다. 그러자 문득 비굴한 자신이 낯설게 느껴졌다.

　'내가 뭘 잘못했지?'

　윤희는 미정에게 아무런 잘못도 하지 않았다. 그녀에게 해를 입힌 적이 없으니까. 그저 미정의 눈에 하찮게 보였고, 스스로 자신을 지키지 못한 탓에 지금까지도 괴롭힘을 당하고 있는 것이었다.

윤희는 정말이지 이 악순환을 끊고 싶었다.

'난 리어의 매니저야. 리어한테 떳떳하고 싶어. 당당하고 싶어. 난 잘못하지 않았어. 맞을 짓을 하지 않았어.'

하지만 마음뿐, 도저히 입 밖으로 소리가 나오지 않았다.

짝! 짝!

머리통을 때리는 것으로 분이 안 풀리는지 미정이 연달아 윤희의 뺨을 갈겼다. 휘청한 윤희는 저도 모르게 미정의 손목을 잡아버렸다.

"어쭈. 이제 반항까지⋯⋯. 오늘, 어디 죽어봐."

매섭게 눈을 빛낸 미정이 윤희의 머리칼을 휘어잡았다. 그때.

"소윤희?"

지나가는 객이려니 생각했던 미정은 어쩐지 귀에 익은 목소리에 깜짝 놀라 어깨를 떨었다. 휙 돌아보니 저 멀리 농구공을 든 용이와 우탄이 멀뚱멀뚱 쳐다보며 서 있는 게 아닌가!

"헉!"

잘못 걸렸단 생각에 미정은 윤희의 머리를 쓰다듬는 척 어깨동무를 했다.

"아, 아, 안녕?"

미정의 어색한 인사에 용이 뚱한 얼굴로 어슬렁어슬렁 다가왔다.

"뭐 하냐?"

미정이 윤희의 어깨를 꽉 움켜잡았다. 잡힌 어깨가 아파서 윤희는 입술을 깨물었다. 너무 창피해서 그 자리에서 사라질 수만 있다면 그러고 싶었다.

그 모습에 용이의 표정이 더욱 차가워졌다.

"윤희야, 이리 와."

윤희는 미정의 눈치를 보며 어쩔 줄 몰랐다. 미정이 어깨를 놓아주지 않았던 것이다. 가더라도 해명을 하고 가라는 무언의 압력이었다. 누가 봐도 괴롭히고 있는 모양새였는데, 이 밤에 다정히 얘기 중이었다고 할 수도 없는 노릇이었다.

아무 말도 못 하고 머뭇대는 윤희 때문에 용이는 물론이고 답답하긴 우탄도 마찬가지였다. 도와줄 놈이 둘씩이나 있는데도 두려움에 떨고 있는 윤희를 보자 화가 치밀었다.

저벅저벅 다가온 우탄이 윤희의 팔을 잡아 제 쪽으로 끌어당겼다. 미정은 우탄이 직접 나서자 놀란 나머지 그 자리에서 굳어버렸다. 용이보다 무서운 건 리어고, 리어보다 무서운 건 우탄이었다. 리어처럼 천방지축인 놈은 상대하기가 고달팠지만, 우탄처럼 남의 일에 신경 안 쓰는 놈은 더욱 껄끄러웠다.

가뜩이나 기분이 저조한 우탄은 윤희의 일까지 겹치자 눈빛에 냉기가 돌았다. 약한 애를 괴롭히는 미정이 용서가 되지 않았다.

"너……."

우탄이 내뱉은 묵직한 어투에 미정은 침을 꼴깍 삼켰다. 사신이 있다면 바로 이런 모습이 아닐까 싶었다.

"내 친구 건드리면 재미없을 줄 알아."

"……!"

친구?

미정은 우탄의 입에서 윤희가 친구라는 말이 나올 줄 몰랐기에 큰 충격을 받았다. 어떻게 우탄과 윤희가 친구가 될 수 있단 말인가. 다른 애들이라면 몰라도 우탄은 절대 윤희를 친구로 인정하지 않을 줄 알았다. 우탄이 친구로 인정하는 사람은 유일하게 용이뿐이라고 생각했는데…….

　미정은 늘 하찮게 보이던 윤희가 시안과 친한 것도 눈엣가시였다. 시안의 백으로 밴드부 매니저가 된 것도 어이없었다. 그런데 이젠 우탄이마저 친구로 만들어 버렸으니, 질투심으로 속이 부글부글 끓어올랐다.

　"조심해라. 내가 지켜본다."

　미정에게 경고를 던진 용이 윤희를 데리고 그 자리를 떠났다. 붉으락푸르락하는 미정을 노려보던 우탄도 이내 몸을 돌렸다.

　"저것들 가만 안 둬."

　단단히 굴욕을 맛본 미정이 무섭게 중얼거렸다.

　완전히 놀이터를 벗어났을 때 용이 윤희를 나무랐다.

　"넌 나오란다고 이 밤에 나오냐?"

　기가 죽은 윤희는 말끝을 흐렸다.

　"부모님이 아시면 걱정하실까 봐……."

　"대체 넌 왜 당하고만 있는 거냐?"

　답답함을 못 이긴 용이 물었다. 터벅터벅 걸음을 옮기며 윤희가 기어들어 가는 소리로 말했다.

　"무서워서……."

　"나 같으면 죽기 살기로 한번 덤벼나 보겠다."

　"그래도 맞는 건 똑같을 텐데, 뭘."

　"그렇다고 매번 맞기만 할래? 차라리 선생님한테 말씀드려."

　"아, 안 돼. 중학교 때도 소용없었는걸. 또 같은 일 반복되면 전학 가라고 할 거야. 학교에선 그게 최선이라고 생각하잖아."

　용이도 윤희의 사정을 알고 있었기에 깊은 한숨을 내쉬었다.

"그럼 적극적으로 방어를 해. 당하고 있지만 말구. 우리한테 전화해도 되잖아."

"어떻게 그래? 나 때문에 너희들이 고생할 텐데."

이 정도면 착한 것도 병이다 싶다.

"어휴, 넌 우릴 친구로 생각하긴 하는 거냐?"

"엉?"

윤희는 용이 말마따나 우탄이 입으로 '친구'라고 했던 말을 떠올렸다. 미정에게 경고하기 위해서 한 말인 줄 알았는데 아니었나?

"친구끼리는 어떤 부탁이든 해도 돼. 너도 우리 일이라면 뭐든 도와주려고 하잖아."

"그, 그렇긴 하지."

"힘든 일은 서로 나누는 게 친구라구."

용이의 진심 어린 말에 윤희는 눈물이 핑 돌았다.

"고마워."

"네가 잘못되면 그건 우리한테도 책임이 있는 거야."

"……."

윤희는 친구라는 의미에 대해서 다시 한 번 생각하게 되었다. 그저 남에게 피해 주기 싫어서 회피했던 모든 일들이 어리석은 짓이었다는 걸 깨닫자 안개처럼 답답하던 마음이 조금 가시는 느낌이었다.

"맞은 데는 괜찮아?"

용이 걱정스럽게 물었고, 윤희는 부은 뺨을 쓰다듬으며 작게 고개를 끄덕였다.

"으응. 부탁이 있는데……."

"뭔데?"

"오늘 있었던 일 다른 애들한테는 비밀로 해줘."

특히나 리어가 알게 되는 건 싫었다. 한심스러워할 게 뻔하기 때문
이다.

"너도 약속해. 오늘 같은 일 생기면 우리한테 연락하겠다구."

용이는 다짐을 받아내기로 작정한 듯했다. 친구라는 말에 용기를
얻은 윤희는 조금 힘주어 약속했다.

"알았어, 그렇게 할게."

다음 날 미정에게 맞은 뺨이 퉁퉁 부어서 온 윤희는 금방 들통이
나버렸다. 바보가 아니고서야 넘어졌다고 우긴다 해서 믿어줄 리 없는
명백한 구타의 흔적이었다.

교실 뒤편에 앉은 미정과 불량소녀들이 그런 윤희를 가소롭게 쳐다
보고 있었다.

"이것들이!"

분개한 구름이 자리에서 일어나려고 하자 시안이 그녀의 팔을 잡았
다.

"지금은 안 돼."

구름이 이글거리는 눈빛으로 미정과 눈싸움을 하며 물었다.

"친구가 이 꼴이 됐는데 참으란 말이가?"

"수업 끝나고 한판 붙는 거야."

싸움을 말릴 줄 알았던 시안이 선전포고를 하듯 무시무시하게 뇌
까렸다. 화들짝 놀란 윤희가 두 사람을 말렸다.

"그러다 너희들까지 큰일 나."

사실, 전학 온 첫날 미정과 그 똘마니들을 단숨에 때려눕힌 구름이었기에 싸움에 질 염려는 없었다. 그러나 꼬리가 길면 밟히는 법이듯, 싸움이 잦으면 구름도 징계를 피할 수 없을 터였다. 윤희와 달리 징계 따위 무섭지 않다는 듯 구름이 정의의 사도처럼 주먹을 불끈 쥐었다.

"친구가 맞았는데 그것보다 큰일이 어데 있노?"

시안도 구름에게 동조하고 나섰다.

"윤희 넌 가만히 있어. 우리가 알아서 할게."

"아, 안 돼. 어제 우탄이가 미정이한테 경고했어."

구름과 시안이 동시에 물었다.

"우탄이가?"

우탄과 용이에게 비밀로 해달라고 신신당부했던 윤희는 얼떨결에 제 입으로 실토하고 말았다.

"어제 우탄이랑 용이가 구해줬거든."

"참말이가? 갸들을 우째 만났노?"

"둘이 농구했나 봐. 마침 지나가다가 만났어."

그때 우탄과 용이를 못 만났더라면 어떻게 됐을지 상상도 하기 싫었다.

"와, 하늘이 도왔네. 근데 우탄이가 자기 입으로 널 친구라고 해?"

시안이 신기한 듯 묻자 윤희도 믿기지 않는다는 투로 말했다.

"응. 그냥 해본 소리는 아닌 거 같아."

"오오, 우탄이가 많이 변한 건 맞다, 그자?"

이러니 그 멍뭉이를 안 좋아할 수가 있나.

구름은 우탄이 자랑스러워 못 견디겠다는 표정이었다.

"우탄이가 변한 게 다 구름이 때문이지, 뭐. 사랑의 힘 아니겠니? 후후."

시안도 이번만큼은 우탄을 인정하는 투였다.

"암튼, 너희들은 미정이랑 싸울 생각 하지 마. 무슨 일 생기면 용이나 우탄이한테 전화하면 돼."

"오올, 소 매. 드디어 자신을 지킬 용기가 생긴 거가?"

"자꾸 그런 생각이 들더라구. 나 하나도 못 지키는데 매니저 자격이 있나."

구름은 그런 생각을 한 윤희가 대견했다.

"잘 생각했다. 니한테는 우리가 있다 아이가. 겁먹을 거 하나도 없다."

"근데 리어한테는 비밀로 해주면 안 될까?"

그러고는 싶다만.

"얼굴 보마 말 안 해도 알 긴데?"

"오후엔 붓기 빠지겠지. 부탁이야."

윤희는 리어에게 들키지 않기 위해 점심시간에 급식실에서도 피해 다녔다. 쉬는 시간마다 화장실에서 찬물로 붓기를 뺀 덕분에 통통 부었던 볼이 수업이 끝날 무렵 어느 정도 제자리를 찾았다. 살짝 멍 자국이 남아 있었으나, 자세히 보지 않으면 모를 터였다.

"이 정도면 모르겠지?"

밴드부에 갔을 때, 리어는 먼저 와서 악보를 보고 있었다. 시안과 윤희가 들어가자 한 번 힐끔 쳐다보았을 뿐 악보에 집중한 모습이었다.

다행히 리어가 눈치를 못 챈 것 같아 윤희는 안심하며 의자에 가서 앉았다.

"얼굴은 왜 그 모양이냐?"

'헉!'

리어의 눈썰미에 놀란 윤희는 그대로 얼음이 되고 말았다. 미정에게 맞았다고 하면 매니저 자격 운운할 게 분명하여 시안도 내심 찔끔했다.

까딱까딱.

리어가 쳐다보지도 않고 손가락만 까딱거렸다. 얼음처럼 굳어 있던 윤희는 울상이 되어 리어 앞으로 쭈뼛쭈뼛 다가갔다.

고개를 들어 무심한 눈길로 윤희의 멍든 얼굴을 확인한 리어는 살짝 인상을 썼다.

"박미정 짓이지?"

"……."

윤희는 꾸중 듣는 아이처럼 손만 만지작댈 뿐 대답하지 못했다.

"후우—"

길게 한숨을 토해낸 리어가 신경질적으로 머리칼을 쓸어 올렸다.

"난, 우리 밴드부 매니저가 맞고 다니는 꼬락서니는 못 봐줘."

리어 성미에 뭔들 곱게 봐주겠냐만.

윤희는 더욱 주눅이 들었다.

"으응……."

"맞고 다닐 거면 매니저 관둬. 우리까지 쪽팔리게 만들지 말구."

"……."

윤희는 대답 대신 입술을 잘근잘근 씹었다.

'매니저, 매니저, 매니저…….'

어떻게 하면 매니저에서 안 잘릴까?

리어는 오로지 그 생각만 하고 있는 윤희에게 어느 때보다 냉정하게 경고했다.

"밴드부 명예가 달린 일이야."

윤희는 자신이 밴드부에 먹칠을 할 수 있다고 생각하자 정신이 번쩍 들었다. 미정에게 계속 맞는 일이 생기면 친구들도 가만히 안 있을 테고, 밴드부에도 지장을 줄 것은 자명한 사실.

"오디션 준비하기도 바빠. 너 때문에 피해 보면 반드시 책임 물을 거야."

12
내 입술에 아이스크림

우탄이 갑작스러운 전화를 받고 갔을 때 카페 안에는 한 여자가 기다리고 있었다. 우탄은 그녀를 보자마자 한눈에 알아볼 수 있었다.

'엄…… 마.'

5년 만이었다. 데려가 달라며 울던 우탄을 매몰차게 떼어놓고 떠났던 엄마가 나타난 것이다. 어젯밤, 낯선 번호로 걸려온 전화가 엄마였다는 것도 오늘에서야 알았다.

우탄을 알아본 수애가 천천히 자리에서 일어났다. 우탄을 보자마자 애써 참고 있던 눈물이 왈칵 쏟아졌다.

"우탄아……."

목이 메어 잘 나오지도 않는 목소리를 쥐어짠 수애는 조심스럽게 아들의 이름을 불러보았다. 우탄에게 전화를 거는 데에도 큰 용기가 필요했다. 어젠 차마 입이 떨어지지 않아 전화를 끊었지만, 어차피 한 번은 치러야 할 일이었다. 아들을 만나러 한국까지 와서 그냥 돌아갈 수는 없었다. 다시 데리러 오겠다는 약속. 생각보다 그 시간은 길어졌고, 훌쩍 커버린 아들이 그런 엄마를 용서할지도 미지수였다.

우두커니 서 있던 우탄이 간신히 정신을 추슬러 수애가 있는 테이블로 다가갔다. 전화기에서 엄마의 음성을 들었을 때, 다른 생각을 할 수도 없이 이곳으로 달려왔다. 엄마가 보고 싶어서가 아니라 진짜 엄마가 맞는 것인지 두 눈으로 직접 확인하고 싶어서 말이다. 오는 내내 미친 듯이 뛰던 가슴이, 엄마인 걸 확인한 순간 거짓말처럼 가라앉았다.

기다리던 엄마를 만나서 안심이 되었던 걸까? 아니면 엄마를 만나는 건 지극히 짧은 시간일 뿐이라며 기대감을 버려서일까?

우탄은 침착하게 자리에 앉아 엄마가 앉을 때까지 기다렸다. 그는 바들바들 떨리는 손으로 눈물을 닦는 엄마를 멍하니 바라보았다. 왜 혼자 가버렸냐고 원망하는 마음조차 들지 않았다. 왜 이제 왔느냐고 묻고 싶은 마음도 없었다. 그저 이 순간이 거짓말 같았다.

오랜 기다림의 갈망 끝은 절망이었기에 엄마와의 재회에서 기쁨은 없었다. 자존심 때문에 아들을 붙잡아뒀던 아빠도, 다시 데리러 오겠다며 막연한 기대감만 안긴 채 떠나 버린 엄마도 용서할 수 없기는 매한가지였다.

연신 흐르는 눈물을 닦으며 수애가 떨리는 목소리로 말했다.

"많이 보고 싶었어. 흐흐흑."

"……."

"미안해."

수애의 입에서 미안하단 말이 나오는 순간, 우탄은 꽝꽝 얼어 있던 마음이 쩍 갈라지는 느낌이었다.

　모자가 함께 있던 시간은 1시간 남짓. 대화는 주로 수애가 시도했고, 우탄은 간단히 대답만 했다. 어색한 만남의 자리는 그렇게 끝이 났다.

　"집까지 데려다줄게."

　집에 데려다주겠다는 수애의 얼굴에는 헤어지기 싫은 기색이 역력했다. 하긴 어떻게 다시 만난 아들인가. 미국에서 간신히 자리를 잡기 시작했고, 약속대로 아들을 데리러 왔지만, 함께 가자는 말이 차마 입에서 떨어지지 않았다. 그런 말을 하기엔 아들은 이미 마음을 닫은 후였으니까. 너무 늦지 않았기만을 바라고 또 바랐는데 마음이 아팠다.

　"아뇨. 혼자 갈게요."

　우탄은 엄마와 함께 있는 모습을 누군가가 보는 게 싫었다. 특히, 아빠가 본다면 시끄러워질 게 뻔했다. 그리고 그전에 마음을 정리할 시간이 필요했다.

　"또…… 연락해도 되지?"

　우탄을 미국에 데리고 가고 싶은 수애는 어떻게든 연결고리를 잇고 싶었다. 우탄이 조금만 마음을 열어준다면 그땐 말할 것이다.

　그러나 우탄은 선뜻 대답할 수 없었다. 마음이 반반이었다. 기대감을 가져선 안 된다는 마음과 두 번이나 배신당하고 싶지 않은 마음이 그를 혼란스럽게 했다. 엄마가 약속대로 미국에 같이 가자고 한들 한 번 입은 상처가 쉬이 아물어질 리 없었다.

　아빠는 또 뭐라고 하겠는가. 우탄 혼자 독립하겠다는 것도 아니고 이제 와 엄마에게 가겠다고 하면 쉽게 보내주기나 할지. 이기적이고 나쁜 아빠인 걸 잘 알기에 우탄은 자기 때문에 부모님이 또 싸우는 게 끔찍했다.

"연락드릴게요."

그 약속을 지킬 수 있을지도 모르겠다. 하지만 적어도 엄마의 전화를 기다리지 않아도 되었다. 자신이 엄마를 기다렸던 만큼 엄마 또한 기다려 보라는 복수심이었는지도 모른다.

우탄은 냉정히 돌아섰다. 엄마가 그랬던 것처럼.

엄마는 어린 아들을 버리고 떠나면서 어떤 마음이었을까?

'엄마도 나처럼 가슴이 찢어졌어?'

심장이 갈기갈기 찢어지는 느낌에 우탄은 이를 악물었다. 서서히 충혈된 눈에서 왈칵 눈물이 쏟아졌다. 그 눈물을 들키고 싶지 않아서 돌아보고 싶은 마음을 억눌렀다. 엄마에게 이젠 가지 말라고 매달리고 싶은 마음도 억눌렀다. 저 끔찍한 집으로 돌아가고 싶지 않다고 하소연하고 싶은 마음도 억눌렀다.

실은 보고 싶었다고…… 그래서 엄마가 너무너무 미웠다고 말도 못 했다.

5년 만에 만난 엄마에게 다정한 말 한마디, 위로받고 싶은 마음조차 표현하지 못한 채 우탄은 거리를 걸으며 하염없이 울었다.

아이스크림 하나 때문에 리어와 티격태격하던 편의점 앞 파라솔. 그곳에 리어와 앉아 구름은 맛있게 아이스크림을 먹고 있었다. 우탄에게 전화가 오길 기다렸으나 급한 일이 끝나지 않았는지 아직 연락이 없었다.

'바람난 것도 아닐 긴데, 뭘.'

구름은 부러 걱정거리를 머릿속에서 지우며 태평하게 아이스크림을 먹었다.

"달다."

냠냠.

자고로 단맛이 들어가야 생기가 도는 법이다. 리어를 봐라. 아깐 다 죽어가더니 그새 생생하게 살아난 저 표정!

"하나 더 먹고 싶다."

순식간에 아이스크림을 먹고 난 리어가 미련이 남은 듯 입맛을 다셨다.

"배탈 난다, 머스마야. 고만 무라."

"네 거 한 입만."

"골고루 다 빨아 무가 니 묵을 자리 읎다."

"괜찮아. 한 입만."

리어가 상체를 기울이며 아기 새처럼 입을 쩍 벌렸다. 그 모습이 가관이라 구름이 어림없다는 듯 구박했다.

"드럽구로."

"쳇. 배고파. 라면⋯⋯."

"꺼지라."

"힝."

"야는 와 이래 전화가 안 오노?"

우탄의 전화를 기다리다 지친 구름은 역정을 냈다. 리어를 빨리 떼어버리기 위해선 우탄의 전화가 최고였다. 혹시나 우탄이 올까 봐 지나는 사람들을 유심히 쳐다보던 그녀는 삐쳐서 돌아앉아 있는 리어를 쳐다봤다.

"집에 안 갈 기가?"

"영감이 안 떠올라."

"먹을 것만 생각하니까 영감이 안 떠오르는 거 아이가. 같이 있어 주마 영감이 떠오를 거 같다는 거 순 구라재?"

"아니거든?"

구름은, 억지로 나와줬더니 아이스크림 타령만 하고 있는 리어가 한심했다. 오디션 예선 1차를 너무 쉽게 붙더니 예선 2차도 거저먹을 속셈인가 보다.

"오디션이고 뭐고 내는 모르겠다. 집에 갈란다."

오디션에 붙든지 말든지.

구름이 먹던 아이스크림을 들고 자리에서 일어나려고 하자 리어가 버럭 성질을 냈다.

"아, 왜에!"

"니랑 같이 날밤을 새도 영감은커녕 콩나물 대가리 하나도 안 떠오르겠다. 이기 뭐꼬? 길바닥에서 아까운 시간이나 죽이고."

리어가 냉큼 구름의 손목을 잡았다.

"같이 있어주라, 쫌!"

"하이고야, 내 니처럼 사람 성가시게 하는 아는 첨 본다. 대가리가 어째 생겨먹었기에 이라노? 앗!"

구름의 손에서 아이스크림을 빼앗은 리어가 쪽쪽 빨아 먹었다.

"아이고, 드러워라."

구름이 머리를 절레절레 흔들어도 리어는 킥킥 웃기만 할 뿐이었다. 어느새 리어 다루기에 도통한 구름은 협상을 시도했다.

"딱 30분이다. 그 이상은 안 된다, 됐재?"

"1시간."

구름이 두말 않고 일어나려고 하자 리어가 한발 양보했다.

"30분."

"그 안에 우탄이 전화 오마 갈 기다."

"나랑 있을 땐 우탄이 얘기 안 하면 안 되냐?"

"우탄이는 내 남친, 니는 내 남사친. 확실히 해라. 안 그라모 간다."

리어가 못마땅하게 투덜댔다.

"남사친은 뭐 남자 아니냐?"

"시안이랑 용이 보니까 여자, 남자 아니드라. 니도 희망을 가져라. 우리도 갸들처럼 쿨해질 수 있다."

"너한테나 희망이지. 나한텐 절망이야."

"머스마, 참 말 많네. 고놈의 주디는 언제 쉬노?"

구름의 구박에도 리어는 뭐가 재밌는지 키득대며 웃었다.

"네 주디나 닦고 말해."

리어가 엄지로 구름의 입술에 묻은 아이스크림을 쓱 닦아냈다.

'어!'

리어의 느닷없는 손짓에 구름은 심장이 쿵 떨어졌다. 아무리 남사친이라고는 하나 입술을 닦아주는 행동은 편하게 받아들여지지 않았다. 더욱이 리어의 달달한 눈빛을 본다면 심장이 뛰는 것도 무리는 아니었으나…… 그건 어디까지나 리어를 좋아하는 여자애들에게 해당되는 일이었다.

'흐엑! 도, 돌았나? 심장이 뛰는 기 말이 되나!'

리어의 단순한 행동 하나 때문에 심장이 뛴다는 것이 충격이었다. 당황한 구름은 눈동자를 허둥댔고, 오히려 그녀가 왜 당황하는지 영문 모를 표정을 지은 건 리어였다. 그녀의 입술에 묻은 아이스크림을 닦아준 건 무의식에서 나온 행동이었을 뿐, 계산된 것은 아니었기 때문이다.

'내가 뭘 잘못했나?'

'다, 당황하지 말고…… 침착하그라, 침착…… 옴마야!'

쿵쿵대는 가슴을 진정시키던 구름은 너무 놀라서 의자에서 떨어질 뻔했다. 언제부터인지 모르게 우탄이 저만치 서서 보고 있었기 때문이다. 바람피우다 걸린 사람처럼 머리끝이 쭈뼛 일어섰다.

"우, 우탄아……."

보지 말아야 할 것을 목격한 사람처럼 우탄의 표정이 일그러져 있었다. 성큼성큼 다가온 그가 의자에 멀뚱히 앉아 있는 리어를 세게 후려쳤다.

퍽!

의자와 함께 나동그라진 리어는 턱뼈가 부서지는 것 같은 충격을 받았다. 단순히 구름과 함께 있었다는 것만으로 맞기엔 너무 억울했다.

"씨파아아알!"

그렇기에 참았던 분노가 터진 건 리어도 마찬가지였다. 좋아하는 여자를 두 번이나 뺏긴 것도 분하고 억울한데 왜 맞아야 하나? 왜 참고만 있어야 하나?

튕기듯이 벌떡 몸을 일으킨 리어가 우탄에게 달려들었다.

퍽, 퍽, 퍽, 퍽!

리어는 미친 듯이 우탄에게 주먹을 휘두르며 폭주했다. 말리는 구름의 목소리도 들리지 않았다. 편의점 알바가 뛰어나와 두 사람을 떼어놓으려고 해도 소용없었다.

우탄은 일방적으로 맞았고, 리어는 일방적으로 때렸다.

그렇게 한바탕 소동이 지나간 뒤 우탄의 몰골은 엉망이 되었고, 리어의 손은 피투성이가 되었다.

❧

"으어어어엉!"

구름은 울고 또 울었다. 우탄의 몰골이 엉망인 것도 속상했고, 리어의 지랄 맞은 성미도 화가 났다.

두 놈 다 어쩜 그리 똑같을까! 질투심 많고, 참을성 없고, 말보다 주먹이 앞서는 걸로 친구 먹었던가! 그러니 친구관계도 좋나지!

다락방 문을 잠그고 침대에 엎어져 울고만 있는 구름 때문에 용이네 식구들이 총출동했다.

"구름아, 문 좀 열어봐. 무슨 일인데 그래?"

효순이 안타까운 얼굴로 문을 두드렸다. 성길도 발을 동동 굴렀다. 아들놈만 득실거리는 집에 딸 하나 들어와서 좋다 했더니, 어떤 놈이 눈물 바람을 일으켰단 말인가.

어떤 놈인지 가만두지 않겠다고 벼르면서 성길은 급히 열쇠를 찾았다.

"다락방 열쇠 없어?"

"열쇠를 어디다 뒀는지 기억이 안 나네."

효순이 가물거리는 기억을 더듬으며 계단을 뛰어 내려갔고, 해와 달도 방문 앞에서 어쩔 줄 몰라 서성였다.

"구름아, 자꾸 울면 온달이한테 시집……."

"아빠!"

용이 구닥다리 얘기를 꺼내는 성길을 어이없게 쳐다봤다. 애가 평강 공주가 아닌데 언감생심 온달을 넘보다니.

멋쩍어진 성길 대신 해가 방문을 두드리며 구름을 달랬다.

"오빠랑 얘기 좀 하자. 다들 걱정하잖아."

"으어어어엉!"

울음소리만 더 크게 들릴 뿐이어서 네 남자는 어깨를 축 늘어뜨렸다. 당최 여자애 울음소리를 집에서 들어본 적도 없거니와, 어떻게 해야 할지 알 수 없었다.

성길이 해를 툭툭 쳤다.

"넌 여친 안 달래봤냐?"

해가 우쭐한 표정을 지었다.

"그게 또 제 전문이죠."

"전문인 게 겨우 이 정도냐?"

성길이 못 믿겠다는 듯 타박하자 해가 진지하게 변명했다.

"여친과 여동생은 다르니까요."

그때 의미심장한 표정으로 씩 웃은 달이 호기롭게 나섰다.

"구름아, 오빠가 용돈 줄까?"

모두 '아, 왜 그 생각을 못 했지?' 하는 표정을 짓는 순간, 방문이 달칵 열렸다.

구름이 울어서 빨개진 얼굴로 문 앞에 있는 달을 올려다봤다.

"얼마 줄 건데? 훌쩍."

"와, 강적이다."

용이 혀를 내둘렀고, 달이도 이렇게 빨리 문을 열 줄은 몰라서 왠지 당한 기분이 들었다.

"오, 오만 원?"

방문이 다시 스르륵 닫혔기에 성길이 급히 문을 붙잡으며 달에게 눈짓으로 무언의 압력을 가했다.

"시, 십만 원이면 되겠어?"

새침하게 고개를 까닥한 구름이 문을 활짝 열었다.

용돈은 달이 줬는데 다락방에 들어간 사람은 용이었다. 구름이 용이에게만 방에 들어오는 걸 허락했기 때문이었다. 달은 몹시 억울했지만, 당장 구름을 달래는 게 목적이었던 가족은 용이만 남겨두고 물러날 수밖에 없었다.

"또 싸웠단 말이야?"

용이 인상을 찌푸리며 하는 말에 구름은 땅이 꺼져라 한숨을 내쉬었다.

"내는 진짜 그 두 머스마 때문에 살기가 싫다."

구름은 다시 부산으로 가버리고 싶을 만큼 마음이 힘들었다. 이제 좀 사이가 좋아졌나 했더니 그새를 못 참고 주먹질인 놈들 때문에 화병이 날 것 같았다.

'서울 머스마랑 두 번만 연애했다가는 피가 말라 죽을 기라.'

엄마 말씀 잘 들을걸. 로맨스 말고 공부를 먼저 했어야 하는 건데.

몇 시간 만에 얼굴이 반쪽이 된 구름은 용이에게 하소연이라도 할수 있어 다행이란 생각이 들었다.

"이번엔 또 뭘 어쨌기에 싸워?"

용이도 지긋지긋한지 목소리에 짜증이 배어 나왔다.

"……."

막상 설명하려니 구름은 말문이 막혔다. 리어가 아이스크림 묻은 입술을 닦아주었고, 그걸 우탄이 봤고, 또…….

'가슴 떨린 것도 우탄이가 알라나?'

설마!

생각만 해도 눈앞이 캄캄했다.

'아이다. 모를 기다. 몰라야 한다. 내도 그라고 싶어서 그런 게 아니라꼬!'

그저 눈웃음이 예쁜 남사친 놈이 아무 생각 없이 한 행동에 심장이 오작동을 일으켰을 뿐!

우탄이를 좋아하는 마음엔 변함이 없었다. 그 사실만큼은 오해받고 싶지 않았다.

"말을 해봐. 어떻게 된 건지."

용이의 채근에 구름은 풀이 죽은 목소리로 설명했다.

"내 입술에 아이스크림이 묻은 거를 리어가 닦아줬는데……."

"뭐?"

용이의 반응만 봐도 크게 잘못한 일 같아서 구름은 가슴이 또 쿵 떨어졌다.

"그기 그렇게 화날 일이가?"

"그걸 말이라고……. 넌 남자를 사귀면서도 모르겠냐?"

"리어랑 바람이라도 난 것처럼 말하지 마라. 그런 기 아니었다꼬."

우탄의 눈빛도 지금의 용이와 다를 게 없었다. 리어에게 실컷 두들겨 맞은 뒤 아무 말 없이 가버린 그의 모습이 떠올라 구름은 서러워졌다.

눈물이 그렁해진 구름을 보자 용이는 머리가 지끈거렸다.

"아직도 모르겠냐? 우탄이나 리어나 단순한 놈들이야. 그리고 그 상황은 누가 봐도 오해할 만했구. 나 같아도 내 여친이 딴 놈이랑 그러고 있으면 눈 뒤집히겠다."

"너무하는 거 아니가?"

"뭐?"

"내 얘기는 들어보지도 않고 와 맘대로 판단하는데? 남친이면 여친을 믿어줘야 하는 거잖아."

"우탄이가 질투하는 거잖아. 널 너무 좋아하니까. 그거 이해 못해?"

구름이 열변을 토하는 용이를 째려봤다.

"니는 지금 내를 위로하러 온 기가, 우탄이 편을 들러 온 기가?"

"난 어디까지나 중립……."

구름은 시안이 왜 용이 때문에 분통을 터뜨렸는지 알 것 같았다.

"꺼지라."

[어머머머, 진짜? 그 자식들 미친 거 아니니?]

용이를 쫓아낸 후 구름은 암울한 마음에 시안과 통화했다. 자초지종을 들은 시안은 격렬한 반응을 보였고, 시안의 적극적인 공감을 얻은 구름은 안심이 되었다.

"니도 내가 리어랑 바람피우는 것처럼 보이나?"

[남의 눈이 무슨 상관이야? 네 마음이 중요한 거지.]

역시 시안이었다. 구름은 시안이 제 친구라는 게 새삼 자랑스러웠다.

"맞재? 내한테는 우탄이밖에 없는데 억울해가 돌아삐겠다. 훌쩍."

[네가 너무 오냐오냐해서 그래. 하여간 지들 생각밖에 못 한다니깐. 그냥 쌩까 버려.]

"옴마야. 그러다가 헤어지자 카믄 우짜노?"

우탄이와 헤어지는 상상만으로도 구름은 겁이 덜컥 났다.

[사랑 앞에서 비굴해지지 마. 그건 진짜 사랑이 아니야.]

사랑을 글로 배우면 무섭다더니, 냉정한 가스나.

"우째 하모 되는데?"

어느덧 시안사랑교에 빠진 구름은 교주의 명령을 따를 준비가 되어 있었다.

[쌩까라니까. 그게 너의 결백을 증명해 줄 것이야.]

"내는 진짜 결백하다!"

리어에게 떨렸던 마음은 내 거가 아니다!

구름은 그렇게 믿고 있었다.

[이참에 우탄일 확실하게 길들이는 거야. 말보다 주먹이 먼저 나가는 못된 버릇도 고칠 겸.]

인간에게 괜히 언어가 있겠나. 세종대왕님을 무시하는 그런 놈 따위!

구름은 명철한 시안의 조언에 고개를 끄덕였다.

"오야, 알겠다! 근데 리어는 우짜노?"

[뭘 어째? 똑같이 쌩까는 거지. 둘이 계속 싸울 거면 남친이고, 남사친이고 다 관두겠다는 불굴의 의지를 보여줘!]

"내가 하고 싶은 말이 그거거덩. 열받으마 서울 머스마랑 로맨스고 나발이고 다시 부산으로 가버리는 수가 있다 카이."

아무리 생각해도 공부로 성공하긴 글렀으니 부산행이 더 나을 터였다.

[그래, 바로 그거야! 표구름, 화이팅!]

꿀

"꼴좋다."

구름이 시안과 통화하는 사이, 용이는 우탄과 함께 있었다. 빌라 근처 화단에 나란히 앉아 우탄의 터진 몰골을 바라보는 용이의 표정이 착잡했다.

"구경 왔냐?"

"리어가 구름이 좋아하는 거 몰랐어? 알고 있었잖아."

"아는데 계속 집적대는 거 꼴 보기 싫어. 그걸 알면서 받아주는 구름이한테도 화나구."

"그럼 때려주지 맞긴 왜 맞냐?"

"이런 내가 너무 싫어서."

리어가 구름의 입술을 닦아주는 걸 본 순간 그 자리에서 패 죽여 버리고 싶을 정도로 질투를 참지 못한 자신이 혐오스러워서 견딜 수 없었다. 우탄은 정말 죽여 버릴 수도 있겠단 생각에 리어를 때리지 못했고, 차라리 맞는 편을 선택한 자신이 너무 바보 같았다. 이런 못난 모습을 구름에게 보인 것도 싫었고, 앞으로 또 그런 일이 있을 때마다 스스로를 가누지 못하고 엉망이 되어버릴 것만 같아 그도 싫었다.

실은 엄마를 만났다고 구름에게 말하고 싶었다. 그래서 위로받고 싶었다. 5년 만에 만난 엄마에게 제대로 말 한마디 못 건네고 온 바보를 구름이 안아주길 바랐다.

거리를 헤매며 울다 지쳐 돌아온 우탄에게 구름과 리어의 다정한 모습은 질투 그 이상의 상실감을 안겨주었다. 그 순간 구름이 제 여자가 아니라는 생각이 강렬히 뇌리를 점령하더니, 눈이 뒤집혀 버렸다.

그런 자신을 더 이상 보이기 싫어서 도망치듯 그 자리를 떠났지만, 구름에게는 아무런 연락이 없었다. 그렇다고 우탄 자신이 먼저 전화해서 만나자고 할 수도 없었다. 이런 몰골로, 무슨 말을, 어떻게 할 수 있단 말인가. 이 모든 게 엄마 때문이었다고, 엄마처럼 널 잃는 게 무서웠다고 고백하기가 창피했다.

우탄은 붉어진 눈시울을 보이지 않기 위해 고개를 숙였다.

"엄마를…… 만났어."

"뭐……?"

"그냥 화가 났어. 리어 때문이 아니라 나 때문에 화가 나서 견딜 수가 없었어."

"……!"

그랬던 거구나. 그래서 리어에게 맞기만 했던 거였어.

용이는 말문이 막혔다. 5년 만에 엄마를 만나서 얼마나 놀라고, 얼마나 또 마음 아팠을까. 부모님이 이혼한 뒤로 우탄은 절대 엄마 얘길 꺼내지 않았다. 용이로서는 친구의 상처를 지켜보는 것도 유쾌한 일은 아니었다.

용이 가만히 우탄의 어깨에 손을 얹었다. 그 어떤 말로도 위로가 될 수 없다는 걸 알기에 아무 말 없이 그의 어깨를 토닥였다. 우탄에게 필요한 건 이런 위로였을 텐데, 구름과 리어가 함께 있는 모습을 보자 상실감을 느꼈을 터였다.

"어떻게 해야 할지 모르겠어."

"꼭 뭘 해야 하는 건 아냐."

우탄이 젖은 눈을 들어 용이를 바라보았다. 용이 차분히 말을 이었다.

"부모님에게 기대를 하지 마. 완벽한 인간은 세상에 없어. 불완전한 인간들끼리 부대끼며 사는 게 세상이잖아."

"……."

"알아, 고리타분한 얘기라는 거. 다행히도 난 좋은 부모님 밑에서 자란 행운을 타고났다는 것두. 그런데도 봐. 나 역시 부모님 뜻 어기고 내 맘대로 살 생각만 하잖아. 인간이 그래. 태생이 이기적인 걸, 뭐. 그러니까 너도 자유로워져. 결국 너의 삶을 사는 사람은 다른 누구도 아닌 너 자신이야."

그때의 용이는 세상을 통달한 사람 같았다. 겨우 열여덟이었지만 조숙했고 단단했으며 지혜로웠다. 우탄이 다른 사람 말은 안 들어도 용이의 말을 잘 듣는 것도 그런 이유였다.

우탄은 용이의 조언을 듣고서야 조금 마음이 누그러졌다.

부모님에 대한 원망, 가족에 대한 환멸, 미래가 없는 삶.

그 문제를 풀 수 있는 사람은 오직 자신뿐이었다.

"오우탄, 교무실로 따라와."

구름이만 아니었어도 우탄이 이런 몰골로 아침 일찍 등교하는 일은 없었을 것이다. 시퍼렇게 멍이 든 눈자위와 볼거리를 하는 것처럼 한쪽 볼이 볼록해진 얼굴을 본 아이들마다 기겁했는데, 담임이라고 그냥 지나칠 리 없었다.

담임을 따라 터덜터덜 교무실로 간 우탄은 뒷짐을 진 채 섰다.

"누구랑 싸웠어?"

"……."

"또 묵비권이야?"

"심각한 상황 아닙니다."

"공부 좀 잘한다고 학교가 우습지?"

모든 걸 공부와 학교에 연관 짓는 말솜씨는 선생님들의 전유물이던가.

살짝 빈정이 상한 우탄은 감정을 억누르며 대답했다.

"그런 적 없습니다."

"그럼 돈으로 다 해결할 수 있다고 생각하나 보지?"

삼십대 중반의 담임은 교사로서의 열의가 있는 사람이었다. 그래서 스스로 정의가 넘치는 사람이라고 자부하는 것도 있었다. 그나마 우탄이 담임을 괜찮은 사람이라고 생각했던 이유였다.

분명히 지난번 폭주족 사건으로 아빠의 돈이 담임의 마음을 거슬리게 했을 것이다. 학교는 학교다워야 하고, 학생은 학생다워야 한다는 게 담임의 지론이었으니까. 학교답지 못한 학교, 선생답지 못한 선생, 부모답지 못한 부모 때문에, 한때는 열폭했던 우탄이었다.

공부까지 못하면 더 무시할 걸 알아서 공부만큼은 뒤지지 않으려고 노력했고, 공부 덕분이든 아빠의 돈 덕분이든 지금까지 잘 지낼 수 있었다. 오늘, 담임이 느닷없이 태클을 걸기 전까진 말이다.

"무슨 말씀이 하고 싶으신 겁니까?"

우탄의 도전적인 눈빛에 담임은 무섭게 인상을 썼다. 불우한 가정 환경 때문에 반항적인 것도 이해했다. 수업을 자주 빠진다는 소리를 듣고도 성적이 상위권이기에 봐줬다. 아빠가 유명한 성형외과 의사라서 경제 상황이 나쁜 것도 아니었고, 본인이 의지만 있다면 대학도 거뜬할 거라 믿었다. 요즘은 구름과 사귀면서 수업에도 착실해져서 안심했다.

그런데 폭주족 사건으로 정신을 차렸나 했더니 또 싸움을 하고 온 걸 보자 화가 나 참을 수가 없었다. 아예 가망이 없는 녀석이라면 기대도 하지 않을 것이다. 선생들에게는 이런 녀석이야 말로 희망고문이었다.

"대학은 갈 생각이 있는 거냐?"

그 얘길 하려고 학교가 우습니, 돈으로 해결하니 빙빙 돌린 건가?

우탄은 무뚝뚝하게 되물었다.

"꼭 가야 하는 겁니까?"

"가기 싫음 공부를 못하든가. 걱정을 안 시키려거든 쌈박질을 하지 말든가. 뭐냐, 넌?"

"……."

우탄은 헷갈렸다. 학생에 대한 애정 있는 조언 같기도 하고 조언을 가장한 야단 같기도 하고.

'담탱이야말로 뭐지?'

"아버지의 돈이 네 인생을 구제해 주진 않아."

"……."

"근데 대학은 다를 수 있어. 성적 맞춰서 가는 거 말고, 진짜 네가 원하는 대학을 가기만 한다면."

구구절절 옳은 말씀.

"나도 잘난 제자들 좀 둬보자."

그게 담임의 꿈이었나 보다.

"저한테 원하시는 게 그겁니까?"

우탄은 믿기지 않은 투로 물었다. 하고많은 제자 중에서 왜 하필 나인가 싶었다. 아무리 담임이라도 바랄 것만 바라자.

"반 석차 3등, 전교 15등. 조금만 더 노력하면 전교 10등 안도 무방하고. 희망 걸 만하지 않아?"

야망 있으시네.

"1, 2등이 있는데 굳이 저까지……."

괜히 3등 했다며 우탄은 후회막심한 표정이었다. 다음 성적에서 바닥을 쳐 주면 담임이 희망의 끈을 놓으려나?

"대학 가자, 우탄아. 내 소원이다."

쾅!

교실 뒷문이 세게 열렸다. 수업 시작 오 분 전. 수다를 떨고 있던 아이들이 그 소리에 깜짝 놀라 돌아보았다.

화가 난 얼굴로 들어온 우탄이 아이들 시선에 멈칫했다. 공포 분위기 조성하는 거 이제 안 하기로 했는데, 다시 예전으로 돌아간 듯했다. 더군다나 눈이 마주친 구름마저 차갑게 고개를 돌리자 담임 때문에 어처구니가 없던 우탄의 마음에 금이 쩍 갔다. 구름이와 화해는커녕 이대로 사이가 좋 날 지경이었다.

우탄의 등장으로 교실은 조용하다 못해 고요해졌고, 제자리에 와서 앉은 그는 구름의 뒤통수를 노려보았다. 어디서부터 어떻게 말문을 열어야 할지 뾰족한 수가 떠오르지 않았다.

'싹싹 빌까?'

불현듯 그런 생각이 뇌리를 스쳤다.

'이 오우탄이? 쳇!'

그럴 만큼 잘못했단 생각이 들지 않았다. 문자를 할까도 고민해 봤지만, 왠지 구질구질해 보여서 포기했다. 그러다 보니 시간이 흘렀고, 아까운 시간만 허비되니 점점 초조해졌다.

"쌤이 뭐래?"

용이 물었고, 우탄은 심드렁하게 대답했다.

"대학 가래."

"뭐?"

"그게 소원이래."

"크큭……."

"웃지 마, 새끼야."

"크크크크큭."

용이는 크게 웃지도 못하고 배를 움켜잡았다.

"다들 나한테 왜 이러지?"

우탄은 그저 조용히 살고 싶은 마음뿐이었다. 그가 비탄에 빠져 있을 때 수업 시작종이 울렸다.

잠시 후 교실 앞문이 열리며 키가 작은 여선생이 사뿐사뿐 들어왔다. 수학을 좋아하는 비정상적인 인간들을 제외하곤 공공의 적인 수학 시간이었다.

"어머어, 우탄아. 얼굴이 왜 그래에? 누가 그랬어? 잘난 내 새끼를."

특별히 수학을 잘하는 학생들을 '잘난 내 새끼'라고 칭하며 애정을 남발하는 수학 선생이었다.

그랬다. 우탄은 수학을 천부적으로 잘하는 비정상 인간이었던 것이다. 수학과 미술만큼은 용이보다 나은 우탄이었기에 수학 선생의 과한 애정 표현은 늘 우탄을 향해 있었다.

수학 선생의 과한 애정이 부담스러워서 종종 수학 시간을 재끼기도 했던 우탄은 교실에 들어온 걸 후회했다.

"잘난 내 새끼, 나와서 이 문제 풀어볼래에?"

"잘난 내 새끼, 어쩜 문제도 이렇게 잘 풀지이? 아유, 이뻐어."

두 눈에 하트가 무더기로 쏟아지는 수학 선생을 보면서 우탄은 그대로 교실을 뛰쳐나가고 싶은 충동이 일었다.

문제를 풀고 들어온 우탄에게 용이 소리를 죽여 말했다.

"쌤들이 오늘 너한테 애정을 쏟아주기로 회의라도 했나 보다. 오우탄 대학 보내기 긴급회의. 킥킥."

"시끄러."

우탄이 인상을 쓰는데 수학 선생의 날카로운 목소리가 들렸다.

"거기 멍 때리고 있는 너 나와아."

수학엔 젬병인 구름이 멍 때리고 있다가 딱 걸린 것이다. 쭈뼛거리던 구름이 도살장에 끌려가는 소처럼 어기적어기적 앞으로 나갔다.

"풀어봐아."

숫자는 숫자일 뿐.

구름은 난이도 높은 문제에 혼돈의 카오스를 경험했다.

"잘난 내 새끼가 수고 좀 해줘야겠는 걸?"

수학 선생의 말에 우탄이 고개를 푹 숙였다.

"미치겠다."

"얼른 나와아."

습관처럼 말끝을 늘이는 수학 선생이 우탄을 다시 앞으로 불러냈다.

"넌 거기 서서 어떻게 푸는지 똑똑히 봐아."

수학 선생은 숫제 구름에게 벌을 주듯 우탄이 문제를 푸는 걸 보게 했다. 둘이 사귀는 걸 교내에서 모르는 사람이 없는데 일부러 그러는 듯했다.

우탄은 모두의 따가운 시선을 느끼며 문제를 풀었고, 구름은 굴욕적인 시간을 보내야만 했다.

"연애만 할 생각 말고 공부도 해에, 알았어?"

수학 선생의 따끔한 지적을 받은 구름은 안색이 어두워져 자기 자리로 돌아왔다. 우탄도 수학 선생에게 한마디 하고 싶은 걸 꾹 참고 제자리에 와서 앉았다.

싸늘해진 공기에 용이도 더 이상 아무 말도 할 수가 없었다.

"수학 쌤 진짜 너무해."

점심시간에 뒷동산에 온 시안은 분통을 터뜨렸다. 우탄을 예뻐하는 수학 선생이 일부러 구름을 골탕 먹인 거라 생각했던 것이다.

윤희도 시무룩한 구름을 위로했다.

"많이 속상하지? 수학 좀 못한다고 사람을 무시해도 되는 건 아니잖아."

무시받는 것에 민감한 윤희는 자기 일처럼 자존심이 상했다.

"내가 공부를 몬해가 그런 걸 우짜겠노."

구름은 현실을 수긍하려 노력했으나 상처 입은 마음은 쉬이 풀리지 않았다. 하필이면 우탄과 냉전일 때 이런 수모를 당하다니. 인생이 무상했다. 부산에서 학교 다닐 때도 공부 때문에 이 정도로 수모를 당한 적은 없었다. 그도 그럴 것이 구름의 장래희망이 '횟집 사장'이라는 걸 전교생뿐 아니라 선생님들도 다 알고 있었기 때문이다. 횟집 사장은 수학이 아닌 돈 계산만 정확하게 하면 되는 거 아닌가? 칫!

구름이 따사로운 봄볕을 쬐며 마음을 달래고 있을 때였다. 낯익은 기다란 물체가 동산으로 껑충껑충 올라왔다.

"여기 있었냐?"

해맑은 얼굴로 웃는 놈은 바로 리어였다. 구름은 저도 모르게 벌떡 일어났다.

"어, 구름아……."

어제 있었던 일을 모르는 윤희가 구름을 불렀지만, 구름은 리어로부터 도망치듯 내빼 버렸다.

다다다다다!

빠르게 땅을 차는 소리에 놀란 구름이 뒤를 돌아보았을 때였다.

"허걱!"

어느새 쫓아온 리어가 구름의 손목을 잡아챘다.

"으아아아."

구름은 벌레를 떨치듯 리어의 손을 탈탈 털어냈다.

"왜 도망가?"

리어는 어제 일 때문에 그녀가 골이 나 있다고 생각했다. 그런데 구름은 대꾸도 없이 몸을 돌렸다. 리어가 급히 그녀를 돌려세웠다.

"얘기 좀 해."

구름은 눈을 감고 귀를 막았다. 시안의 조언대로 우탄이든 리어든 당분간 상대하지 않기로 했다. 아예 상대를 안 하려는 구름 때문에 리어는 리어대로 속이 탔다.

"어제 일은……."

"꺼지라."

구름은 차갑게 한마디만 하고서 고개를 팩 돌려 버렸다. 억지로 그녀의 손을 귀에서 떨어뜨린 리어가 차분히 말을 건넸다.

"우탄이 얼굴 그렇게 만들어놔서 화난 거 알아. 아는데……."

"느그 둘이 화해를 하든 말든 맘대로 해. 내는 더 이상 느그 둘 사이에 끼기 싫다."

시안의 조언 때문이 아니더라도 구름은 정말 그러고 싶었다. 당사자 얘기는 들어보지도 않고 화부터 내는 우탄도 싫었고, 수학 시간에 그의 앞에서 굴욕을 당해야 하는 자신도 싫었다. 그리고 굳이 쫓아와서 해명하려는 리어도 싫었다.

"진심이냐?"

"혼자 있고 싶다."

리어는 정말 괴로운 얼굴인 구름을 가만히 내려다보았다.

'구름이 괴로워하는 게 날 좋아하게 되어서라면 얼마나 좋을까.'

그 와중에 쓸데없이 희망을 품는 자신에게 어이없었다.

"난 네가 좋아."

"……."

"누가 뭐래도 그건 사실이니까. 널 좋아하는 내 자신한테만큼은 떳떳할 수 있으니까. 욕을 먹어도 내가 먹을 거고, 맞아도 내가 맞을 거고. 그러니까 피하지만 마. 도망치지만 말라구."

"……."

"정말 내가 못 견딜 거 같아서 그래."

구름은 저도 모르게 눈을 떠서 앞에 있는 리어를 올려다봤다. 역광 때문에 눈이 부셨다. 그리고 마음이 아팠다. 왠지 눈물이 날 것 같았다.

꽃

우탄은 오후 수업에 들어가지 않았다. 그는 아무도 없는 뒷동산에 멍한 표정으로 앉아 있었다.

'구름이가 흔들리는 거 맞아.'

어젠 몰랐는데 좀 전에 본 구름의 눈빛은 확실히 그랬다. 구름을 찾으러 갔던 곳에서 리어와 있는 그녀를 보았다. 리어의 절절한 고백도 들었다. 그리고…… 구름이 리어를 바라보는 시선에 심장이 쿵 내려앉아 버렸다.

우탄은 구름에게 사과를 하고 싶었다. 무릎을 꿇으라면 그렇게라도 하고 싶었다. 다시는 주먹질하지 않겠다고 맹세도 하려고 했다. 더 시간이 지나기 전에. 행복이라는 파랑새를 놓치기 전에.

'구름아……'

리어를 바라보던 구름의 눈빛이 머릿속에서 지워지지 않았다. 그게 연민이었든 정이었든 간에 분명한 것은 구름이 리어 때문에 흔들리고 있다는 사실이었다. 리어의 집요한 구애에 안 넘어갈 여자가 어디 있겠는가마는, 그녀만큼은 아닐 거라 생각했다. 먼저 좋아한다고 고백한 것도 그녀였고, 먼저 입맞춤한 것도 그녀였으니까. 그녀의 사랑을 믿었으니까. 믿는 만큼 상처받으리란 걸 알면서 우탄도 구름과의 사랑을 선택했고, 손 안에서 파랑새가 바르작거릴 때마다 날아갈까 봐 두려워했다.

어질, 현기증이 나서 우탄은 그 자리에 대자로 누워 버렸다. 하늘에 높이 떠 있는 태양이 그를 조롱하듯 내려다보고 있었다.

'구름아……'

우탄의 눈가로 눈물 한 방울이 흘렀다. 교실에 들어갔을 때 차갑게 일별하던 구름이 떠올라 괴로웠다. 정말이지 그게 리어 때문이라고는 생각지도 못했다. 생각해 보면 그녀를 흔들리게 만든 것도 자신의 책임이었다. 그녀에게 확신을 주지 못했던 잘못이 컸다.

우탄은 그런 자신이 너무 미웠다.

13

난 어디로 가야 하죠?

'더 스윗' 카페 앞. 9시면 문을 닫는 카페가 10시가 넘었는데도 불이 켜져 있었다.

우탄은 바지 주머니에서 핸드폰을 꺼내 은혜에게 전화를 걸었다.

[우탄아.]

"카페에 불이 켜져 있어서요."

[잠깐 들어올래?]

"네."

집에 들어가기 싫어 거리를 쏘다녔던 우탄은 조금 지쳐 있었다. 쉴 곳이 필요했고, 마침 불이 켜진 카페가 반가웠다. 카페 문이 열리며 은혜가 밖을 내다봤다. 우탄은 카페 안으로 들어갔다. 그가 들어오자 은혜는 다시 문을 잠갔다.

"저녁은 먹은 거야?"

"아뇨."

"라면 먹을래? 나도 출출하던 참인데."

"좋죠."

잠시 후 은혜가 라면 두 그릇을 내왔다. 우탄은 배가 고팠던 차여서 허겁지겁 라면을 먹었다. 라면을 먹고 나자 은혜가 따뜻한 차를 가져와 그의 앞에 놓아주었다.

우탄은 든든히 라면을 먹고 따뜻한 차까지 마시자 얼었던 몸도 마음도 조금 녹는 듯했다.

"왜 아직 안 가셨어요?"

"정리할 게 있어서. 넌 왜 친구들 전화도 안 받구?"

우탄이 대답 대신 은혜를 빤히 쳐다보았다.

"아까 용이 다녀갔어. 너 안 왔었냐고 묻더라구. 얼굴 보니까 싸운 모양이구나?"

은혜가 멍으로 얼룩덜룩한 우탄의 얼굴을 안쓰럽게 바라보았다. 그의 방황을 이해하면서도 한편으론 속히 마음을 잡았으면 했다. 이 또한 지나갈 일인 것을.

"맞았죠. 일방적으로."

"왜?"

"맞고 싶어서요."

"나한테 오지. 나도 잘 때려줄 수 있는데."

은혜의 농담에 우탄이 피식 웃었다.

"너 언제 커서 나랑 맥주 마실래? 기분이 꿀꿀할 땐 맥주가 최고거든."

"애인 있으시잖아요."

"어머, 얘 봐. 누가 연애하자니?"

"그런 뜻 아닌데."

당황하는 우탄이 귀여웠다.

"후후. 애인이랑 헤어졌어."

뜻밖의 소식에 우탄은 할 말을 잃었다.

"카페에 그 사람 흔적이 있거든. 그거 정리 중이었어."

가장 필요한 건 마음 정리였을 터였다. 우탄은 이별에도 덤덤해 보이는 은혜가 부러웠다.

"사귀다가 헤어지면 어떤 기분이에요?"

"사람마다 달라. 이번엔 좀 아프네."

그렇게 말하는 그녀의 표정이 서글펐다.

"많이 사랑하셨나 봐요."

"그랬으면 더 나았을지도. 그 반대였어. 연애가 좀 심심했거든. 그래서 내가 헤어지자고 했어. 그전에 했던 사랑이 좀 진해서 이번엔 헤어지고 싶지 않았는데……. 그 사람한테 실례더라구."

우탄은 은혜가 하는 말을 이해할 수 없었다.

"왜요?"

"다른 사람을 사랑하게 되어버렸거든."

"……!"

"흔들리는 날 견디기가 힘들었어."

그 말이 우탄의 가슴에 와서 쿡 박혔다.

"나쁜 사람이네요, 누나. 그분은 누날 사랑했을 텐데."

"그랬겠지. 나한테 꽤 잘했거든."

"누나가 사랑하게 됐다는 사람, 해 형이에요?"

우탄은 단도직입적으로 물었고, 은혜도 굳이 부인하지 않았다.

"응. 근데 비밀이다. 너한테만 고백하는 거야."

"해 형한테는 고백 안 할 거예요?"

은혜는 어깨를 으쓱했다.

"당장은. 나도 마음 정리할 시간은 필요하니까."

"그분도 알아요?"

"응."

"그러니까 뭐래요? 그냥 보내주던가요?"

"굳이 진해 씨 아니라도 헤어질 거 알고 있었대. 이미 예견된 이별이었던 거지."

예견된 이별.

우탄은 가슴에 와서 박히려는 그 말을 억지로 밀어냈다.

"그걸 어떻게 알죠?"

우탄이 정말 이해하지 못하는 눈빛이기에 은혜는 빙그레 웃음을 머금었다. 그런 걸 이해하기엔 녀석은 너무 어렸다.

"생각이 많아지거든. 사랑할 땐 그 사람만 보이는데 사랑이 식으면 다른 생각이 더 많이 들어와. 그 사람 하나로 만족할 수 없다면 사랑도 끝난 거야."

그 사람 하나로 만족할 수 없다면…… 사랑도 끝난다.

그 말을 곱씹던 우탄은 정말 궁금했던 걸 물었다.

"그분은 누날 용서했어요?"

"용서받을 생각 없어. 그건 그 사람 몫이잖아. 내가 용서받고 싶다고 해서 용서받을 수 있는 것도 아니구. 염치없는 건 헤어질 때 한 번이면 족하지 않을까?"

쿨하다 못해 소름 끼치게 냉정한 대답이었다. 우탄은 씁쓸히 웃었다.

"간편하네요."

"너라면 어떨 거 같아?"

불시에 질문을 받고 우탄은 깜짝 놀랐다.

"저요?"

"응. 네가 사랑하는 여자가 다른 남자한테 흔들린다면 말이야."

은혜가 마치 다 알고 묻는 것 같아서 우탄은 당혹스러웠다. 종일 거리를 걸으며 고민하던 문제에 직면하고도 막상 대답하려니 자신이 없었다.

"흔들리는 이유가 그 남자를 사랑하게 되어서라면 보내줘야겠죠. 용서는 안 되겠지만."

"잡을 생각은 안 해?"

엄마가 떠날 때도 잡아보았지만 소용없었다. 하물며 구름이야.

엄마가 돌아왔는데도 기쁘지 않은 까닭은 손에 움켜쥐려고 한 파랑새가 제멋대로였기 때문이다. 떠날 때도 갑자기, 찾아올 때도 갑자기.

우탄은 찻잔을 두 손으로 감쌌다. 손끝으로 전해져 오는 따뜻한 기운에도 가슴이 저몄다.

"그런들 무슨 소용 있을까요? 이미 마음이 떠난 사람인데."

"잡을 생각이 없다면 깨끗이 잊는 게 낫지 않겠니? 너 자신을 위해서라도."

우탄은 대꾸하지 않았다. 어떤 게 자신을 위한 것인지, 또 어떤 게 구름을 위한 것인지 알 수 없었다. 손에 움키려고만 들면 파랑새는 언젠가 질식해 죽을 것이다. 그러기 전에 자유롭게 놓아줘야 할까?

휙, 휙.

누가 따라오는 것 같았는데 이리저리 돌아보아도 미행하는 사람은 없었다. 카페를 나와 큰길까지 온 우탄은 어디로 가야 할지 몰라 그 자리에 우두커니 서 있었다. 오는 동안 용이도 생각났지만 구름이 있는 그 집에 갈 수 없었다.

주머니에서 핸드폰을 꺼낸 우탄은 저장해 둔 전화번호를 찾았다.

엄마.

그 두 글자를 보는데 왠지 울컥했다. 통화 버튼을 누를까 말까 망설이는 우탄의 손이 가늘게 떨렸다.

"제기랄."

끝내 버튼을 누르지 못하고 우탄은 가까운 PC방으로 갔다. 하룻밤 새우기에는 거기만 한 곳이 없었다.

우탄이 PC방이 있는 건물로 들어간 후 몰래 숨어 있던 리어가 모습을 드러냈다. 마침 카페를 지나던 그는 그곳에서 나오는 우탄을 발견했고, 표정이 심상치 않아 미행을 했던 것이다.

"뭐야? 게임하러 온 거였어? 게임도 잘 안 하는 놈이 왜?"

미행이 싱겁게 끝나서 아쉬운 리어는 누군가 옆을 쓱 지나치자 무심코 쳐다봤다. PC방 건물로 들어가는 남자는 이십대 중반. 어딘지 모르게 악의 기운을 풍기는 놈이었다.

리어는 이끌리듯이 남자를 따라 PC방으로 들어갔다. 남자는 누군가를 찾는 듯 실내를 두리번거렸다. 리어도 우탄을 찾아 사람들을 살피며 걸어갔다.

'찾았다.'

리어가 마침내 우탄을 찾았을 때 우탄은 구석 자리에 앉아 게임에 열중해 있었다. 중학교 때만 해도 가끔 PC방에서 함께 게임을 하곤 했었다. 게임은 용이 제일 못했고, 리어가 제일 잘했다. 우탄은 게임을 즐기는 편이 아니어서 늘 중간 정도의 실력에 속했다.

리어는 남자가 우탄이 앉은 자리로 다가가는 걸 보고 있었다. 아는 사이는 아닌 것 같았는데 왠지 낌새가 이상했다.

우탄은 게임에 열중한 탓인지 남자가 다가오는 것도 모르고 있었다. 사실, 그는 머리가 복잡해서 다른 데 신경 쓸 겨를이 없었다.

'어!'

리어는 자기 눈을 의심했다. 남자가 점퍼 주머니에서 손을 빼는데 보니 번쩍 하고 빛이 났던 것이다.

"우탄아!"

리어가 뛰었다. 벼락같은 고함 소리에 생각에 잠겨 있던 우탄도 깜짝 놀라 고개를 돌렸다.

휘익!

남자가 휘두르는 칼에 우탄은 반사적으로 의자를 밀치며 일어났다. 의자에 얻어맞은 남자가 고꾸라지며 칼을 놓쳤고, 그사이 리어가 뒤에서 그를 덮쳤다.

여기저기서 비명 소리가 터졌다.

뒤늦게 남자를 알아본 우탄은 기겁했다. 남자는 다름 아닌 KTX 그놈이었던 것이다!

"꽉 잡아!"

우탄이 한달음에 달려들어 남자와 뒤엉켜 몸싸움을 하고 있는 리어에게 외쳤다. 남자가 심하게 몸부림을 치며 빠져나가려 하고 있었다.

퍽!

남자가 휘두른 주먹에 얻어맞은 리어가 벌러덩 나자빠졌다. 그사이, 남자가 재빨리 몸을 일으켜 도망쳤다. 몸을 날려 남자의 다리를 붙잡은 우탄이 같이 나동그라졌다.

"으윽!"

넘어지면서 바닥에 얼굴을 세게 부딪친 남자가 신음을 쏟아냈다. 버둥대는 남자를 뒤에서 내리누르고 있는 우탄에게 다가온 리어는 인상을 찡그리며 물었다.

"뭐 하는 새끼야, 이거?"

"KTX."

KTX라면 그 성추행범?!

안 그래도 범인을 잡으려고 벼르고 있던 리어는 얼떨떨했다.

"근데 이 자식이 왜 너한테?"

해코지를 하려면 구름이에게 해야지, 왜 우탄이를 칼로 찌르려는 건지 의아했다.

사람들의 도움을 받아 남자를 일으키며 우탄이 말했다.

"나 때문에 구름이를 납치해 가려던 걸 실패했거든."

그 사실을 까마득히 몰랐던 리어는 소스라치게 놀랐다.

"죽었어!"

눈이 뒤집힌 리어는 남자를 무지막지하게 패기 시작했다.

아닌 밤중에 경찰서로 불려 온 구름의 곁에는 용이와 해가 함께 있었다. 이 밤에 우탄과 리어가 범인을 잡았다는 게 믿기지 않았다. 어제의 적이 오늘의 동지가 된 것인가.

구름은 종일 연락도 없이 애를 태우던 우탄이 범인을 잡아 경찰서에 앉아 있는 게 어이없었다. 그의 옆에서 '나, 잘했지?' 하고 묻듯 눈웃음을 살살 치고 있는 리어를 보자 더 어이가 없었다. 난데없이 우탄에게 칼을 휘두른 범인도 또라이가 확실했지만, 그새 쿵짝이 맞아서 범인을 잡아온 우탄과 리어는 더 또라이가 확실했다.

두 녀석을 차갑게 일별한 구름은 경찰관이 묻는 말에 성실히 임한 뒤 경찰서를 나왔다. 그녀의 뒤를 해와 용이를 비롯한 우탄과 리어가 어슬렁어슬렁 따라왔다.

우뚝!

경찰서 마당으로 나왔을 때 걸음을 멈춘 구름이 휙 돌아보자 아무 생각 없이 따라오던 남자들도 제자리에 섰다. 범인을 잡아서 기뻐할 줄 알았던 구름이 심기가 영 불편해 보여서 우탄은 실망했다. 잘했다고 칭찬받을 줄 알았던 리어도 시무룩했다.

"씨이, 잡아줘도 불만이야."

리어가 투덜대자 용이 작은 소리로 속삭였다.

"조용히 가자. 지금 범인 잡은 게 문제가 아닌 것 같다."

"이 어려운 걸 해냈는데?"

눈치가 꽝인 리어는 자기가 범인을 잡은 것을 생색내고 싶어 안달했다.

"끄응. 그냥 입 닥치고 가자니까."

"인간적으로 고맙다는 말은 해야 하는 거 아냐? 계집애가 싸가지로 밥을 말아 먹어도 유분수지. 내가 그때 그 자리에 나타난 건 신의 한 수였어, 이거 왜 이래?"

구시렁대며 해의 차까지 온 리어는 조수석 문을 열었다. 그 안으로 냉큼 구름이 올라탔다.

"아냐. 남자 셋이 뒤에 앉으라고? 좁아서 어떻게 앉아?"

리어를 홱 밀어낸 구름이 차 문을 탁 닫았다. 하는 수 없이 세 녀석은 꾸깃꾸깃 몸을 접어 뒤에 끼어 앉았다.

"나, 칼에 찔릴 뻔했거든?"

아무래도 억울했는지 리어가 불평했다. 솔직히 말해서 칼에 찔릴 뻔한 건 자신이었기에 우탄은 어이없게 그를 쳐다봤다.

"칼에 찔릴 뻔한 건 나지."

"기껏 구해줬더니."

리어가 우탄을 괘씸하게 째려봤다.

"누가 구해달랬어?"

"와, 물에 빠진 거 건져 줬더니 보따리 내놓으라는 새끼 좀 보게. 넌 나 아니었음 오늘 칼에 맞아 뒈졌어."

여러분은 지금 배은망덕한 놈을 보고 계십니다.

리어는 온 세상에 우탄이 사악한 놈이란 걸 알리고 싶었다.

"죽든지 말든지 네가 무슨 상관이야?"

구름이 일로 아직 마음이 안 풀린 우탄도 점점 유치의 끝을 보여주고 있었다. 중간에 낀 용이는 스트레스로 머리가 지끈거렸다.

"네가 아직 덜 맞았구나?"

"맞아준 거야, 새끼야. 알지도 못하면서."

"그래, 오늘 끝장을 보자."

"기다리던 바다."

그때 구름이 조용히 끼어들었다.

"오빠야, 차 세워라."

"응? 여기서?"

"여기서."

구름의 표정이 살벌했기에 해는 어쩔 수 없이 갓길에 차를 세웠다. 구름이 뒤도 돌아보지도 않고 말했다.

"둘 다 내리라."

'헉!'

'무서운 가스나!'

놀란 우탄이 입을 꾹 다문 것과 달리 리어는 구름의 어깨를 주무르며 아양을 떨었다.

"에이, 왜 이래? 집까지는 가서 내려줘야지잉."

"퍼뜩 몬 내리나!"

구름이 악을 써서야 찔끔한 우탄과 리어는 후다닥 차에서 내렸다. 하지만 차 문을 닫지도 못하고 리어가 사정했다.

"진짜 두고 갈 건 아니지? 구름아아."

"문 닫아라."

씨알도 안 먹혔다.

문을 닫은 리어는 곧장 출발하는 차를 보며 울분을 토했다.

"아이씨이이이이! 내가 뭘 어쨌는데에에에!"

한편, 차 안에는 무거운 정적이 깔렸다. 그 정적을 깨고 용이 슬그머니 참견을 했다.

"너무 심한 거 아냐? 범인도 잡았는데."

"니도 내리고 싶나?"

"아니."

냉큼 도리질을 친 용이는 얌전히 입을 다물었다. 힐끗 구름을 쳐다
본 해가 차분한 음성으로 물었다.

"왜 그렇게 화가 났어?"

"내 때문에 죽을 뻔했다 아이가. 칼 든 놈을 뭐 한다꼬 상대하노.
고마 신고나 할 것이지. 진짜로 칼에 찔렸으마 우짤 뻔했노."

구름은 생각만 해도 가슴이 후들거렸다. 그런데도 잘났다고 싸워대
는 두 놈을 보자 화가 치밀었다.

"걱정됐던 거로구나?"

해는 구름의 마음을 알 것 같아 그녀의 머리를 쓱쓱 쓰다듬었다.
긴 한숨을 내쉰 구름은 집으로 가는 내내 더 이상 말이 없었다. 범인
은 잡혔지만, 우탄과 리어가 크게 다칠 뻔한 상황만 생각하면 정신이
아찔했다.

'정말 다 관둬 버릴까?'

구름은 두 녀석을 위해서라도 우탄을 포기하고 싶은 마음이었다.
이런 난장 로맨스의 주인공이 되느니 다큐 주인공이 되는 게 정신 건
강에 좋을 것 같았다.

다음 날 점심시간, 구름에게 KTX 사건의 자초지종을 들은 시안과

윤희는 경악했다.

"오 마이 갓!"

"정말 큰일 날 뻔했다. 아유, 무서워."

윤희가 몸서리를 쳤고, 시안이 창백해진 얼굴로 말했다.

"우탄인 화해를 꽃도 아니고 범인 잡아주는 걸로 한 거야? 대단한 걸."

이런 게 '도른 자'의 위엄인가.

"화해 안 했다."

"정말 단단히 마음먹었구나? 그래, 잘했어. 범인 잡았다고 용서하는 건 아니지. 우탄인 뭐랬는데?"

"암말도 안 하던데?"

"뭐야……. 화해하고 싶은 눈치도 없었던 말야?"

전혀 그런 눈치라고는 없었다. 그럴 마음이 있었으면 어젯밤에 했겠지. 그렇게 하차한 뒤로 전화는커녕 문자조차 없었다. 이러면 끝까지 자존심 싸움을 하겠다는 건데…….

윤희가 걱정스러운 얼굴을 했다.

"우탄이가 끝까지 화해할 생각이 없으면 어떡해?"

'그럼 뭐 내가 하면 되는 기지.'

심심한 다큐보다 난장 로맨스 주인공이 더 낫지 않을까?

어젯밤 우탄의 전화를 기다리며 구름이 내린 결론이었다.

"절대, 구름이 네가 먼저 굽히고 들어가선 안 돼. 먼저 굽히는 사람이 평생 굽히게 되어 있어."

"……."

"……."

잔뜩 흥분한 시안이 서로 눈치를 보고 있는 구름과 윤희에게 시선을 돌렸다.

"그 눈빛들은 뭐지? 구름이 넌 마음 약해진 눈빛이고, 윤희 넌 이해를 못 하는 눈빛이잖아."

"모르는 사람이 들으마 시안이 니가 남친한테 억수로 굽히고 들어가가 억울함의 분노를 표출하는 줄 알겠다. 와 이래 흥분하노?"

구름의 예리한 분석에 시안은 정색했다.

"남친이나 사귀어봤음 좋겠네."

"시안이가 정의감이 넘쳐서 그런 거겠지?"

윤희도 그렇게 생각하는 편이 나을 것 같다는 투였다. 그게 아니면 시안이 흥분하는 이유를 설명할 길이 없었다.

"얘들아, 너희들은 이 언니 말만 잘 들어. 그럼 자다가도 떡이 나올 테니까."

시안은 장담했다. 비록 연애를 책으로 배웠으나, 이론만큼은 자신 있었다. 그러나 자다가도 떡이 나올 일은 오디션 2차 예선을 치르는 날까지 생기지 않았다.

시안의 말만 듣고 해결을 차일피일 미루던 구름은 우탄이 끝내 화해를 청할 기미가 없자 속이 문드러질 지경이었다.

❦

2차 예선 전날. 리어는 흥분한 탓에 잠이 오지 않아 빌라 밖으로 나왔다. 생각보다 우탄이와 구름의 냉전이 오래가서 잘만 하면 일이 쉽게 풀릴 것도 같았다.

"역시 하늘은 내 편이었어."

편곡도 잘되었고 연습도 충분히 했고 합격할 자신도 있었다. 오디션 본방에 맞춰 엄마가 유럽 공연을 떠나는 것도, 때맞춰 우탄과 구름이 냉전인 것도 다 하늘이 돕고 있다는 증거였다.

"구름이 얼굴이나 볼까?"

리어는 신이 나서 구름에게 전화를 걸었다. 내일 예선 때 구름이 같이 안 간다는 얘기를 들었기에 꼬셔볼 생각이었다.

[전화하지 말라 캤재.]

구름은 리어가 하도 전화를 해대서 신경질적으로 받았다. 그러나 집요한 리어는 그녀의 냉대에도 굴하지 않았다.

"내일 2차 예선이야."

[우짜라고?]

"너의 응원이 필요해."

[끊어라.]

"잠깐만!"

[또, 뭐?]

"아이스크림 사줘."

뚝!

냉정하게 끊어진 핸드폰을 보며 리어는 쩝 입맛을 다셨다.

"인정머리 없는 가스나."

핸드폰을 주머니에 넣은 리어는 무슨 생각인지 싱긋 웃었다.

"내가 보러 가면 되지, 뭐."

용이 집으로 온 리어는 거실에서 TV를 보고 있던 효순을 보자 두 팔을 벌려 달려갔다.

"엄마아아아!"

어려서부터 제집 드나들다시피 한 집이어서 리어는 효순에게도 제 엄마 대하듯 했다. 효순도 리어를 와락 끌어안으며 간만에 만나는 모자지간처럼 반가워했다.

"아유, 요즘 왜 이렇게 얼굴 보기가 힘들어? 통 놀러도 안 오구."

"보고 싶었쩌용."

아들만 셋이어서 착착 안기는 법이 없어 서운했던 효순은 싹싹한 리어를 특별히 예뻐했다.

"감독님은 잘 계시구?"

"엄마야 늘 바쁘죠. 담달에 유럽 공연 있대요. 준비하느라 정신없어요."

그래서 얼마나 기쁜지 모른답니다. 하하하.

"같은 여자가 봐도 감독님 되게 멋져. 나야 살림만 하다 보니까 늙기만 하구."

"어유, 엄마의 미모는 동네에서 알아주는데 무슨 말씀이세요? 기억 안 나세요? 어렸을 때 엄마의 아리따운 미모와 자애로운 품성에 반해서, 엄마 아들 할 거라고 떼썼잖아요."

"오호호. 그랬지. 얼마나 울고 떼를 쓰던지 그날 우리 집에서 잤잖니. 감독님이 황당하고 서운해하던 얼굴, 아직도 기억나, 얘."

효순은 그때도 리어가 참 유별난 애라고 생각했지만, 오히려 그걸 계기로 친아들처럼 대해주었다.

"네가 딸이었음 며느리 삼았을 텐데."

"그쵸? 나만 한 며느리 얻기 힘들 건데 아깝다. 지금이라도 딸 같은 아들 노릇 하러 여기 와서 살까요?"

리어의 천연덕스러운 너스레에 효순이 깔깔 웃었다.

"감독님 서운해 하셔, 얘. 가끔 와서 자고 그래. 엄마가 맛있는 거 해줄게."

그때 계단에서 구름이 내려왔다. 물을 마시러 내려왔던 그녀는 효순과 수다를 떨고 있는 리어를 보자 눈을 세모로 떴다.

'저놈의 눈웃음은 남녀노소를 안 가리는구마.'

"어머, 구름아. 용이도 내려오라고 해. 과일 깎아줄게."

"지는 됐심더."

구름이 퉁해서 주방으로 들어갔고, 효순이 어리둥절해했다.

"쟤가 웬일이야, 먹을 걸 마다하고. 저녁밥을 두 그릇이나 먹더니 체했나?"

"과일 깎아주세요. 제가 갖고 올라갈게요."

"그럴래? 잠깐만 기다려."

효순이 부랴부랴 주방으로 들어갔고, 잠시 후 구름이 주방에서 나왔다.

"옴마얏!"

주방 앞에서 기다리고 있는 리어 때문에 소스라치게 놀란 구름은 가슴을 쓸어내렸다. 그녀의 격한 반응에 리어는 기분이 좋았다.

"날 의식하긴 하는 모양이네. 놀라는 거 보니까."

"지랄도 풍년이다."

구름이 리어를 쌩 지나쳤다. 그녀의 손목을 잡은 그가 계단을 뛰어 올라갔다.

"뭐, 뭐꼬?"

리어의 손에 잡혀 총총총 계단을 올라가며 구름이 손목을 비틀었으나, 그는 한달음에 다락방까지 올라갔다. 마치 제 방처럼 방문을 열고 들어가더니, 구름을 그 문에 기대놓았다. 구부정하게 등을 굽힌 리어가 구름을 향해 씩 웃었다. 한 뼘 거리의 공간은 구름도 가슴이 쿵 떨어질 정도로 가까웠고 위험했다. 저도 모르게 뒷걸음질 쳤으나 문에 가로막혔다.

"와, 와 이라노?"

그동안 계속 피해서 리어도 인내심의 한계를 느꼈을 터였다. 연습 때문에 참고 참다가 2차 예선전을 하루 앞둔 오늘, 집까지 찾아왔으리라.

"언제까지 피할 거냐?"

"떨어지라."

구름의 경고에도 리어는 오히려 그녀의 머리 위로 팔을 기댔다. 좀 더 가까워진 그의 얼굴에 구름은 움찔했다. 순간 눈빛이 돌변한 리어의 입에서 나른한 음성이 흘러나왔다.

"키스하고 싶어."

"……!"

"안 되겠지?"

'당연하지! 내는 임자 있는 여자란 말이다!'

구름은 리어의 직격탄에 너무 놀란 나머지 입만 벙긋거렸다.

물고기처럼 벙싯거리는 구름의 입술에 시선이 꽂힌 채 리어는 최대한 인내심을 발휘하고 있었다. 마음 같아선 뒷일 생각 안 하고 키스하고 싶었다. 키스하고 싶어서 입술이 근질거리다 못해 아플 지경이었다. 우탄이만 아니었다면 벌써 키스하고도 남았을 테지만…….

혀로 제 입술을 싹 훔친 리어는 완전히 얼어붙은 구름의 입술에 엄지를 갖다 댔다. 그녀의 입술에 묻은 아이스크림을 닦아주었던 그날, 우탄과 구름이 냉전으로 들어간 계기가 단순한 이 손짓 하나 때문이었단 걸 나중에야 깨달았다. 그땐 무의식중에 나온 행동이었지만, 지금은 달랐다.

탱탱한 그녀의 입술, 그녀의 심장처럼 뜨겁고 빨간…….

빨려들 듯이 구름에게 고개를 숙였을 때 '짝!' 하고 매서운 따귀가 날아왔다. 맞은 뺨이 얼얼해 꼼짝도 못하고 있는 리어에게 구름이 무섭게 뇌까렸다.

"떨어지라 캤재."

정말 화가 났나 보다.

"싫어."

리어 또한 오기가 난 눈빛으로 구름을 노려보았다. 그녀의 손이 또 올라왔다.

턱!

구름의 손목을 낚아챈 리어가 문에 그녀를 밀어붙였다. 속으로 몹시 놀랐으나 구름은 화가 나서 차갑게 쏘아붙였다.

"니 진짜 죽고 싶나!"

"나는…… 네가 그냥 좋을 뿐이고……. 그래서 키스하고 싶어서 미치겠는데 참고 있었을 뿐이고……."

"입 닥치라."

"키스가 아닌 뭐라도 네 마음을 얻을 수 있다면 할 수 있고……. 네가 우탄이랑 헤어질 수만 있다면 뭐든 할 거 같고……."

"고만하라 캤다."

구름이 씨근덕댔다.

"나는 왜 안 되는데?"

눈시울이 붉어져 묻는 리어에게 구름은 차갑게 대꾸했다.

"내는 첨부터 우탄이를 좋아했고, 지금도 그렇고, 앞으로도 그럴 기다. 니가 아무리 발광을 해도 내는 우탄이랑 안 헤어질 기라꼬."

구름은 우탄이와 헤어지는 게 무서웠다. 그 이유가 리어 때문이라면 더더욱 자신을 용서하지 않을 것이다. 지금이야 원수 같아도 한때 절친이었던 두 녀석을 생각해서라도 그래선 안 되는 거였다.

"……."

우탄을 향한 구름의 마음이 너무나 견고해서 리어는 가슴이 무너지는 것 같았다. 둘 사이에 자신이 끼어들 틈이 없다는 걸 깨닫자 온몸에 힘이 쭉 빠졌다.

🐨

어두컴컴한 방 안. 리어가 다녀간 후로 창가 소파에 기대앉아 정원을 내려다보던 구름의 눈에서 한 줄기 눈물이 주르륵 흘렀다. 절망한 얼굴로 방을 나가던 리어의 모습이 잊히지 않았다.

"또라이……."

리어에게 잡혔던 손목이 아직도 시큰거렸다. 그가 매만졌던 입술의 느낌도 아직 생생했다. 그 순간 가슴이 떨리던 느낌도 사그라지지 않았다.

"나쁜 시키."

손등으로 입술을 세게 문질러 닦던 구름은 핸드폰을 들었다. 오지 않는 우탄의 전화를 더 이상 기다리기 힘들었다.

"딱 열까지만 셀 기다. 그 안에 전화 안 오마 진짜 끝이다……. 하나……, 두울……."

느릿느릿 세어도 어느덧 숫자는 아홉까지 와버렸고, 구름은 흐르는 시간에 절망했다.

"……열."

"미안해."

눈도 제대로 맞추지 못하는 수애를 보면서 우탄은 심란했다. 오늘만큼은 구름에게 전화를 하려고 했는데 마침 엄마에게 전화가 걸려온 것이다.

먼저 연락하겠다고 말하고 헤어진 후, 아들이 보고 싶어서 참을 수 없었던 수애는 또다시 용기를 내었고, 오지 않을 줄 알았던 우탄은 곧장 그녀가 묵고 있는 호텔 카페로 왔다.

"무슨 일이세요?"

우탄의 목소리는 덤덤했지만, 한편으로는 안도감이 들었다. 엄마가 먼저 전화하지 않았더라면 그가 연락하는 일은 없었으리라. 마음의 정리는 쉽게 되지 않았고, 구름이와 리어의 일로 머리가 더 복잡해졌을 뿐이었다.

"우탄아, 엄마랑 미국 갈래?"

"……."

결국 그 말이 나오고야 만다.

자의든 타의든 우탄에게는 이제 결정할 일만 남아 있었다. 아빠가 억장이 무너지는 소리를 해도, 엄마를 전부 용서하지는 못하더라도, 적어도 아빠의 집에서 하루라도 빨리 벗어날 수 있진 않을까. 하지만 이대로 구름과 헤어지는 건 내키지 않는 일이었다.

수애는 속이 타는지 자꾸 물을 홀짝였다.

"일주일 후엔 미국으로 돌아가야 해. 이번에 들어가면 다시 나오기 힘들지도 몰라."

"네."

엄마와의 마지막. 그리고 막연한 기다림.

우탄은 질식할 것처럼 숨이 막혔다.

"엄마가 죽을죄를 지었어. 널 두고 떠나는 게 아니었는데…… 더 이상 그 집에 있다간 미쳐 버릴 거 같아서 도망쳤어. 살고 싶어서 그랬어. 내가 살아야 너도 살릴 거 같아서 그랬어."

수애는 고해성사를 하듯 우탄에게 솔직한 심정을 토로했다. 우탄은 그런 엄마를 담담히 바라보았다.

왜 그 순간, 그토록 미웠던 엄마가 이해되었을까? 엄마의 그때 심정이 지금의 자신의 심정과 같아서였을까?

"엄마."

"어, 그래."

수애는 우탄의 입에서 허락이 떨어지기만을 간절한 마음으로 기다렸다. 제발 이제부터라도 온전한 엄마가 될 기회를 달라고 애원하고 싶었다. 그녀는, 이 순간만을 위해 이 악물고 살아온 지난 5년이 헛되지 않게 해달라고 신에게 빌었다.

"생각할 시간을 좀 주세요."

"그럼. 당연히 그래야지."

그 정도의 대답만으로도 수애는 가슴이 벅차올랐다. 우탄이 딱 잘라 거절하지만 않아도 희망이 있었다.

"고마워. 고마워, 우탄아."

좋아서 어쩔 줄 모르는 엄마를 보자 우탄은 마음이 놓였다. 그냥 해본 말이 아니라는 걸 알 수 있었기 때문이다. 우탄은 누구에게든 더 이상 자신이 짐이 되는 걸 원치 않았다. 용이 말처럼 인생은 스스로의 것이었고, 그리하여 자유로워지고 싶었으니까. 엄마의 손길이 절실히 필요한 어린애가 아닌, 자신이 아빠에게서 도망치고 싶었듯이 엄마도 그랬을 거라고 이해해야 할 나이였으니까.

그러나 무엇보다 우탄은 구름과 이별하는 게 가장 무거운 짐이었다.

그날 밤, 집으로 돌아왔을 때 우탄은 또다시 낯선 여자의 구두가 현관에 있는 것을 보았다. 다른 때였으면 조용히 나갔을 테지만, 오늘만큼은 달랐다. 중문을 활짝 열어젖히고 거실로 들어섰다. 소파에 나란히 앉아 서로를 애무하던 중세와 젊은 여자가 화들짝 놀라 떨어졌다.

"넌 기척도 없이!"

중세가 다짜고짜 나무랐고, 젊은 여자는 흐트러진 옷매무새를 가다듬으며 우탄을 못마땅하게 흘겼다. 우탄이 두 사람을 빤히 쳐다보다가 물었다.

"저 엄마 따라 미국 가도 되죠?"

"뭐?"

중세가 당황하는 걸 보자 우탄은 꽉 막혔던 명치 부근이 스르륵 풀렸다.

"지금까진 방해하지 않으려고 조용히 사라져 드렸지만, 앞으론 힘들 거 같아서요. 제가 아예 이 집에서 사라지는 게 아빠의 사생활을 위해서도 낫지 않겠어요?"

"나 몰래 네 엄마랑 연락하고 있었던 거야?"

중세의 목소리에 분노가 스며 있었다. 우탄의 싸늘한 시선이 젊은 여자로 옮겨갔다.

"아줌마."

"아, 아줌마?"

"아줌마가 우리 집에 온 오십두 번째 여자예요. 성형외과 원장 부인 되는 거 쉽지 않을 거란 뜻이에요."

"우, 우탄이 너 이 녀석!"

황당해하는 젊은 여자의 눈치를 보며 중세가 안절부절못했다. 여러 여자랑 바람피우려면 거짓말이 필수였겠지.

우탄은 얼굴이 시뻘게진 중세를 차갑게 노려보며 다시 물었다.

"저 엄마 따라 미국 갈까요, 이 집에서 살까요?"

❦

구름이 우탄에게서 만나자는 전화를 받은 것은 '아프락사스' 밴드부가 2차 예선전에 합격한 다음날이었다.

기껏 놀이터에서 만난 우탄은 말이 없었다. 아니, 할 말은 많은데 무슨 말을 어떻게 해야 할지 모르겠는 표정이었다. 할 말을 일일이 적어줄 수도 없고, 구름은 도도하게 앉아 있다가 점점 속이 타들어갔다. 우탄이 먼저 운을 떼야 못 이기는 척 용서를 해주든 화해를 해주든 할 텐데 말이다.

벤치에 뚝 떨어져 앉아 멀뚱멀뚱 하늘만 올려다보던 구름은 힐끗 우탄을 훔쳐봤다.

훔쳐봐도 기똥차게 잘생긴 얼굴.

"할 말 없으마 가고."

기다리다가 지쳐 구름이 넌지시 한마디 했다.

"물어보고 싶은 게 있어서."

"뭔데?"

'리어를 좋아하는 거 아니지?' 그런 질문이면 머리부터 발끝까지 골고루 맞을 줄 알아라.

잠시 뜸을 들이던 우탄이 어렵게 말문을 열었다.

"만약에 내가 미국에 간다고 하면……."

'뭔 소리고?'

구름은 난데없이 웬 미국이냐 싶어 눈이 동그래졌다.

"나 기다려 줄 수 있어?"

'미국에 유학을 간단 얘긴가?'

미안하다는 말도 아니고, 화해하자는 말도 아니고 갑자기 웬 미국? 질투에 눈이 멀어 유학 결심을 한 건가?

"갔다가 언제 오는데?"

"몰라."

"……."

언제 올지도 모를 놈을 천년만년 독수공방하면서 기다리라고?

"장난하나?"

"엄마가 오셨는데……."

"뭐?"

"5년 전에 미국으로 떠났던 엄마가 왔어. 같이 미국에 가고 싶대."

"……!"

장난이 아니었다. 구름은 머리를 한 대 얻어맞은 것처럼 정신이 멍했다.

14
떠나는 그대에게 꽃길을

'미국에 가는 일 때문에 고민하느라 전화를 못 했던 거였구나.'

구름은 무거운 마음으로 우탄을 바라보았다. 세상에 말문을 닫았던 우탄. 그 배경에 엄마가 있었다. 그녀는 자기 때문에 결정을 못 하는 우탄이 안타까웠다. 그리고 고마웠다.

잠깐의 위기는 있었지만, 진심으로 우탄과 헤어질 생각은 없었다. 그가 끝내 화해를 청하지 않는다면, 자존심 따위 집어치우고 먼저 화를 풀어줄 생각이었다. 하지만 엄마 일이라면 이야기가 달라진다.

현실적으로 생각해 보자.

"내 의견이 뭐가 중요하노? 니가 엄마랑 사는 기 중요하지."

"……."

우탄은 빙그레 웃고 있는 구름을 빤히 응시했다. 일부러 용기를 주고자 하는 말이 아니었다. 엄마와 사는 게 당연하다는 표정이어서 괜한 고민을 했나 하는 생각이 들 정도였다.

도대체 이 아이는 어디까지 해맑을 건가?

그게 또 가슴 아파서 우탄은 목이 메었다.

"나랑 헤어지는 거 안 겁나?"

난 겁나.

미국이 이웃 동네도 아니고, 언제 다시 한국에 돌아올지 기약할 수도 없었다. 짧은 만남, 긴 이별. 게다가 구름의 옆에는 진득이 리어가 딱 달라붙어 있었다. 구름이 리어에게 흔들리는 마당에 우탄은 떠나야 하는 것이다.

"기다리라매."

천년만년 기다려 줄 것처럼 덤덤한 대답이었다.

'미국으로 떠나는 게 차라리 잘되었다고 생각하는 건 아니겠지?'

우탄은 구름의 속내가 궁금했다.

"뭐가 이렇게 간단해?"

"이기 내 체질이다. 복잡한 거, 진짜 안 맞드라. 니 전화 기다리다가 속이 문드러지는 줄 알았다 아이가."

시안사랑교를 믿는 게 아니었다. 이래서 사이비가 무섭다는 겁니다, 여러분!

구름의 말을 듣고서야 우탄은 자신이 오해하고 있었음을 깨달았다. 구름은 리어에게 흔들렸을지언정 진짜 사랑은 버리지 않았다는 걸. 가슴 깊은 곳에서 안도감이 밀려왔다.

우탄은 구름을 가만히 품으로 끌어당겼다.

"난 너랑 헤어지기 싫어. 그래서 진짜 진짜 고민돼."

아빠와 사생결단 내듯이 대답을 얻어낸 뒤로도 우탄은 구름 때문에 망설이고 또 망설였다.

"안다. 딴 놈이 채 갈까 봐 그라재?"

"리어 그 자식 때문에 더 못 가겠어. 불안해서."

구름을 주머니에 넣어서 데리고 갈 수 있다면 얼마나 좋을까. 그렇게 간단한 문제라면 정말 그러고 싶었다.

"니가 걱정하는 그런 일 없을 기다. 니, 내 몬 믿나?"

구름이 흔들리는 게 두렵고 무서웠던 우탄은 울컥했다. 그런데 고민할 필요도 없이 엄마와 살아야 한다는 구름이. 기다려 줄 테니 믿어달라는 그녀에게 고맙고 미안했다. 구름에 비하면 그녀를 의심하고 불안해했던 자신은 너무나 못난 놈이었다.

"구름아, 우리 같이 미국 갈래?"

서울로 유학 온 지 얼마나 됐다고.

구름은 사실, 성적이 좋지 않아서 간다고 해도 걱정이었다. 꿈이 횟집 사장인 사람이 미국 유학 가서 칼만 갈다가 올 수도 없는 노릇이었다. 우탄과 헤어질 생각에 가슴은 미어지지만, 그와 영원히 헤어질 거란 생각은 조금도 들지 않았다. 이제 겨우 열여덟 살이고, 함께할 날이 훨씬 많았으니까.

무엇보다 인생에서 엄마를 잃고 살아야 했던 우탄에게 엄마를 찾아주고 싶었다. 어쩌면 지금 우탄에게 가장 필요한 것은 자신이 아니라 엄마인지도 모른다.

고개를 든 구름이 우탄의 얼굴을 물끄러미 쳐다보았다. 그도 시린 눈빛으로 그녀를 마주 응시했다.

"우탄아, 내는 니가 행복했으마 좋겠다."

"……"

우탄은 가슴이 뭉클했다. 구름은 그 누구보다 그의 행복을 빌어주고 있었다. 손아귀에 쥐려고만 했던 파랑새가 파드득 날갯짓을 하며 그의 손에서 빠져나갔다. 마음만 먹는다면 언제든 손안으로 날아들 파랑새인 걸 알기에 우탄도 더 이상 손을 아프게 움켜쥐지 않아도 되었다.

"니가 일일이 말 안 해도 다 안다. 니가 얼마나 불행했는지. 그래서 더 니가 마음에 들어왔는지도 모르재."

우탄을 마음에 담았던 그날을 어떻게 잊을까. 그날이 가슴에서 지워지지 않는 한 우탄이란 존재도 사라지지 않을 터였다. 구름은 사랑하는 사람을 심장에 새긴다는 말이 무슨 의미인지 알 것 같았다. 무작정 끌려서 고백하고, 키스할 때는 몰랐다. 이 정도로 우탄을 사랑하게 될 줄은.

그래서 보내줄 수 있었다. 언젠가는 돌아올 그라는 걸 아니까. 둘이 함께한 짧은 시간이 한때 지나가는 추억 정도로 끝나지 않으리라는 확신이 드는 건 우탄의 진심 어린 눈빛 때문이었다.

우탄은 상처받은 아이였다. 그리고 엄마의 치유가 필요한 아이였다. 그 누구도 우탄에게서 엄마를 빼앗아서는 안 되었다.

우탄이 그렁거리는 눈으로 구름의 뺨을 쓰다듬었다. 그의 눈물에 그녀도 눈물을 글썽였다.

"니 돌아올 때까지 기다릴 기다. 그니까 니는 행복해지가 돌아오마 된다. 그기 니가 내를 위해서 해줄 일이다. 알겠재?"

우탄은 대답하지 못했다. 모든 게 갑작스럽고 엉망이 되어버린 것만 같았다.

망설이는 우탄을 보면서 구름은 더욱 확신했다.

"꼭 미국 가그라. 그래야 니가 산다."

우탄은 구름의 이마에 자신의 입술을 묻었다. 마음이 아파서 아무말도 할 수가 없었다. 감은 눈에서 고였던 눈물이 또르르 굴러떨어졌다. 우탄은 그대로 입술을 내려 구름의 입술을 머금었다. 따뜻하고 달달한 입술. 그러나 맞닿은 입술의 느낌은 칼날로 벤 것처럼 아팠다.

'미안해.'

구름이 울고 있는 우탄을 감싸 안았다. 시안이에게 우탄에 대해 많은 이야기를 들었다. 아빠 때문에 힘들어하는 걸 알면서 애써 모른 척했다. 그의 자존심을 건드릴까 봐 조심스러웠기 때문이다. 우탄이 용이 방에서 잠을 잘 때마다 아빠와 싸웠나 싶어 마음이 쓰였다.

이럴 줄 알았더라면 먼저 화해를 청할 걸 그랬다. 이렇게 함께 있을 시간이 적을 줄 알았더라면 마음이나 편하게 해줄 걸 그랬다. 우탄이 혼자 고민하는 줄도 모르고, 못된 버릇 고치겠다며 냉전 같은 건 하지도 말 걸 그랬다.

'사랑한데이.'

사랑한다, 사랑한다, 사랑한다…….

구름은 입을 맞출 때마다 우탄의 입술에 속삭였다. 볼을 쓰다듬는 그의 손길과 점점 격렬해지는 키스에 온통 마음을 빼앗겼다. 부드럽던 입술은 거칠어졌고, 가늘게 새어 나오던 신음은 격해졌다. 그가 혀를 말아 올릴 때마다 구름의 어깨가 움츠러들었다. 짜릿한 기운이 척추를 훑고 지나가며 머릿속을 뜨겁게 만들었다.

"흐읍!"

구름은 견디지 못하고 우탄의 어깨를 움켜잡았다. 그가 품으로 끌어당길 때마다 그녀의 작은 몸이 흔들렸다.

아찔한 키스의 시간이 지나가고 마침내 우탄의 입술이 떨어졌을 때 구름은 눈을 뜰 수가 없었다. 아직도 꿈을 꾸는 것 같았다. 미친 듯이 심장이 뛰고 있었다.

"구름아."

우탄의 다정한 음성이 들려서야 구름은 가만히 눈을 떴다. 눈물로 촉촉해진 눈망울이 그를 향해 있었다. 그의 깊은 눈동자를 하염없이 바라보았다. 은하수가 머문 것 같은 그의 눈동자를 오랫동안 볼 수 없으리란 생각에 마음이 미어지게 아팠다.

"언제 가노, 미국?"

"엄만 일주일 후에 들어가실 거고, 난 정리되는 대로 움직일 거야."

이왕 갈 거라면 빨리 가는 편이 나으리라.

"애들이 알모 놀라겠다, 그자?"

"그렇겠지. 리어는 좋아하겠네. 꼴 보기 싫은 놈 없어져서."

덩실덩실 춤을 출지도.

"이런 일은 오래 생각하모 안 된다. 니 미래를 생각해야재. 니는 공부도 잘한다 아이가. 미국 가모 더 잘할 기다. 대학만 딱 졸업하고 온나."

"대학?"

"이제부터 니가 고민할 거는 대학 가가 뭘 전공할지다. 알겠재? 그 외에는 고민하지 마라. 머리만 복잡하다."

우탄은 곰곰이 생각에 잠겼다.

"대학 졸업하려면 거의 6, 7년을 기다려야 해. 너, 괜찮겠어?"

"뭐 자주는 못 보더라도 1년에 한 번 정도는 볼 수 있지 않겠나? 니가 오든 내가 가든. 핸드폰은 뒀다 어디다 쓸라꼬."

"그래도 미국은 너무 멀다."

우탄은 구름과 매일 못 본다는 게 너무 끔찍했다.

❧

며칠 후 우탄은 모처럼 친구들을 데리고 노래방에 왔다. 더 늦기 전에 미국으로 가게 됐다는 소식을 알리기 위해서였다. 구름과 용이를 제외하고 그 사실을 까맣게 모르는 아이들은 오랜만에 신나게 가무에 빠져들었다. 그중에서도 제일 미친 듯이 논 사람은 구름이었다. 그녀의 격렬한 몸짓에 모두 말릴 생각을 하지 못했다.

최신 유행하는 댄스곡을 섭렵한 구름은 별안간 이별 노래를 부르기 시작했다. 자리에 앉아 다음 곡을 고르던 시안이 옆에 앉은 용이를 다리로 툭툭 쳤다.

"쟤 왜 저러는지 아니?"

시안의 눈에도 구름이 여간 이상해 보이는 게 아니었다. 요 며칠 감정이 롤러코스터를 타는 게 화해를 한 게 아니라 이별을 앞둔 사람 같았다.

안 그래도 이야기할 타이밍을 찾던 용이 우탄에게 슬쩍 눈치를 줬다.

"나, 곧 미국 가."

"뭐!?"

시안이 소리를 빽 지르는 바람에 구름은 노래를 멈췄다. 윤희도 깜짝 놀라서 우탄에게 시선을 돌렸다.

"엄마랑 같이 살게 됐어."

시안이 용이를 제치고 그 옆에 앉은 우탄의 멱살을 잡았다.

"야, 이 미친놈아. 그걸 왜 이제 말해!"

"시, 시안아, 진정해."

용이 놀라서 시안을 말렸다.

"놔봐! 구름인 어쩌라구? 화해하자마자 떠나는 게 어딨어? 이 나쁜 자식아!"

"숨 막혀 죽겠다. 놓고 얘기해."

보다 못한 용이 참견을 했으나, 분개한 시안은 우탄을 놓아줄 생각을 하지 않았다.

"죽어야지, 이런 놈은. 구름이가 화해하고도 우울해 있어서 왜 그러나 했어. 이런 놈도 남친이라고, 에라이!"

그때 에코가 잔뜩 들어간 마이크 소리가 들렸다.

"스타압!"

일제히 구름에게 고개를 돌렸다. 구름이 난동을 부리는 취객을 말리는 투로 차분히 말했다.

"고마 딱 떨어지라. 내 끼다."

"저 미친……!"

남자한테 미쳐도 곱게 미쳐야지.

시안이 캔을 집어 구름에게 던지려고 하자, 용이 잽싸게 캔을 가로챘다.

"야, 네가 왜 흥분하고 난리야? 당사자인 구름이도 가만있는데."

"가려면 헤어지고 가!"

붙어 있을 땐 허구한 날 싸워서 괴롭고, 헤어지면 그리워하는 거 봐야 하니 괴롭고.

'남의 연애에 왜 내 피가 말라야 하는 거니?'

"고시안!"

용이 버럭 소리를 질렀고, 시안이 무섭게 용이를 노려보았다.

"이건 아니지. 너무 일방적이잖아."

"너한테나 일방적이지. 우탄이도 고민 많이 하고 결정한 거야."

"우탄이 편들지 마! 너도 우탄이랑 다를 거 없어. 리어 너도 마찬가지야. 너희들은 다 못돼 처먹었고, 이기적인 새끼들이야."

시안이 가방을 챙겨 홱 밖으로 나가 버렸다. 시안을 달래고자 윤희도 서둘러 쫓아 나갔다.

구름과 세 녀석은 무거운 침묵 속에 남겨졌고, 마이크를 테이블에 내려놓은 구름도 조용히 방을 나갔다.

"먼저 간다."

우탄이 구름을 따라 나간 뒤, 용이와 리어는 허탈한 듯 소파에 푹 몸을 파묻었다. 적막을 깨고 피식 웃음을 터뜨린 건 리어였다. 용이 그를 나무랐다.

"좋냐?"

"좋다. 우탄이가 미국으로 가버려서."

그 말을 하는데 자꾸 눈가가 시큰거렸다. 우탄의 갑작스러운 폭탄 선언에 충격을 받기는 리어도 매한가지였다.

"아후―"

답답한 마음을 가누지 못한 용이 길게 한숨을 토해냈다.

"구름아."

우탄이 앞서가는 구름을 붙잡았을 때 빗방울이 툭툭 떨어지기 시작했다.

"비 온다."

구름은 우탄을 쳐다보지도 않고 빗방울에 젖어드는 거리를 향해 중얼거렸다.

"나, 가지 말까?"

"그라지 마라. 마음 약해진다."

"네가 가지 말라면 안 갈게. 정말이야."

우탄도 어느 정도 예상하고 있던 일이었다. 구름이 말은 씩씩하게 가라고 했지만, 속으로는 얼마나 울고 있을지 짐작하고 있었다. 그 역시도 숱하게 갈등하고 고민하면서 가까스로 내린 결정이었다. 자신의 미래를 위해서. 그리고 구름과 함께할 미래를 위해서.

그런데 시안은 이기적이라고 한다. 나쁜 놈이라고 한다. 어떻게 해야 할까?

우탄은 마음을 종잡을 수 없었다.

"우째 아무렇지 않을 수가 있겠노. 니를 하루라도 못 보마 죽겠는데."

그렇게 사랑하게 되어버렸는데. 이렇게 마음이 미칠 것 같은데.

우탄이 미국에 가겠다고 할 때만 해도 정말 괜찮을 줄 알았다. 그래서 기꺼이 보내줄 수 있었다. 시간이 흐를수록 그게 다 거짓이었단 걸 알게 되었다. 우탄이 떠날 시간이 다가올수록 가슴이 아파서 견딜 수가 없었다. 편히 잠을 잘 수도 없었고, 맛있게 식사를 할 수도 없었다.

"구름아……."

"그래도 우짜겠노. 나만 아픈 게 아니고 니도 똑같이 아플 긴데 견디야지."

우탄이 잡았던 구름의 손목을 끌어당겼다. 스르륵 무너지듯 그의 가슴에 기댄 그녀는 끝내 참았던 눈물을 터뜨렸다.

"으허허허엉."

"미안해. 미안해……."

우탄의 눈에도 눈물이 흘렀다.

점점 거세진 빗방울이 두 사람의 머리를 적셨다. 우탄은 셔츠로 구름의 머리를 가려주었다. 그의 가슴에 얼굴을 묻고 그녀는 더욱 크게 소리 내어 울었다.

🍃

우탄이 출국하기 하루 전날.

"하필이면 녹화랑 같은 날일 게 뭐야."

리어는 침대에 누워 공연히 투덜거렸다. 내일 새벽에 일찍 녹화장에 가야 해서 우탄이 떠나는 걸 볼 수 없었다. 뻔히 공항에 배웅 갈 걸 알기에 구름에게 녹화장에 같이 가자고 조를 수도 없었다.

"구름이 없이도 잘할 수 있겠지?"

2차 예선 때 구름이 없이 가서 기분이 최악이었던 기억에 리어는 약간 걱정이 되었다. 그럼에도 거뜬히 2차 예선을 통과했고, 예상치도 못하게 본선까지 진출해서 한껏 고무되어 있던 참이었다. 우탄의 갑작스러운 미국행으로 기분이 다시 바닥을 쳤지만 말이다. 우탄이 없으면 신이 나야 맞는데 왜 자꾸 기분이 다운되는 것일까.

"내일만 양보하자."

혼자 그렇게 마음을 정한 리어는 우탄에게 전화를 걸었다.

[왜?]

간만에 먼저 전화를 걸었던 리어는 우탄이 대뜸 퉁명스럽게 왜냐고 물으니 민망했다.

"짐은 다 쌌고?"

[안 떠날까 봐 걱정돼?]

'어떻게 알았지?'

행여 마음을 고쳐먹은 건 아닐까, 궁금해서 전화를 걸었던 리어는 흠칫 놀랐다.

"아니, 뭐 꼭 그런 건 아니구. 내일 녹화랑 겹쳐서 공항에 못 나갈 거라 인사를……."

[갈 때 되니 친한 척이냐?]

와, 예리한 새끼.

"가는 마당에 너도 좀 친절해 볼 생각은 없냐?"

[없어.]

쩝!

"카페에서 볼래? 그래도 마지막인데 주스나 한잔 때리고……."

[하고 싶은 말이 뭐야?]

우탄이 성질을 냈기에 리어는 핸드폰을 째렸다.

"됐어, 새꺄. 너랑 주스 안 마셔."

화가 나서 전화를 끊어버린 리어는 혼자 씩씩거렸다.

"사람이 순수하게 말하면 순수하게 받아들여야지, 정이라곤 쥐뿔도 없는 새끼."

치고받고 싸운 날이 얼만데.

일찌감치 발 닦고 잠이나 자는 게 낫겠다 싶어 옷을 벗으려는데 전화가 걸려왔다.

"왜!"

[나와.]

우탄이었다.

"섭섭해서 어떡해?"

우탄이 카페에 오자 은혜가 서운한 얼굴로 말을 건넸다.

우탄은 리어와 전화를 끊고 보니 은혜에게 따로 인사를 하지 못했다는 생각에 인사도 할 겸, 겸사겸사 약속을 잡았던 것이다. 무대 디자인도 그렇지만 그동안 쌓인 정이 있어서 섭섭했다.

"그동안 고마웠어요, 누나."

"나야말로. 잘 지내야 해."

"네. 누나도 이번엔 꼭 잘되길 빌게요."

해를 두고 한 말이었다. 아직 고백 전인 은혜는 마음을 써주는 우탄이 고마웠다.

"그래. 주스는 무료로 주는 거야. 더 먹고 싶은 거 있음 얘기해."

이제 이 주스도 오늘로 끝인 건가. 고르기 귀찮아서 매번 키위 주스만 마셨던 우탄은 울컥했다.

"잘 먹을게요."

은혜는 우탄의 맞은편에 앉아 두 사람의 작별 인사를 지켜보고 있던 리어에게도 상냥하게 말했다.

"둘이 같이 있는 거 보기 좋아. 후훗."

우탄과 리어가 단둘이 있는 걸 처음 보았던 은혜는 설마 떠나는 전날까지 싸우랴 싶었다. 하도 치고받고 싸워서 안타까웠는데, 오늘만큼은 평화의 인사를 나누길 간절히 바랐다.

은혜가 주방으로 간 후 우탄은 카페 무대를 먹먹히 바라보았다.

"궁금한 게 있는데."

건너편에 앉은 리어가 불쑥 말을 꺼냈다.

"뭔데?"

리어의 시선이 무대를 향했다.

"저거, 네가 한 거 맞지?"

리어가 진즉에 눈치를 채고 있었다는 걸 알았기에 우탄은 무심히 대답했다.

"어."

초등학교 때부터 우탄의 그림 솜씨에 반해 미대 가라며 노래를 불렀던 건 리어였다. 예술 쪽으로 통하는 게 많아서 사이도 좋았었는데, 그때 기억에 두 사람은 똑같이 씁쓸한 표정을 지었다.

리어가 체리 주스를 마시다 말고 어색한 침묵을 깼다.

"나한테 뭐 할 말은 없냐?"

"아니."

"할 말 많을 텐데?"

"없어."

"너 가면 구름이 내 여자 되는 건 시간문제야."

리어가 빙글거리며 하는 말에 우탄은 순간 주스 잔을 날릴 뻔했다. 착한 놈이 아니란 건 알지만, 가기 전날까지 복장을 뒤집는 그가 너무 얄미웠다.

"난 구름일 믿어."

"난 안 믿잖아."

"구름인 너한테 안 넘어갈 거야. 절대."

"과연 그럴까?"

리어는 의미심장하게 웃었다.

"불안하지? 나한테 구름이 뺏길까 봐."

흔들리던 우탄의 눈빛이 이내 안정을 되찾았다.

"만에 하나 너한테 뺏긴다고 해도 다시 찾아오면 그뿐이야."

리어가 구름을 좋아하는 거, 구름이 흔들리는 거, 이제 그런 건 중요하지 않았다. 중요한 건 그 어떤 상황에도 구름을 사랑하는 자신의 마음이었고, 그래서 우탄은 떠날 수 있었다.

"……!"

"지킬 자신 없거든 함부로 뺏을 생각도 하지 마."

"뺏을 자신도, 지킬 자신도 다 있어."

"난 끝까지 사랑할 자신 있어. 난 그거면 돼."

우탄과 리어가 마지막 작별의 시간을 보내고 있는 그 시각, 구름은 윤희의 전화를 받았다.

[구, 구름아, 큰일 났어.]

윤희의 다급한 목소리에 구름은 깜짝 놀랐다.

"뭔 일이고?"

[리, 리어 의상이······.]

"리어 의상이 와? 우째 됐는데 그라노?"

[어, 없어졌어.]

"뭐라꼬? 니 어데고?"

[수선집에 찾으러 왔더니, 누가 벌써 찾아갔대. 어, 어떡해?]

리어 의상이 조금 커서 수선집에 맡긴 사이 일이 터진 것이다.

구름은 정신이 아득해졌다.

"리어가 찾아간 거 아이가?"

[주인아줌마가 리어 얼굴 알아. 같이 왔었거든. 근데 아니래. 나, 어떡해?]

"아이고야, 우짜노. 거기서 기다리라. 금방 가께."

구름은 전화를 끊고 후다닥 방을 뛰어나갔다. 한달음에 달려 수선집에 도착했을 때 윤희가 문밖에서 안절부절못하며 서 있었다.

"윤희야!"

"구, 구름아. 어, 어떡하면 좋아."

"누가 가져갔는지 생각나는 사람 없나?"

"모르겠어. 아줌마도 손님이 많아서 이름만 듣고 그냥 줘버렸대."

이거야말로 대형 사고!

"큰일 났다. 내일 당장 입어야 하는데 우짜노."

혼비백산한 윤희는 급기야 눈물을 뚜두둑 떨어뜨렸다.

"난 몰라······."

그때 윤희의 핸드폰으로 '띵똥' 문자가 왔다. 문자를 확인한 윤희의 얼굴이 창백해졌다.

"이, 이건⋯⋯."

구름도 깜짝 놀랐다. 사진 속에 리어의 의상이 찍혀 있었기 때문이다.

"누꼬?"

"미, 미정이야."

"뭐라꼬?"

띵동!

〈의상 찾고 싶으면 5분 내로 놀이터로 와. 단, 혼자.〉

미정이 보낸 문자에 윤희는 눈앞이 캄캄했다. 모두에게 비밀로 했던 오디션이 들통날 위기인 데다, 더 큰일인 건 리어의 의상을 미정이 가지고 있다는 것이었다.

"어, 어떡해?"

"나쁜 가시나! 가만 안 놔둘 기다!"

구름이 씩씩거리며 미정이 기다리는 놀이터로 달려갔다. 어둠 속에서 뻐끔뻐끔 담배를 피우던 미정과 불량소녀들이 구름과 윤희를 보더니 하나둘 모습을 드러냈다.

미정의 손에 들려 있는 의상을 보자 구름은 두 눈에 불똥이 튀었다.

"뭐 하는 짓이고?"

"혼자 오랬더니 촌년을 달고 오셨네?"

"옷이나 고이 내놓고 꺼지라, 가시나야."

여전히 패기가 넘치는 구름 때문에 미정은 싸늘히 웃었다.

"옷 돌려받기 싫은 모양이지? 지금 까불 때가 아닐 텐데?"

"옷 내놓으라꼬!"

"못 주겠다면?"

미정이 빨갛게 불꽃이 이는 담배를 옷에 가까이 갖다 댔다.

"아, 아, 안 돼!"

윤희가 비명처럼 소리를 질렀다. 내일 리어가 입어야 할 의상이었다. 모두 늦은 밤까지 회의하면서 만들어낸 밴드의 상징. 의상이 망가지면 오디션도 망칠 것이다. 오디션에 입고 갈 옷이어서가 아니라 밴드의 사기 문제였다.

"오야. 싹 다 지지라. 의상 없다꼬 오디션 몬 치르겠나."

"오디션?"

구름은 아차 싶었으나 이왕 이렇게 된 거 배짱 좋게 나갈 생각이었다.

"담뱃불로 되겠나. 고마 다 태워 뿌라."

"누가 못 할까 봐?"

미정이 담배꽁초를 바닥에 탁 내던지더니 주머니에서 라이터를 꺼냈다. 찰칵! 라이터에서 솟아오른 불길에 리어의 의상이 화르륵 타들어가기 시작했다.

차마 보지 못한 윤희는 눈을 질끈 감아버렸다. 그때 구름이 바닥을 탁 차고 날아오르는 소리가 들렸다.

"이야아아앗!"

"끄응—"

눈을 뜨자 절로 신음이 새어 나왔다. 머리가 깨질 것처럼 아파서 구름은 무거운 눈꺼풀을 조심스럽게 들어 올렸다.

"구, 구름아, 정신이 좀 드니?"

효순의 목소리가 귀에 응응 울렸다.

"이모……?"

"아이고, 얘. 십년감수했어."

효순이 왈칵 눈물을 쏟았다.

"여기가 어뎁니꺼?"

흐릿한 불빛, 후덥지근한 공기.

구름은 바짝 말라 버린 입안 때문에 목소리가 쩍쩍 갈라졌다.

"병원이야."

"병원에는 와예? 아이고오, 머리야."

지끈거리는 두통 때문에 구름은 속이 메스꺼웠다.

"다쳐서 왔지, 이것아. 뒤로 넘어지면서 벤치에 머리를 세게 부딪쳤대. 너 잘못되는 줄 알고 얼마나 놀랐는지 몰라. 아유, 심장 떨려."

'미정이랑 싸우던 건 기억나는데. 맞다, 뒤로 넘어졌재.'

그러고는 기억이 없었다.

"지금 몇 시라예?"

"이틀을 못 깨어났어."

이틀이나?

"우, 우탄이는예?"

"갔지."

헉!

"가, 갔다꼬예?"

"놀랄까 봐 말도 못 하고 그냥 보냈어. 넌 부산에 일 있어서 급하게 내려갔다고 거짓말했고. 다행히 죽진 않을 거래서 부산엔 연락도 안 했어. 알면 놀라 자빠질 거 같아서……."

"으허헝!"

구름의 눈에서 서러운 눈물이 흘러내렸다.

그때 병실 문이 열리며 용이 들어왔다. 구름이 깨어난 걸 안 그는 부리나케 다가왔다.

"구름아, 괜찮아?"

"용아아아. 우어어엉!"

"어, 그래, 그래. 정말 괜찮은 거 맞지?"

용이도 어지간히 놀랐는지 자꾸 확인했다.

"우탄이이이이. 우아아아앙!"

용이 어린애처럼 우는 구름을 달랬다.

"잘 갔어. 잘 도착했다고 전화도 왔구."

"내는 몬 봤다. 내도 볼 긴데에에. 우에에에엥."

"어쩌냐, 그럼? 너 혼수상태인 거 알면 마음 편하게 못 떠날 텐데. 이제 깨어났으니까 됐어. 전화하면 돼."

"훌쩍. 우탄이는 뭐라 카드노?"

구름이 진정할 기미를 보이자 용이 진땀을 빼고 있다가 안도했다.

"엄마가 병원에 입원하셔서 급히 내려갔다고 했어. 좀 위독한 상황이라 전화 올 때까지 기다리라고 해놨으니까 걱정 안 해도 돼."

"……."

용이 손으로 구름의 눈가에 흐른 눈물을 닦아주었다.

"울지 마. 울면 더 아파."

"히잉."

용이 간호하느라 진이 빠진 효순을 돌아보았다.

"엄마, 이제 들어가. 내가 있을게."

"아유, 그럴래? 집에 갔다가 다시 올게. 그때까지만 있어. 알았지?"

"얼른 들어가서 쉬어, 엄마."

"구름아, 집에 갔다 올게. 너무 속상해하지 말고 기운 내."

효순이 병실을 나간 후 용이 의자를 가져다 앉았다. 구름이 사고가 난 후 이틀 내내 정신이 하나도 없었다. 구름의 머리가 찢어져서 응급 수술을 하느라 한밤중에 수술실 앞을 지켰고, 다음 날은 내색 없이 우탄을 공항까지 배웅했다. 그리고 다시 병원으로 와서 구름이 깨어 나길 기다렸다.

"참. 오디션은 우째 됐노?"

"합격했어."

"다들 의상 몬 입었겠네?"

"응. 못 입었어."

어차피 입지도 못할 옷 때문에 머리만 깨지고 우탄이도 그냥 보내 고⋯⋯.

구름은 미정과 육탄전을 벌인 게 후회스러웠다. 그때 조금만 참았 더라면 아무 일도 없었을 것을.

"미정이 학교에서 퇴학시킨대."

"⋯⋯."

"윤희가 많이 다쳤거든."

"⋯⋯!"

"너 이렇게 된 거 보고 미정이한테 달려들었나 봐. 그 겁쟁이가 말이야."

대체 윤희에게 무슨 일이 일어난 걸까?

"윤희, 어데 있노?"

"중환자실에. 죽지 않을 만큼 맞았어. 금방 119에 신고했더라면 너도 이 지경까지 안 됐을 거야. 미정이가 둘 다 버려두고 가버리는 바람에……."

구름은 일일이 듣지 않아도 얼마나 위급한 상황이었을지 짐작이 갔다.

그날 저녁, 구름은 병실 창가에 서서 우탄에게 전화를 걸었다. 현기증도 사라지고 몸도 가눌 만해지자 우탄이 생각이 간절했다.

"우탄아, 내다."

[구름아!]

구름은 우탄의 목소리를 듣자 목이 꽉 메었다.

"걱정 많이 했재?"

[엄마는 좀 어뗘셔?]

"많이 좋아지셨다."

이렇게 전화도 할 수 있을 만큼.

[다행이다. 전화 기다리다가 목 빠지는 줄 알았어.]

"미안타. 빨리 전화 몬 해가. 배웅도 몬 가고 우짜지?"

[아냐. 이렇게 전화했으니까 됐어. 넌 괜찮은 거지?]

"어? 하, 하모. 괘안지."

구름은 일부러 목소리를 밝게 냈다.

[여긴 생각했던 것보다 훨씬 좋아.]

목소리만 들어도 기분이 좋은 게 느껴졌다.

"글나? 다행이네. 엄마랑 시간 많이 보내라. 싹싹하게 잘하고, 알겠재?"

그래서 얼른얼른 행복해져라, 우탄아.

[구름아, 나중에 내가 전화할게. 엄마랑 갈 데가 있어서.]

"오야. 잘 지내라."

[응. 너두.]

전화는 끊겼고, 창밖을 바라보는 구름의 두 눈엔 눈물이 가득 차올랐다.

"서울 머스마랑 로맨스 하기 억수로 힘들데이."

구름은 몸도 마음도 너덜너덜해진 기분이었다.

"왜 일어나 있어?"

귀에 익은 목소리는 리어였다. 찢어진 머리를 수술하느라 붕대를 감고 있던 구름은 손등으로 눈물을 쓱쓱 닦았다. 가까이 다가온 리어가 눈이 충혈된 그녀의 얼굴을 들여다봤다. 오디션 날, 의상을 갖고와야 할 윤희가 오지 않아서 몰랐다. 무책임하다며 매니저에서 자를 생각만 했다.

오디션에 합격하고 나서야 알았다. 구름과 윤희가 크게 다쳤다는 걸. 다행히 이틀 만에 구름은 깨어났고, 윤희는 아직 중태였다. 리어는 구름을 보자 눈물이 날 것처럼 기뻤다. 우탄을 못 보고 보내서 그녀는 슬픈 얼굴이었지만 말이다.

하지만 상관없었다. 구름만 무사하다면.

"윤희, 봤드나?"

"어. 오전에. 윤희 어머니가 들어가 보라고 하셔서."

리어는 윤희 때문에 마음이 착잡했다. 눈을 맞아서 하마터면 실명

할 뻔했다는 말에 정신이 아찔했었다. 용이 말로는 미정이 또 괴롭히면 전화하라고 당부까지 했다는데, 그럴 여유가 없었으리라 짐작하면서도 무작정 달려든 윤희가 바보 같았다.

"어떻드노?"

"좀 지켜봐야 한다나 봐."

구름이 힘없이 침대에 앉았다.

"내 때문이다. 내가 참았으마 일이 이 지경까지는 안 됐을 긴데."

리어도 구름의 옆에 엉덩이를 걸쳤다. 태어나 가장 힘들었던 이틀을 보낸 리어는 자기 의상 때문에 벌어진 일이었기에 구름과 비슷한 죄책감을 느꼈다. 밴드부에 알리지도 못하고 혼자 발을 동동 굴렀을 윤희를 생각하자 정말 미안했다.

"우탄이랑은 통화했냐?"

"방금. 잘 도착했다 카드라. 좋은 곳이라는 거 보니까 억수로 맘에 드는 갑다."

"너 이렇게 다친 줄도 모르고 신났구나."

"알모 갔겠나. 니도 우탄이한테 함부레 말하지 마라. 걱정한다."

"열녀 났네. 넌 이 꼴을 해서도 우탄이 걱정이냐?"

구름이 투덜대는 리어에게 시선을 돌렸다.

"걱정 많이 했재?"

이제야 마음을 알아주는 것 같아서 리어는 눈물이 핑 돌았다. 구름이 혼수상태로 있는 동안 얼마나 울었는지 모른다. 중태에 빠진 윤희보다 구름을 더 걱정했던 것도 사실이었다.

"너 죽는 줄 알고……."

그때 생각에 리어는 말끝을 흐렸다.

"죽긴 와 죽노. 앞날이 구만 리구마는."

"훌쩍."

구름이 훌쩍거리는 리어의 얼굴을 쓱 들여다봤다.

"니 우나?"

"어우 씨. 내가 얼마나 무서웠는지 아냐?"

울먹거리는 바람에 제대로 알아들을 수도 없었다.

"똑디 말해라. 좀 알아듣구로."

리어는 닭똥 같은 눈물을 뚝뚝 흘렸다.

"무. 서. 웠. 다. 구."

오구오구.

"고마 꺼지라. 니 보니까 두통이 다시 도질라 칸다."

리어가 침대 위로 올라가려는 구름을 와락 끌어안았다.

"옴마야!"

골이 흔들려서 구름은 이를 악물었다.

"몬 놓나?"

"살아줘서 고마워."

아이고, 두야.

"알았다. 고마 놔라."

달래는 편이 낫겠단 생각에 구름이 리어를 구슬렸다.

"5분만."

"죽고 싶나?"

"3분만."

"이 미친놈아."

"1분만."

졌다, 졌어.

"내도 우탄이랑 같이 미국에 가는 긴데."

"난 너 가는 곳이면 어디든 따라갈 거야."

망했다.

〈2권으로 계속〉

Side story

우탄이 미국으로 떠나던 날, 그를 인천공항까지 태워다주기로 한 해는 용이와 함께 집에서 나왔다. 대문 앞에서 기다리고 있던 우탄은 나온 사람이 두 사람뿐이자 의아했다. 오늘이 본선 촬영 날이라 다른 애들은 어쩔 수 없다 쳐도 구름이 배웅을 하지 않는다는 건 이상했다.

"구름이는?"

"어, 구름이는 새벽에 부산에 급히 내려갔어. 이모가 갑자기 입원을 하셨거든."

용이 진땀을 빼며 말했지만, 우탄은 구름의 엄마가 입원하셨다는 말이 더 신경 쓰였다.

"어디가 편찮으신데?"

"갑자기 쓰러지셨다나 봐. 우리 엄마랑 같이 내려갔어."

"그랬구나."

어쩔 수 없는 상황이란 걸 알면서도 우탄은 구름을 못 보고 떠나는 게 섭섭했다. 우탄이 실망한 게 마음 아픈 용이 부러 목소리를 밝게 냈다.

"구름이도 많이 속상해했어. 너 가는 거 못 봐서. 얼른 타. 늦겠다."

"그래."

차에 탄 우탄은 공항에 도착할 때까지 말이 없었다. 구름이 때문인 것 같아 용이와 해도 우탄의 눈치만 봤다.

공항에 도착하고 얼마 안 있어 우탄이 말했다.

"형, 고마워요."

"그래. 가서 잘 지내고 또 보자."

해도 웃는 걸로 인사를 대신했다.

"용아, 나 갈게."

구름이와 윤희가 많이 다치는 바람에 정신이 없던 용이는 우탄이 막상 간다고 하니 마음이 울컥했다. 우탄을 위해서 정말 잘된 일이라고 생각했지만, 용이에게도 절친과의 이별은 익숙지 않은 일이었다.

눈가가 뜨끈해진 용이 우탄을 와락 끌어안았다. 우탄도 용이와 같은 마음이었는지 안은 팔에 힘이 꾹 들어갔다.

왈칵 눈물이 쏟아지려 해서 우탄은 급히 용이를 놓아주고 돌아섰다. 고마웠다, 잘 지내라는 말도 해주지 못한 채 미국으로 가는 출구를 빠져나왔다.

참았던 눈물이 터진 건 비행기가 이륙했을 때였다. 엄마가 갑자기 쓰러지셔서 부산으로 가야 했을 구름도 이렇게 울지 않았을까. 우탄이 엄마에게 가는 것처럼 구름도 마찬가지겠지만, 이별은 가혹하고,

그 가혹함을 견뎌야 하는 우탄의 마음은 찢어졌다.

'잘 있어, 구름아.'

이륙하고 1시간 내내 소리 없이 눈물을 뚝뚝 흘리는 우탄에게, 승무원들은 걱정 어린 시선을 보냈다. 가끔 생이별을 한 뒤 비행기 안에서 흐느껴 우는 사람들이 있었다.

재치 있는 한 승무원이 우탄에게 담요를 갖다 주었고, 그는 비행 내내 담요를 뒤집어쓰고 울었다.